亲近乡音

——庐江话撷趣

张遵勇 著

合肥工业大学出版社

序 乡音的藤蔓开出乡情的花朵

范和生

　　大约在 2012 年的夏天，偶然中读到张遵勇发在《新安晚报》《合肥晚报》等一些报刊上的散文，语言清新简练，通俗易懂，内容朴实接地气且情感饱满深厚，那时起便一直关注他写下的零零散散的文字，觉得他富含乡土气息、乡情乡韵浓郁的写作路子是一个值得努力和坚持的方向。至 2015 年春，在合工大朱移山等许多老师的鼓励支持下，张遵勇出版了第一本文集《擦拭乡音》。一晃两年过去，欣慰的是他依然利用业余时间笔耕不辍，而且一如既往沿袭将熟悉的乡情乡音、乡风乡俗收集挖掘，并落墨笔端提炼升华，便又有了这样一本新的文集《亲近乡音》，实为可喜可贺。

　　和之前的《擦拭乡音》相比较，这本《亲近乡音——庐江话撷趣》的大部分内容更趋于将日常方言口语（庐江）融汇于长长短短的散文随笔和小品趣话中。且不说这些稿件是源于他将收集积累的、部分素材的再整理加工，还是渐渐向社会学范畴之民俗方言类的求索、靠近之尝试，都未改他一贯幽默风趣的行文格式，不拘泥于词语、章节的古板苛刻，给人一种读得下去、读得轻松而且读着有味的感受。例如在第一单元的"浅浅乡音"和第二单元的"亲亲庐江话"中，许多文章题目本身就是一句来自他家乡的方言口语，诸如"笡把丝子下挂面""当真三""趣话'哈人'""庐江方言里的'下芜湖''下扬州''下江南'"等等，单是从标题就给人耳目一新、一睹为快的阅读欲。而事实上，围绕这些方言口语展开的文字，几乎篇篇都有可圈可点的独到之处，让人读来兴趣盎然，欲罢不能，且过后值得回味。

　　张遵勇的文章中有一句话："方言不方，土话不土。"这句话说得很有意境。汉语方言最早可追溯到春秋时的《论语·述尔》："子所雅言，《诗》《书》执礼，皆雅言也。"这里的"雅言"可以理解为当时的"标准话"，反向说明其时已有方言存在，并引起注意。汉代杨雄是目前普遍认可的、正式推出并使用"方言"一词的人，他的《輶轩使者绝代语释别国方言》也是我国第一部各地方言词汇集。后来清代的《续方言》等书籍也是基于方言收集归纳比较的延续。近代围绕方言的研究论著和文学作品更是数不胜数，琳琅满目。我们安徽省也从2016年开始启动了中国语言资源保护工程安徽省项目。让我惊讶的是，张遵勇在业余写作中，同时对家乡方言做了这么多持之以恒的收集，而且还勤奋执着地整理成集。后来读过他更多此类型的稿子，看到诸多方言词语及句子在他笔下随手拈来，"流流淌淌"（书中方言词语），且运用贴切，韵味十足。始见惯不惊，感觉一切都在情理之中。

张遵勇是来自于庐江县泥河镇的一个普通农民，从十几岁开始出门打工，摸爬滚打的生活阅历磨砺了他坚强的韧性和恒心，也激发了他写作的灵感，丰盈了文字内容的厚度。但我想真正引领他敲击键盘、勤奋书写动力的一定还是这片生他养他的家乡热土，是他最熟悉不过的乡音里的风俗人情。纵观他的文字，他笔下情节多质朴醇厚、阳光向善，虽然为谋生四方跋涉，饱尝艰辛，其作品中"迷茫""愁苦"一类情怀的描述却较少见。在当下"乡村振兴战略"宏伟蓝图的提出和实施过程中，他这种执着于乡村、乡音、乡情的本土文化的真诚写作，无疑是难能可贵并值得提倡的。当然，不可否认，由于缺少专业训练及视野的局限，在这些乡土文字的整理创作过程中，他文字中的部分选材不够精准、引据不够开阔全面、表达不够深邃细腻等缺点时有显现。期望在接下来的写作中，张遵勇能够认识并努力改进这些缺陷，多读、多看、多向同道师友求教学习，写出更多更好为大众所喜爱、源于生活而又高出生活、乡土味浓郁的作品。

（范和生，安徽大学社会与政治学院副院长、教授、博士生导师，中国社会学会理事，安徽社会学会副会长）

写在前面的话

　　方言，常见的书面语称作"乡音"，通俗一点叫"土话"。一个人的童年和青年时代如果很幸福地生活在一个称为"家乡"的地方，那么恭喜你，方言的"毒"铁定已经浸透你的五脏六腑，溶入你的经脉血液，但凡一开口，方言之烙痕铁证如山，无法隐藏。2013 年，一组《庐南方言俚语捡拾趣谈》的稿子有幸得到《今日庐江》报编辑老师的垂青，分多期在上面连载。也是自那时起，对庐江方言、口语、俗谚的收集便断断续续的一直没有停过。

　　当然，让我一直钟情方言的主要因素还是源自方言所蕴含的独特趣味和魅力。近年来写的一些散文，大多与方言相关，或源于方言的启示和铺展。庐江方言，乍看似乎是传播范围很小众且具有地域性，其实不然。在不断比较甄别中，发现庐江方言作为江淮官话里的一支细流，有着广泛的相通性和渗透性。譬如"上该（街）""铁紧""暗（晏）之"等词，江城芜湖那里一样用得很"嗨"；庐江话里说鲤鱼叫"鲤拐子"，鳊鱼叫"鳊花"，而淮南话里也是"鲤鱼拐子""小头鳊花"。还有"吃扁食""过劲""茅次（厕所）"等相通的也多。而六安人常说的"开胃（味）""三不知（之）"，铜陵的"六谷子""背搭子""嘎其（回家）""龙显（脓嫌）""轻西（亲唏）鬼叫"几乎与庐江方言异曲同工。更有"楚头吴尾"之称的安庆的"老摸""渣（扎）饭""打平伙""迟（剧）鱼"等如出一辙；就连能上中国最难方言排行榜的徽州方言亦有同似单词，如"吃鳖""停当"等。

　　"语言文化是指用语言形式所表达的具有地方特色的文化现象，包括地方名物、民俗活动、口彩禁忌、俗语谚语、民间文艺等"，这是 2018 年1 月 16 日《人民日报》副刊文章《绘就中国方言地图》里的一段话，该文还说"这其实也是一个重新发现本地文化的过程"。坦白而言，由于学识的浅薄，立足点的局限，我搜集整理的这个集子也许与文化、抑或方言文化的范畴还有很大一截距离，但所谓"聋子不怕雷，瞎子不怕蛇"，蒙头一执，尽管谬误诸多，依然期盼能起到抛砖引玉的作用，求得大家和有识之士的更多关注、指导和参与，让本土方言文化的挖掘、整理和发展传承登上一个新的台阶。

本集中有一个单元是庐江方言口语的收集和浅白注释及比较，先后借鉴和参考了《新华方言词典》《现代汉语方言大辞典》《文学作品中的江淮方言词语例释》《庐州方言考释》《合肥方言研究》《方言安徽》《庐江民俗》《汉语方言词汇比较研究》《当代宿豫方言词语历时研究》《汉语俗字研究》《汉语方言学大词典》等书籍，周元琳的《安徽庐江方言音系》，陈寿义的《安徽庐江南部方言研究》，雍淑凤、史国东、刘雅清的《中古知、庄、章三组声纽在庐江方言中的读音——以顺港乡为代表点的庐江城关片话的读音为准》，曹廷玉《赣方言特征词研究》，合肥、安庆、芜湖、六安等周边市县相关方言方志类论文以及《庐江县志·方言》（社会科学文献出版社，1993）、庐江地情丛书系列、《享受合肥方言》（刘政屏）等论著，在此一并表示衷心感谢。

需要说明的是，口语单元里许多字、词注重以日常发音为参考而收录，与学术理论专著用字可能有相悖之处，有待考证之字、词条目众多，笔者后续将一如既往延伸补充，恳请读者、学者方家给予指导、纠正为谢！

张遵勇

2018 年 6 月 22 日于合肥

目 录

一 浅浅乡音

一组围绕庐江俗谚或者相关特产写的散文、小品。亲切自然，妙趣横生。部分已在报刊及网络平台上刊发推出。

将　　好

　　庐江方言有一词：将好。"将"在这里是平声，和"好"搭配成词，有了两个意思：一是将要完成，事情快要结束；二是"刚""刚刚"的代称，刚好，刚刚好。

　　意为"刚刚"的"将好"多出现在口语里，用的频率很高。合肥、庐江、安庆、无为、舒城、桐城等地方多多少少都有这种说法，甚至和我们安徽隔了好远一截路的四川某些地区也有如出一辙的言词。

　　"这是几个月积攒下的鸡蛋钱，将好够你的学杂费了。"这是我印象中各种语境里"将好"所表达的最浅白的一种，也是让我永难忘怀的一种。那是我读初中、春上开学的日子，母亲小心翼翼地掏出一方层层叠起的手帕，慢慢摊开，将里面的元、角、分很认真地数了不下三遍，带着微笑递给我。那一种"将好"让当时的我激动并快乐地雀跃。许多年后才明白，虽然这份"将好"是母亲的一份淡定，一份希冀，也给予我一份无虑，一份宽心，却同时裹着那个年代特有的一抹淡淡的忧伤和无奈——那是母亲多少日子省吃俭用后的辛劳积攒啊！

　　但"将好"的语境更多时候是与美满、美丽并肩的。比如时下每逢节日假期，在各地打拼的青年男女聚到一起，聊着聊着偶遇到志同道合的人，发展下去成就了一桩美事，人们会开着玩笑说："将老头子遇到将老奶奶——将好。"

　　"将好"，细细地读，也能读出一种禅意。诸如"差不多就好""就这样吧"之类，世间万事，没有绝对的圆满。上学，名目繁多的兴趣课，层出不穷的辅导班，不必攀着比着，报一两个，"将好"是孩子喜欢的，比啥都好。高考，能做状元榜眼的也就那么几个，落了榜，三十六行，不怕辛苦，没准"将好"就成了哪一行的能人。"将好"达了线，学海无涯，书山有路，刻苦还需继续。工作了，职场万千，不容过分挑拣，上的班

"将好"是自己专业对口的；抑或不对口但"将好"离家近，可以照顾到老人孩子，薪水不高，手头紧点，开销省着，"将好"维持柴米油盐，夏暑冬寒，淡泊从容，偏安一隅，何尝不是自在逍遥。

将好，刚好。一场邂逅，一次重逢，流年风雨，宠辱不惊；一个浅浅的不经意的问候，一枚小小的真诚的祝福；一株梦想的花蕾开了，一颗期望的果实熟了。是偶然，似必然，守着一份坦然，相拥岁月悠然……

"将好"。方言有情，文字传意，愿将好来读的你，幸福快乐！

大方桌上村味浓

　　村间屋舍，不管是宽敞大气还是简易朴素，进得大门，迎面入眼的总会是一张方方正正的木制大桌，再辅以四条长板凳环围摆放，堂屋的端庄威严、高格正统便自然而然显现出来。

　　大方桌，文雅称呼为八仙桌，直白随意点就叫大桌子。作为乡村家居必备家具之重点器物，四平八稳，端坐堂屋，曾见证了一个时段的乡村的兴衰年华、风情习俗。

　　寻常时日，大桌子最主要的功能当然是为吃喝大事服务。开饭时辰，一家人围桌而坐，纵是粗茶淡饭，然老幼环绕，筷碗交集，大人将孩子喜欢的菜往他面前挪一挪，女人将碟中未尽的汤拨拉到刚放下酒杯的男人的饭碗中，满桌、满堂屋洋溢着其乐融融的温馨。而一旦客至或成红白喜事的正席，立马就与传统习俗相关联起来，从桌上菜肴的多少到坐桌人的数字、位置等，都要按照既定礼节或套路来。

　　比如这桌上摆放的菜碟之数，按红白喜事界定分为双和单，泾渭分明，半点马虎不得。而坐桌之人的位置更有讲究，以门朝南方位为例，进门最里面的一方为上方，平常逢时过节的客聚言欢，通常是舅舅或舅爹一类主妇娘家至亲的专享宝座；如果为嫁娶婚庆酒席，"做个红媒添十岁"的媒人月老理所当然"高高在上"于此位，尽管明日"新娘进了房，媒人甩过墙"，但今日这个位置却是任谁都不敢撅屁股拱进来的；倘然为建屋上梁，木瓦工领头师傅则当仁不让在此高坐。其后是上方的左边，即太阳起山的东边，东边为大，坐客多为近邻和家主的交情朋友，有句俗话讲"住家要好邻，出门靠朋友"嘛；它的对面也是西面为小边，一般普通客人和平班辈村人皆可安坐；屁股朝大门的一方叫下方，也是酒席上的特别座位，该位置的坐客在享受正规宴席款待的同时必须要付出辛勤劳动，一个负责执掌"酒壶把子"斟酒，一个负责接碟摆菜，这两人多为年轻小班辈的人，为了完成任务通常都是"尽心尽力任劳任怨"地做事。

乡间的大方桌子也是乡村淳朴民风最直接的展示。各种摆宴大事，宾客云集，少则五六桌，多则一二十桌，这种情形下，多数人家的桌子板凳都要请出来。关于这搬桌子亦有讲究：是喜事，桌子被搬用后，主家必挨门挨户给扛送回来，并同时捎上喜糖果，殷勤言谢；反之，桌板凳就要各家自己派人前去找寻，寻到了扛着就走，招呼也不能打。

大方桌子在过年祭祖这样的时节中更有规矩：寻常时日桌缝都是朝大门的，祭祖时桌子必须调个方向，桌缝横过来。祭祖结束，再还原成以前的摆放，开始一家人欢乐祥和的年夜饭……

大方桌子最荣耀的时光当属以前玩灯舞狮时为表演而搭成的方桌阵，玩灯人在一张张桌面上显身手、秀绝技，"黑鱼过埂""蜻蜓点水""拜四方""过火焰山"等看家本领，挪腾跳跃，招招式式，惊心动魄。

大方桌子在民谚里也有不俗的表现，形容人说话没大没小不懂规矩叫"桌子板凳一样高"，调侃事情多为"大桌腿，板凳腿——尽是四（事）"，为人处事光明磊落则是"好鞋穿到脚上，好话摆到桌上"，做事情瞎忙活"桌底下打拳，没处抻劲"，等等。大桌子还有一项特别的功能，曾承载过乡亲父老闲暇时消闲解闷的"码砖筑长城"，你听打麻将时缘桌而生的消遣术语多有味道：

"屁股朝大门，不输就是赢。"

"三差一，急着哭。"

"头牌臊，二牌到鸡叫；二牌是个鬼，摸个大桌腿"……只是后来经济条件的改善，大桌子的这一功能被麻将机一阵风地收纳兼并，木桌上那特有的、脆脆洗牌声终渐渐淡隐沉寂。

随着城镇化的推进和村庄的自然萎缩，大方桌的身影越来越少见。如今城里的桌子用纯原木做得很少，玻璃、大理石、不锈钢等竞相炫彩，也少了那些正方正角的讲究。常挂在人们嘴上的"桌面"，甚至已非这种四条腿的蛮物，而是显示器上浩瀚无垠的花花世界，现代人的嬉笑怒骂，爱恨情仇俱蕴藏其中……

（《安庆晚报》，2017.9.6）

笤把丝子下挂面

在整理方言俗语及歌谣的过程中，被一首乡土味十足的童谣叩动心弦：小伢子，你别玩，考不到分数好可怜，人家吃饭带炖（蒸）蛋，你吃笤把丝子下挂面。

心头不禁一颤，一份久违的温暖漫涌而来。

笤把丝子下挂面，这是什么面？它有着怎样的味道，让尝过或懂得的人心生感慨，在回味里嚼出一缕温馨，一份缱绻。

曾经的乡下，有扫帚用竹枝或那种细细的笤把苗子捆扎而成。体形较大的撂在场基（打谷场）扫稻谷，俗称"大笤把"。有个俚语叫"大笤把捺蜻蜓——乱舞"，说的就是它。形状较小的放在家中堂屋或锅灶间墙角，清扫家中地面的尘灰。那时的房子朴素简单，不只住着家中的老老小小，许多时候也是鸡、鹅、鸭们自由进出、觅食撒欢的场所。鸡鸭们总会无所顾忌、随心所欲地将一点或一摊粪便拉下。民谚"地上无屎无荤菜"便是对它们随处落脏的写实和宽容。

细枝扎的笤把尽职尽责、任劳任怨地完成每天数次的清扫，更多时候会被随手放靠在门旁墙角。孩提时的我们有着比鸡鸭们更不羁的野性，在外玩着玩着就惹出这样那样的事来。疲于农事的大人们信奉着"牛要打，马要鞭，小伢不打要翻天"的传统教育理念，火性子一起，随手折一根笤把上的细长条，劈头盖脸地打来，有时甚至不问青红皂白（如今想来，孩童时代那点事根本就没有什么对与错、有理无理的）。

看似轻软的笤把丝无论抽到身上哪一个部位，都会钻心的疼。尤其是夏天，只穿汗衫裤衩的日子，还有可能在胳膊大腿等处落下无法遮藏的、一条条挨过打的淡红印痕。

每挨一次打，就叫吃了一回"笤把丝子下挂面"。当我渐渐长大，慢慢懂得了生活的艰辛不易，对这种曾"吃"得咬牙切齿的"挂面"，有了别样的认知和理解，无论当初伴随着何等严厉的、不问缘由的呵斥责骂和无处申冤的委屈误解，但它们总是"伤皮不伤骨"的，它们恰恰是一种平淡真实的爱之切的深沉体现，它们在乡间践行并验证着"打是亲，骂是爱，不打不骂反是害"的淳朴乡谚的语义。

"世上一种什么面，喂养过你的童年时光，当初吃着疼，而今回味却无尽的暖？"有一天我在一个家乡微信群里发了这样一小段，未料跟帖评论里呼啦啦一片皆是：

一条（筶）把丝子下挂面！

（"微聚庐江"平台，2017.12.8）

俗谚莲荷别样趣

"大在上面遮风挡雨，妈在水下受苦受难；儿子长得饱鼻圆脸，女儿生得美丽好看。"这是流传在安徽庐江南乡一带描述池塘荷叶、莲藕、莲蓬、荷花的趣味民谣。这首民谣里的"大"是江淮一带的方言称呼，为父亲之意。这首民谣拟人化地将荷叶、藕、莲蓬、荷花以一家人的角色生动传神地勾画出来。细细品读，韵味悠长，不得不佩服民间俗谚的精彩和风趣。

莲、荷、藕在古诗词里，应当是寻常植物中被描写得较多的一种。杨万里的"小荷才露尖尖角，早有蜻蜓立上头""接天莲叶无穷碧，映日荷花别样红"等早已成为无法超越的经典名句；周敦颐的《爱莲说》之"出淤泥而不染，濯清涟而不妖"一语，更是将这种平凡的水生花卉提升到清雅脱俗、高风亮节的描写高度。而在民间，一些和它们相关联的俗谚民谣，也是别有精彩，趣味横生。比如流传在皖中一带古韵浓厚的民歌《十二月报花名》中，"六月"一节唱的就是荷花：六月里什么花，满塘白了，什么人骑白马跨海征东？答句是：六月里小荷花，满塘白了，薛仁贵骑白马跨海征东。当然，这里因为表达的需要，只是提取了白色荷花，其实荷花在众多观赏花卉中也是丰富多彩的。

在江淮一带的民间，一些莲藕的俗谚也非常有意思。例如："十指伸出有长短，荷花出水有高低。"它喻指世间的许多事物不是等齐划一的，或多或少总有差距，任何环境下都要保持一种寻常的心态。"六月花香藕，吃了头口想二口"，描述六月刚上市的藕之嫩、香、甜。

还有讽刺人心眼多的"百刀（菜刀）切藕，除掉心就是眼"，形容人巧舌如簧、能讲会道的"莲花讲成白藕，黄豆说成生腐"；在庐南乡村，还流传着融进方言的莲荷藕的乡谚，诸如：一个荷包两个口，东手来西手走；捏鼻子吃通菜，有苦说不出。乍看之下，这两句好像和莲荷都没什么关系，其实不然。荷包，在庐南方言里也是衣服上的口袋。而荷包一词据考证就是源自荷莲。荷包最早是女孩子送给男方的定情物，上面多绣并蒂莲、鸳鸯一类针线美饰，久而久之，人们便把缝上衣服的口袋统称为荷包了。通菜，是庐江、无为、枞阳等地对藕的别称，可能取其孔多通透而来，通菜也俗称"和气菜"。这样一看，是不是觉着好懂多了？

在庐江南乡，也有一个有趣的歌谣故事，说的是一位青年男子某日路过一处荷塘，看到荷塘边一位清秀姑娘在捶洗衣服，心生爱慕，便吟诗搭讪：好一塘清水绿涟涟，好一朵荷花在水边。有心要把荷花采，不知有缘还无缘？

谁知姑娘也是熟读诗书之人，当即就按原韵答了四句：姐叫小郎听我言，荷花虽好也枉然。王字出头已有主，好好努力去挣钱。

看这回诗，有景有情，含蓄婉转，实在有趣。

乡情韭菜淡淡香

"一三一三又一三，三个日头晒不干。

老子劝儿磨破嘴，儿子出自母心肝。"

这是流传在江淮地区的一首蔬菜谜语诗。据说是过去跑江湖的人到饭馆客栈点菜时报的菜名。也就是说过去开饭店的人也不简单，都有"几把刷子"，起码能听懂这些隐藏在诗里的菜名。老板听到客户报的诗谜后，会安排厨间为客人分别端上韭菜、马扎苋、茄子（谐音劝子）、木耳。

首句的"一三一三又一三"，源自三三得九的乘法口诀谐音。依稀可见，韭菜虽属平常，但在成百上千个蔬菜品种里当是广受食客喜爱欢迎的。

其实非但今天，从一些古诗句里亦可看出我们的先人对韭菜一样情有独钟。杜甫在《赠卫八处士》中写道："夜雨剪春韭，新炊间黄粱"；明代高启有一首专门写韭菜的诗："芽抽冒余湿，掩冉烟中缕。几夜故人来，寻畦剪春雨"；宋代刘子翠也有"一畦春雨足，翠发剪还生"的诗，对韭菜的采割生长做了精确的描述。而经典名著《红楼梦》里，文学大家曹雪芹更为我们留下"一畦春韭绿，十里稻花香"的名句。

韭菜，虽为叶类蔬菜，在我们皖中乡下，却和公鸡、鲤鱼等一起被称为食物中的"发物"。何谓"发物"，按今天的养生学理解，就是营养太过丰富，对身体虚弱的部分人群，食之后能量补充过头起了反作用之意。但说是这样说，韭菜一直"久久"地被人们广种和美食着。关于播种和移栽韭菜，在庐江、无为、芜湖等一些农村，有一个很特别的习俗就是家中亲人年龄逢九的年份，是绝不可以种植和分栽的。如果栽种是会给逢九年岁之人带来小病小灾等不适。当然，习俗终归是习俗，没有科学依据，随着时间推移，这种说法或许会被慢慢淡化和隐去。

韭菜，其"韭"字和许多字同音，由此乡间也流传着一些极富趣味的故事。譬如，讲一个婆婆考验新过门的媳妇，在临吃饭的当口要求媳妇半个时辰做出十桌九菜来，说一会自己娘家要来人。媳妇抿唇一笑答应，挎个菜篮去了菜园。半个时辰后，婆婆到厨房来看，只见媳妇炒好满满一碟韭菜，摆放在干净的石磨磨面上。婆婆哑口无言，自此后待媳妇胜过亲生闺女。还有一个"抠字眼讲词洞（庐江俚语，在字句里斤斤计较找瑕疵之意）"的故事是这样说的：一个庄稼汉去大户家应聘长工，谈条件时东家将契约念给他听：三餐饭按时按节，烟酒菜天天不缺；工钱三十吊一月，到年底一把去结。汉子一听，工钱是少了点，这生活标准可以啊，当即就按了手印。契约一人一份，揣好做工。长工不识字，哪知道东家在契约上写的是"腌韭菜天天不缺"，一段日子不见烟酒，找东家理论，东家反问，哪天少了腌韭菜？长工才知吃了不识字的亏。后这事传到私塾先生那，先生同情长工，在他那份契约上添了一笔，成"工钱三千吊一月"。年底结账，吵到县衙，县令判道：一个三十，一个三千，老爷做主，就以中间（三百）。

农村俗谚里，说韭菜的有好几条，像"刀割韭菜不断根，春上又是一望青""韭菜炒大椒，饭头一口包""青黄豆，韭菜花，不做主，不当家""乖乖咚的咚，韭菜炒大葱（比喻乱搭配）""春韭菜不知饱，夏韭菜一把草"，等等。当然后面一句在科学栽植的今天已不合时宜，它已四时皆是鲜嫩葱绿、柔滑可口了。

韭菜鲜美生津，有诗情，有故事，更为有趣的是，尚有一个因其命名的"韭菜节"呢。位于我国湘、桂、黔三省交界处的三江侗族自治县，一个叫高友村的村里，韭菜常年被大面积栽植。每年谷雨这天，村里的侗族人都会举办"韭菜节"。通常被我们炒着吃或切成沫包饺子的它们会被侗族人"打"出香喷喷的韭菜油茶。韭菜在这里不但是食物，亦是象征爱的信物。"韭菜节"期间，当旭日东升及夕阳西下时，男女青年则会聚集到韭菜地里交流种植经验，同时互诉情衷，谈心示爱，别有一番风情。

乡情韭菜，集美味、诗意和爱于一身，读到此，是否觉着有股淡淡的清香飘来……

抢　暴

在收集民间口语词汇时，有一个词让我踌躇了好长一段时间：抢暴。不知是收录还是不收录。

从90后往今天推，可以说知道这个词所包含内容的已寥寥无几。它是之前皖中江淮地区种植双季稻过程中，应时而生和自然气候相抗争的一个绕不开的过程或节点。如果把这个单词分解开来描述，会通俗易懂得多——双抢，打暴。双抢，顾名思义为抢收抢栽，一般在每年农历的六七月里，成熟的早稻和待栽插的晚稻融汇交集之时。看似简单的双抢两个字，里面却包含了割稻、脱粒、翻晒、灌溉、耕田、栽秧等诸多细节程序，而且正赶在炎炎酷暑的五六月，所有的劳作都是在高温、高强度的紧迫状态中赶时间。气候不等人，一挨过了立秋，如果晚稻秧苗还没栽插下去，后面基本就会减产甚至绝收。

而打暴，意即突然来临的暴雨，是穿插于收、晒、栽这场超负荷劳作之间的、"忙里添乱"的一个"捣蛋鬼"。它冥顽不羁，它神出鬼没，它不通人情。虽然夏季的天气预报里几乎天天都提及"预防"和"可能"，但许多时候天高云淡，这些短时暴雨仿佛躲到某个角落里睡大觉并不露面。而一旦你对它有所松懈，集中精力忙于田间耕种，它却突然张牙舞爪，扇风挟云，携豆大的雨点猝不及防铺天盖地而来。这个时段，几乎每家的晒场上都晾晒着脱粒或待脱粒的稻子，赶在"暴头云"出现时将稻子攒堆，抢在雨点落下前将稻堆用草或者塑料薄膜盖严实，是此刻压倒一切事情的重中之重。

每每这样的时刻，田间的人们不论远近，还是腿上带着泥、草帽被跑丢了，都已顾不上，尽皆往晒场上跑。用"三步并作两步""慌不择路""恨不得插上翅膀飞"等词语形容一点也不为过。

而村庄里有能力的老人和小孩也自然都赶到，"添个棒槌轻四两"啊，霎时间，晒场上人头攒动，叉扬、条把、推杆等农具一应俱全，全都派上了用场，看似急促凌乱的抢暴过程，其实都是遵循先收裸露稻粒、然后再收没有脱粒的稻把子和稻草的程序来进行。

但有的时候，这只是虚惊一场。天陡然阴一阵，风装模作样地紧刮一通，云就散了，毒花花的大太阳又现身头顶。刚才的抢暴过程那可是累死累活啊，累瘫了的乡亲，无奈地斜靠到草垛上，抬头看看"雷声大雨点小"的天，叹口气道："这老天咋这么作怪呢。"

而最怕的是一两声"饿雷"（声音闷闷的雷声）前头刚响，稻床上的稻子还没能完全收归堆，雨点便劈头盖脸落下了。夏天的气温高，沾了雨水的稻子只需几个小时就会膨胀发热，再长一点时间就能发芽。而一旦发芽，就意味着这些花费半年心血的劳动成果功亏一篑，落下个减产的遗憾、纠结。

这样的场景要多痛心有多痛心。曾有婶娘瘫倒在暴雨中的场基上，手抓着浸在雨水中的稻粒号啕大哭，前去拉劝的人也禁不住落下了泪水。

时光漫过，而今村民多数离开田园去城里打工，田野中已是收割机的机械化操作了。暴雨在夏季仍然未变它不时偷袭的个性，但"抢暴"这种忙碌嘈杂且揪心的场景却已逐渐远去并不复存在，这是社会发展的进步，也是乡村城镇化进程中可圈可点的佐证。

（《安徽日报·农村版》，2017.10.31）

场　　基

　　把打稻子、晒稻子的打谷场称作"场基"，是江淮部分圩区方言口语里的一个单词。

　　场基一家一块，虽大小不一，但都集中在村庄的边缘，离村庄很近。近到许多时候端着饭碗就可到场基上翻稻子，盖稻堆，赶走从池塘爬上岸来偷嘴的鹅与鸭。每家的场基几乎都是相连着的，中间只以一条条浅浅的细沟模糊地界定着各家面积的大小。

　　那些年月里，场基像每家搁置在村庄边的镜子。上面折射着四季的阴晴风雨，折射着寒来暑往的汗水辛劳，折射着年成的丰与歉、盈与亏。丰收的时候，男人们那快乐的喜悦掩饰不住，镜子上飘着他们一缕缕大口吞吐的烟雾，回旋着他们粗犷爽朗的吆喝和笑声。减产的时候，女人们的落寞和叹息遮掩不住，伴随着的一阵阵沉默和惆怅，也让人揪心的表情映照在上面。

　　某些时间，场基也会是整个村庄人快乐的集聚地、大舞台。确定不会落雨的傍晚，场基上支起两根直直的木柱，抑或长毛竹，将一块四四方方的白色银幕布高高地挑起。日出而作的村上人卸下一天的疲劳，带上各家的高矮板凳儿，围坐到场基上，沉浸于电影的精彩情节中。

　　年关玩灯的时段，场基派上了更大的用场。几十张四方木桌摆放在其间，玩灯人在彩灯的红红光影里，在锣鼓紧敲的喧嚣声中挪腾跳跃、盘旋攀舞、斗勇竞技。此时的场基，俨然是一个美轮美奂的天然舞台，晾着村庄的节日喜庆，演着乡野的温馨祥和。

　　场基，更是自然赋予孩子们的乡土版"迪士尼乐园"。皎洁的月光下，孩子一个挨一个地牵着衣袖，口里唱着动人的童谣：晃打月亮晃卖狗，卖个铜钱打烧酒，走一步，喝一口，问你个王大奶奶可要小花狗……孩子们好玩的天性让场基上的游戏层出不穷：推石磙子比谁的力气大，滚铁环比谁的技术高，用晒稻草的农具叉扬画圈圈，画自己心中的小风景，画一排小房子跳啊跳……

场基，也曾是某些乡村故事的起源地，故事情节的蓄势、转折点。冬天，大大小小的草垛懒慵慵地蹲在场基上，寂静无声，伴着田野里的青蛙们一道冬眠了。村西头老刘家的二蛋和邻村孩子干仗，打哭了人家，人家找碴到家中，老刘边赔礼边放出狠话："等（二蛋）回来用百刀（方言，菜刀）剁了他的手指头！"隔壁的小伙伴慌忙通风报信，二蛋那个吓得，就在外躲着一直不回家。天黑下来，刘婶急了，开始骂老刘："你个爆竹硝子嘴，二蛋要是有个好歹我跟你拼了！"一村人都知道了，老少尽皆出动，又是喊又是叫，邻村找碴的人家也觉着过意不去，不该小题大做，慌慌来帮忙找。折腾到半夜，找到了，在场基上的一个大草堆洞里，二蛋正在里面"板鼻子"呼呼大睡呢！

如今，有了收割机，村人也一个一个离开村子往城里打工。场基不再如以前那样平整光亮。草垛越来越矮，渐渐消失了。年关的时候，场基偶尔还会红火一阵。一辆辆的"小包车"沿着被拓宽的村路穿过田野，开到村边。此刻的场基，摇身一变成为一个小型停车场。它没有监控，更不需要打卡进出。张家的老三开着他的奥迪从上海回来，薛家的丫头开着她的红色别克从城里返乡，村里人站在各家门口就看得清清楚楚。

年一过，这些车的后备箱无一例外都塞得满满的，然后一辆一辆陆续离去。场基，有几块被翻松，种上了花生和豆子。还有许多刻着车轮压出的印痕，渐渐隐没在一簇一簇丛生的禾草中，耐心等待下一个节假日，等待那些车儿鸣笛而来。

（合肥文明网"文明合肥"，2018.5.21）

泥 河 米 饺

这些年在省城谋生并居住，早上时常去一些门店或摊点买些早点。由于早年生活习惯使然，对印象中的一些传统早点如油条、沓饼、春卷、米饺之类情有独钟，其中米饺尤甚。

爱吃米饺，当然源自儿时。虽然那时生活艰苦，大人上街办事，手头再紧，回来总会带几个"黄糯糯（方言，黄灿灿的意思）"的米饺给我们解解馋。米饺外皮的酥脆、内馅的鲜美可以说自很小就刻印于心。孩提时代唱过的童谣中曾有一首这样唱到：我俩好，我俩好，我俩上街买个大米饺。我吃皮，你吃心，花钱我俩对半分。

童心最纯，童言最真。童谣里的米饺好看好吃，加上嵌入了时光的味道，至今回想依然有一种脆脆的香，浅浅的暖。而庐江之前的灯谜歌里，亦有一首是这样唱的："什么东西弯弯在天边，什么东西弯弯水头上颠，什么东西弯弯长街上卖，什么东西弯弯摆在姐妹前。"谜底是"月牙、船儿、米饺、梳子"。依稀可见，曾经的米饺有着多么广泛的食众基础和美好形象。

但省城街头多为另类做法的三河米饺。三河米饺，里馅以虾和豆粉等混合制成。吃了很多次，面粉做的外皮酥脆程度基本相似，但内馅总是无法找到家乡泥河五花肉沫加葱姜的别样口感。也许是地域口味的差异吧，对于声名显赫的三河米饺，我内心里总有一点不认同，有此米饺非彼米饺的遗憾和慨叹。

一次回老家办事，到底忍不住在泥河街下了车，寻到菜市场，找到一家依然沿袭葱花肉馅做米饺的早点摊。先是站在摊边不动声色地吃了两个，就被各种调料麻木的味蕾迅即检测到这种独一无二的、曾经的米饺味道。看着前来购买的人络绎不绝，不敢迟疑地和老板打招呼，叫他给拣二十个，准备打包带回合肥与一些亲友分享。

但这二十个却是等了好大一会。泥河老街风习优良，本着里面坐堂食客优先的惯例，那些来吃的也大都点了米饺这个品类，炸好的就被拣走。后来老板觉着过意不去，挤空隙特地为我炸了一锅。

付账时有个小插曲。为了节省老板的时间，我从钱包里凑了刚好的22块钱递过。老板愣了一下，笑着说："拿这么多干吗，七毛一个，给十五就行了。"

七毛一个的价格，在如今的大部分地方早已不可能了。但家乡泥河街上却是千真万确的存在着。而且这些米饺的身材甚至比许多卖一块的还要丰满点。过后我思索，货真价实的泥河米饺，与老板的薄利多销理念有关，也一定和有"稻米之乡"之称的泥河盛产的优质早籼稻有关，因为米饺粉和庐江特产米面粉一样，都是特定籼米加工出来的为最好。

乡谚云：好吃不过饺子。我想这话里的饺子也应该包括油炸的米饺，包括着泥河街上七毛一个的肉馅米饺。

当　真　三

庐江人交谈，有句口语叫"当真三"。意思是"当真的"，或者"你还当真了呢"。

既然"当真的"完全可以表达意思，那么为何要在后面加一个"三"字？而"真三"这两个字到底是如何和"当"牵手组合到一起的？

如果百度，百度上真有一个单词叫"真三"，但那是一款游戏的名字，原名叫"真三国无双"，与三国有点关联，简称"真三"。这和庐江方言里的"真三"相差不啻十万八千里。虽然庐江是《三国演义》诸多重要情节的铺叙和承启点，也是书中主要人物周瑜、大乔、小乔等的家乡，但和游戏版"真三"却扯不上半毛钱关系。参阅我省著名语言学家、词典学家王光汉编著的《庐州方言考释》一书，书中引用1998年4月22日《合肥广播电视报》载《镖局趣话》文章内容，提到清末合肥镖局有著名武师"甄三"，与霍元甲相类，声名很大，技能超群，故而"甄三"一词可能由此流传而来。笔者在搜集方言口语的过程中，曾听到一个和此两字亦能关联起来的故事，细细甄别比较，觉着亦算合理。

故事的内容是这样的：某个朝代，庐江南乡出了一个有名的木匠，名叫郑三。郑三自小拜师，到四十多岁时手艺已至炉火纯青的地步，什么树种适合打制何种家具，多少木料做出多少样品，不但不浪费丁点脚料，且做出的东西卯榫严实，花样好看，经久耐用。高山打鼓，声名在外。后来朝廷在各地征集能工巧匠，要为某个亲王建府邸，郑三被地方县令特别推荐去了京城。几年后，亲王府邸落成，郑三自然荣耀而归。自此，更是名贯四乡八邻。四围有头脸的富贾乡绅，有需要兴土木工程的，俱以请到郑三前来执斧上梁为荣幸。可想而知，郑三哪里忙得过来！于是，郑三开始广收学徒，悉心传教，将自己的手艺发扬光大。这些学徒出师后，为接到更多的活计，纷纷以"郑三"门下弟子当招牌，打旗号，行艺他乡。慢慢地，许多路远地方的村庄，及一些无法请动郑三本尊的寻常人家，也就转而聘请郑三的徒弟去盖房建屋，打制家私，不妨傍了一回名家。至此，郑三家乡人常常对那些从外地赶来请师傅的人开玩笑，说把他的徒弟"当郑三"。久而久之，演变成了"当真三"。

当然，故事里的事说是就是，说不是也不是。但"真三"这个词却是真真切切地存在着。如果用现代语义从字面上分析，"真三"可以是真、善、美三种美德的简称。细思庐江作为人文厚重之乡，也未尝不可。

甄三，真三，不管是源自哪种传说，都真的有意思，有味道。

（"微聚庐江"平台，2017.12.30）

家书里的乡音最真情

　　我是 20 世纪 90 年代那一批别土离乡出门打工的人，在外从事的是建筑行业，有过许多次刚卸下工装、甚至来不及清洗汗渍和泥浆便窝在拥挤的工棚里读家中来信或给家中回信的经历。因为信件的投递点常常和打工工地有一定距离，读过后早回复、早寄出就会早一天到家。

　　建筑工地多为繁重的体力劳动，工作量可想而知，一天下来累得腰酸腿疼、浑身疲软是经常的事。那时的工棚也比现在简陋，很少装空调，几乎同步着室外的冬寒夏热。但那些写信和读信的时刻，仿佛有一种看不见的温柔舒缓着疲劳，一种久违的深情稀释着苦累。尤其是读信的时候，信纸上一句句来自家乡、朴素且凝练的乡音俚语如一条潺潺的小溪流过心头，让筋疲力尽的身体、孤寂迷茫的心灵得到滋润、濯洗和抚慰。

　　家父去世早，那时的信大多是写给母亲的。而母亲基本算是文盲，只在村里的扫盲班里待过几天，只认得几个笔画简单的汉字和阿拉伯字母。她的来信大都是请村庄里有文化的老师、堂叔堂兄弟代笔，当然，信中主要内容都是她口述的。

　　母亲的信里的关心、担忧和鼓励，许多都是以家乡的方言俗语表达，虽然远隔数百上千里，读信时的那一份亲切和感动不亚于当面聆听。

　　知子莫若母。那会年轻性格急躁，好冲动。母亲叮咛的话几乎每次都有，例如："凡事紧眨眼，慢开口""忍一忍，过个大山岭""一句话一笑，一句话一跳"等。

　　还有劝我不要过度劳累，适当注意休息但又不能懒惰，会说"不怕慢，就怕站""人动一双手，到哪都会有""千难万难，不干才是真难"；而关照我不能只顾着攒钱、吃喝上太省，就会说"吃不穷穿不穷，算计不到一生穷"；那时活计很累，工资又并不高，母亲宽慰我的话也说得实在："消消（薄薄的意思）锅巴慢慢铲，一口吃不出胖子，一笔写不成上字。"

而那时，她自己在家中一直持续的是清苦寡淡的饮食。

因为家境太过贫寒，我二十七八岁时还没谈对象。在城市这个年龄段不算什么，在当时农村已属老大难了，何况我又是家中老大。一直高不成低不就，母亲是最急的，但说在信里的话总是很熨帖婉转。她说："山不转水转，一棵茅草顶一颗露水珠，缘分到了是你的总会随你"；我后来谈了女朋友，母亲听闻后欣喜异常，特地在信里叮嘱："秤砣子称心，将心比心，你要好好地待人家姑娘，不能亏了人家。"

结婚后和妻子一道在外打工，磕磕碰碰的争吵怄气难免。可能是回家农忙的人告诉了母亲，很快母亲托人写信寄来，她那次的话说得有点重，其中的一句"好狗不咬鸡，好男不打妻"，让我震颤和羞愧了很长一段时间。

后来，随着经济条件的改善，家中装了电话，信渐渐不再写了，她那些富含幽默和哲理的乡话都通过语音传送，一直到近些年离开村庄和我们在一起生活。

如今，母亲已离开我们，每每在整理一些方言类稿子时，不由得会忆起曾经家书里的乡谚俗语、她不经意间脱口而出的童谣民歌，眼里就有种潮潮的感觉……

（《新安晚报》，2017. 6. 1）

趣话 "哈人"

　　庐江方言中有个口头词：哈人。可别小瞧这里面的"哈"字，它的含义很丰富，在不同的语气里表示的往往是不同的意思，即便是在同声调中，表达的所指也有"五丈不隔八丈（乡村谚语，表示有较大的距离，相互不沾边）"的差别。

　　先从平声说起。"哈（hā）人"第一种平声的意思是呵气，用嘴对别人噗气，也叫哈气。哈在这里不同于吹，口中的气是张开嘴从咽喉部涌出，而吹是借助嘴唇圈起发力出来。这个"哈人""哈气"多表现在关系比较近的人之间的玩笑和亲昵，和打"哈欠"的哈字属同一种类型。

　　第二种"哈（hā）人"的意思是食物加工过程中由于操作不当或者时间存放过长变味，产生出一种口感不佳的怪异味道，多出现在油炸食品中。例如，过年打的炒米糖吃忘记了，现在都有些"哈人"了。

　　第三种"哈（hā）人"的意思也是多出现在口头禅的口语中，表示的是让人感觉尴尬和难堪的样子。譬如两邻居在拉呱，一个说："讲出来都哈人，昨天赶集回来遇到开车卖苹果的，二十块钱一袋，一袋估摸着有个七八斤的样子，本以为拣了便宜，哪想回来开袋一看，四分之一是坏的。"

　　也是这个"哈"字，在某些场合兼有弯腰、躬身的意思。比如"点头哈腰""疼的哈着个身子"等。

　　而同样还是"哈人"，当"哈"的声调变成三声，这两个字的意思又大不一样了。这时候的"哈（hǎ）人"表示的是没有多大能耐、本事，或者某些方面不如人，也可用在体力弱不禁风、不能做重活的形容。例如，别看他憨憨的样子像个哈（hǎ）人，干起事来可一点都不比人差。有时，为放慢说话的语气，也会说成"哈哈（hǎ）人"，与此同理，"哈（hǎ）话""哈（hǎ）事"等皆是这种表示低微弱小、比别人差一等的用法。

　　"哈"在四声也有应用。多是重叠出现："哈哈（hà）"。此处的"哈哈（hà）"每次、回回的意思。例如，这小丫头真过劲，学校运动会上，她八百米跑"哈哈"都第一。

看到这里，是不是觉着方言词语中蕴含了独特的意境和趣味?！其实"哈"字最好的用法，应当是日常生活中充满笑意的"哈哈""哈哈哈"，笑一笑十年少，少了愁怨，忘却烦恼，没有什么比开心快乐更重要。

（"微聚庐江"平台，2017.11.18）

"百刀"的来历及传说

在安徽沿江江淮之间一带城乡，许多地方将厨房用的菜刀称为"百刀"。纵观全国各地，把菜刀称为"百刀"的还有河北冀中部分地区。冀中地区关于"百刀"的来历是源于一个"八月十五杀鞑子"的典故，源自当时元朝规定的"百人共用一把菜刀"的荒唐条例而来。而江淮之间的关于"百刀"的来历和传说又是怎样的呢？

一、巧计带"百刀"

1360年夏天，在庐州府西南一个通往庐江地域的关隘，守关官兵正例行公事地对所有进出人员进行搜身检查。由于遭受数十年一遇的夏旱，原野里庄稼枯黄稀落，关隘边的树木也是一派焦枯萎靡的模样。一阵风吹过，路面上尘埃飘拂，黄灰蔽日，但关隘前的人似乎都没工夫理会这些，都在急巴巴地等着早些进出，或为养家糊口，或为尽快逃离这是非之地。

排队的人群中，有好几个乞丐，破帽遮颜，衣衫褴褛。其时正处元朝末期，由于统治者的苛捐杂税层出不穷，民不聊生的生存境况导致各地农民纷纷揭竿而起，反抗腐朽朝廷的压迫体制。而乞丐中那个中等偏瘦身材、一双细眼总是似睁似闭的汉子，正是朱元璋手下的99个丐帮大弟子之一的蔡二双。蔡二双此次奉命带几个同伴，以叫花身份潜入庐州府沿江一带，发动饱受灾情煎熬及官府蹂躏的乡村民众结帮成团，发展壮大与摇摇欲坠的元末统治者奋勇抗争的红巾军起义队伍。

由于局势的震荡不宁，州府官兵也加大了管控力度。贴在关隘的告示清晰地写道：凡有携带铁、铜等金属器具者，一律抓起押解至府衙审讯。

但蔡二双他们为了发展壮大红巾军及自身安全的需要，一点器具不带也不现实，在长期与官兵的周旋过程中，他摸索出了一门独特的武功——菜刀功。菜刀，平凡普通，却又小巧灵便，锋利易磨，且便于携带和隐藏。这次，他带着的几个人依然乞丐装束，每个人手上一根打狗棍，臂上挎一个讨饭篮子。而菜刀就在讨饭篮子的最底层，以一块脏兮兮的破布盖着，破布上再搁置其他东西伪装遮掩。

等到搜查蔡二双时，换了一个兵士。按照常规，只要蔡二双自己掀开篮子，让他们看看里面的破碗、馊馒头、剩菜之类即可通行，但这个士兵忽然心生狐疑，一伸手自己要来翻看篮子。

情势危急，后面尚没过关的几个叫花子互打眼神，各自做好强行冲关的准备。

这时的蔡二双依然不疾不徐地将眼皮翻了翻，手在篮子里摸一下，顺势带了一块烂肉出来，举到兵士面前，傻痴痴地笑着说："军爷，这——这是我从一个员外家讨要的，你看，可好? 可香?"时值酷夏，那肉早已腐烂不堪，上面还飞绕着几只苍蝇，一股臭气扑鼻而来，熏得那个检查的士兵"哇"地一声，好险没吐出来。那士兵恼羞成怒，抬起一脚踢向蔡二双屁股，骂道："你个臭要饭的，什么东西都往篮里拣，找死啊，还不快滚!"

及至检查后面蔡二双的几个同伙时，那兵士再不翻看篮子，象征性地扫一眼，便抬手放行。

二、神武运"百刀"

蔡二双就这样在沿江一带借乞丐身份，逐村行讨，不断组织有意愿反抗朝廷统治的乡野村人加入红巾军。为了不引起朝廷的注意，他将这些人员编制成团，每一百人一组，配备的武器就是各家都有的菜刀，取名为"百刀团"，再让弟子传授他们自己独创的菜刀功，勤加练习，等候召唤。慢慢地，在红巾军和民间，一个绰号"蔡百刀"的人名声广传，但很多人只是耳有所闻，并不认识以叫花身份出没江湖的蔡二双本人。数年后，朱元璋率领的红巾军渐成气候，先后打败和收编了陈友谅、张士诚等各路农民起义队伍，开始和元官府军做最后的决战。一次，蔡二双再一次为一个新组建的"百刀团"输送菜刀，准备依然沿用之前的老方法：篮底藏刀。

虽然这种方法效率慢，但相对比较稳妥。然而让他们没料到的是把守关隘的官兵另换了一批人马。这批不同于之前的兵士，他们搜查得特别仔细，但凡有可疑之处都要详尽盘查。而大战在即，这批菜刀又必须尽快送过关卡，危急之下，蔡二双带领几个人脱去乞丐装束，以普通人装扮赶着牛车到了关卡前。牛车里装着稻草，稻草下覆盖着打仗用的长刀和长缨枪。

果然，刀枪器械很快就被官兵发现。因为蔡二双是预谋在先，说时迟那时快，与几个同伙一齐动手，边抄家伙与官兵格斗、边向西北方向逃跑，将官兵引开关隘一里多地。而在关卡的其他同伴趁机将大量菜刀迅即带出关卡，按时运送到指定地点。

蔡二双因为常年以乞丐身份在这一带游走，地形极为熟悉，追赶的官兵哪里比得上他们的轻车熟路，追着追着最终不见了人影，方知中了"声东击西"的计谋，无奈草草收兵返回。

三、"百刀"称谓广流传

朱元璋打败元军建立大明朝后，多疑乖戾的性格日益显现。他最不放心的就是当初与他一道打江山的下属随从、如今的一班功臣元老。于是，在南京建造一座"庆功楼"，大摆筵席，实是有心要将这班元老一网收拾。

然而庆功宴上，到底还是少了包括第一谋臣刘伯温在内的几个人，还有绰号"蔡百刀"的蔡二双。朱元璋火烧庆功楼后，那几个人依然是他的心病，便派出锦衣卫乔装潜入沿江一带民间，继续查寻他们的下落。奇怪的是，这些暗探到了民间，只要开口一提"蔡百刀"，乡野人家都会说知道，知道。当暗探兴高采烈跟随前往查看时，所有人家无一例外的都是从厨房拿出一把菜刀来，并说："喏，这就是'菜'百刀。"久而久之，这些暗探也明白，"蔡百刀"早已预料到如今的情节，未雨绸缪，深深潜入民间，根本无法寻得踪迹。

而菜刀也借此被称为"百刀"，一直在安徽沿江一带流传下来。

跟着童谣过端午

"端午吃颗桃，到老不落毛；端午吃颗杏，到老不生病；端午吃颗豆，干事不落后；端午吃颗桑，干事心不慌……"这一首曾经流传在庐南孩童口里的童谣，你还有印象吗？

端午，农历中三大重要传统节日之一，因其时处初夏，自然春开花果蔬渐次饱满成熟。青红的桃，橙黄的杏，一个个惊艳挂枝，秀色纷呈。还有刚收上的蚕豆，炒熟了嚼在嘴里脆而且香。平常时日行云流水波澜不惊，而节日的到来给漫漫光阴添了一分盼望和等待，于是就着这些成熟的果子豆子，美好的祈愿被编进歌谣，变成烘托节日祥和快乐的一抹温馨。

这首端午童谣，以几种常见水果应着时节信手拈来，念读自然上口，字句间一派乡野原生的淳朴和粗放。在庐南乡间，缘着端午还有一句民谚："过了端午节，黄瓜瓠子吃不彻。"不彻的彻字，方言音 che，不断、很多的意思。所谓种瓜得瓜，种豆得豆，淡淡的语句，融入许多人对辛勤劳动后收获的赞美及欣慰。

民以食为天。凡过节，节日氛围首先体现在饮食上。端午节，吃的东西多为粽子和绿豆糕，而今大多以粽子为主。民间裹粽子，里面的原料大同小异，糯米为主，加肉或蜜枣、红豆等，亦或者单纯白米，蒸煮成原味。而包裹粽子的除了传统的宽肥粽叶，也有用细长芦苇叶的，系的是红绿线，如果有条件采到一种生在水边、韧性极好的飘子草晒到半干系扎，煮出来更有一种浅浅的草香，那就是真正名副其实的原生态香粽了。

过节总是快乐的，粽子好吃好看，庐南乡村流传的和粽子有关的谜语也是有趣好玩：角多不戳人，一身绿莹莹，要想吃好肉，先要解腰绳。还有一种逗乐打油式的谜面：白白小胖子，穿着绿裙子，解开细绳子，胀坏小伢子。

端午节，书面上多以纪念爱国诗人屈原为主要寓意。而在庐南乡村，经年沿袭中兼容了许多本土的习俗风情。比如端午常常被谐音说成"躲午"。躲午，顾名思义为避开一天里中午这段时间。乡间的说法是自端午节开始，壁虎、蝎、蛇、蜈蚣、蜘蛛等"五毒"竞相出洞，尤以中午阳光强烈时分为甚。所以大人总是关照孩子，端午这天中午老老实实在家凉快着。但孩子的天性改不了，被好奇和贪玩驱使，除非雨大风狂，这般若风轻云淡的好天气，有几个能做到中规中矩的窝在家不出门？

端午门头，必须插上艾蒿和菖蒲草的。艾蒿散发的气味独特，有驱离某些蚊虫之效。晾干后泡水，药理上也有对多种致病真菌的抑制作用。在庐江及其周边不少地方，至今依然沿袭着用艾蒿水给刚出生的小孩"洗三"的习俗，为孩子的健康茁壮成长开启人生第一次"熏陶"。

菖蒲草不但气味辛异，其茎叶状如剑，剑可斩一切邪魅。所以乡村人家端午里也会插数枝菖蒲于门旁，防邪气入侵，守护家庭的幸福安康。

端午节里，许多地方流行一个经典的娱乐节目——划龙船。而庐江南乡的泥河罗河缺口一带，早些年划龙船的时间多选在农历六月六，而并非五月初五这个时间点。向一些上年岁老者问询请教，比较合理的说法是和传统的农耕节气以及地理位置有关。这些地方以前一直有种植双季稻的习惯，其中还套种麦豆类，端午期间正处芒种，乡谚"芒种芒种，边收边种，洗脸梳头都没空"就形象地描绘了这时段的忙。一直到农历六月初、早籼稻收割前才有短暂的空闲。并且正常年份，端午之后江淮之间陆续进入梅雨期，河道里涨水，同时也成为防汛关键时刻。圩区有农谚叫"圩田好做，五月难过"，说的就是这段时间。到了农历六月，梅雨基本结束，河汊沟渠的水势趋于稳定，此时再来一场龙船赛，岂不是更能安心使上劲？将赛龙船的日子延迟到六月六，取六六大顺之意，亦有美好寓指。

时光流转，日月更新。又至端午，虽然许多习俗已在流年里改变，但祈愿平安快乐的主旨没有变，采一束艾香，我们一同走入葱茏碧绿的夏天，硕果累累的秋天……

（"微聚庐江"平台，2017.5.29）

花疯，花张经，花狐猫，花头点子

来说说花字开头的几个方言口语。

"花疯"，一般指每年油菜花开时就会发作的一种相思病，多发作于在感情上受过打击、刺激、煎熬的人。当然，这是个逐渐淡去的词语，是以前信息不对称的年代遗留下的，如今网络世界沟通便捷，两情相悦尽管敞开胸怀，基本没有什么阻隔与纠结。即便因情伤心，经过心理医生的开解治疗，大都能化开心结，不落愁怨。有一点需要注意的是这两个字在口语里说出来的时候，更多环境下并不是所指之人真的是患了"花疯"症，而是一种夸张、呵责的语气。比如母亲说她定了亲没结婚的儿子："我看你花疯掉了，动不动就往你丈人家跑，家中的事都没心思做。"

而"花张经"则比较难理解。廖大国著的《文学作品中的江淮方言词语例释》中收有"花头经"词条，释义为"花招，窍门，本领"。并列举了《扬州民间故事集·羊肉烧藻菜》里的例句："张老三虽不懂买驴人玩的花头经，但他明白，自从带回那碗倒霉的菜，老婆的脾气才变坏的。"在这里，基本和庐江的"花张经"相似同义。"花张经"细化解释是某人在大家都忙活的时候，找个无关痛痒的借口溜走，也就是躲懒的表现。但为什么不直接说成躲懒或耍赖呢？因为这里有不确定性，有些时候这个人去做的事情后来被证实也是必须要做的，所以在未知、不明的情形下用"花张经"来形容，不会太过得罪人，变相地给说者留了回旋的余地。例如这句话：小三子吃过饭就没见人影，说是家中来客了，依我看十有八成是打花张经，到牌场打牌去了。

"花狐猫"，庐江民间多指狐狸为"狐猫"，和经典故事"狸猫换太子"里的狸猫属同一种动物。狐狸中有一些是花脸的，看着让人不舒服。所以方言里把脸上脏兮兮的样子形容为"花狐猫"，一般多用在说玩耍的小孩子。

"花头点子"，先说"花头"。"花头"，本意指和尚，一般认为源自名著《水浒传》里的花和尚鲁智深。江淮方言里后来将头上没毛或毛发稀少的人也风趣地称为"花头"。像俗谚"小秃子过江，一浪一个花头"便是这个意思。而民间还有一个说法，即头上没毛之人多是"头脑想空了"的聪明人，应对了趣味成语"聪明绝顶"。这样两下一结合，"花头点子"就不难理解。意即又一个计谋，又一个想法。但这种计谋和想法许多时候不被众人接受和认可，因而"花头点子"大部分时候都是贬义。

所以，做人必须要踏踏实实、光明磊落，玩"花头点子"最终是自欺欺人，当诫之。

年关，聆听温暖

爆　竹

爆竹在城市钢筋水泥的丛林中恣意，安上分贝的属性，总是太过激烈，常让人在难得的一份宁静中塞满惊措和烦躁。除了消防安全的因素，这恐怕也是其在更多时候被重点管禁的主要原因。

而爆竹在乡间的村舍屋落边，或轻松闲散或急促叠叠地被点燃，因了原野的空旷、静远，更多时候带给大人和孩子的是烟雾缭绕里的热烈和激动，含着一种莫名的渴望和幻想，成为冬天这个凛寒季节里一抹"热到耳根"的温暖。

时到年关，也就走进此起彼伏、跌宕交错的爆竹潮里。一波一波或急急或徐徐的炸响，总让人浮想联翩，引颈翘望。从农历二十三送灶，到二十四小年，再到腊月二十六、二十八年尾上最后两个迎娶嫁出的双日子，爆竹，总是在极尽祥和的气氛里热热闹闹地喧嚣着。而除夕夜、初一晨，更是淋漓尽致展现它风采的辉煌舞台。这些年，春晚报时的钟声仿佛已成乡村所有开门炮的起始燃点，自那一刻起至天明，整个乡村沉浸在泱泱澎湃的爆竹海洋里。

二叔爹总在年尾某个有阳光的日子里，把一串大概两千编的鞭炮一颗引子一颗引子地解开。他要把这些解散了的小爆竹蒂儿洒在大年初一放过开门炮的门前地面上。

"什么东西都能越造越假，唯有这爆竹却是越造越真了。"二叔爹在暖暖的阳光里轻叹，"只看见满地一片红的碎片，却很少落下未点爆的废蒂子"。

这很不讨二叔爹的欢心。这也不讨年初一挨家挨户拜过年、躬着腰身拣没炸完的爆竹蒂子玩的孩子们的欢喜。

孩子们总是口无遮拦地宣泄着他们眼眸里的所见——

"没有，他们家一个也没有。"或者"他们家门口好少吃……"

大年初一，二叔爹最听不得这样童言无忌地带着"没"和"少"的不吉利话。

而洒满解开了的爆竹蒂子的门前，激动兴奋的孩子们嘴里传出来的则是："乖乖东东，这家好多哦，引子好长哦……"

"好多""好长"让二叔爹乐得合不拢嘴，一个劲地把早早备好了的糖果往孩子们口袋里塞，嘴里关照着："小心地放啊，点着了就往空地上扔啊……"

仿佛得了这个彩头，新年的收成会很多，幸福会很长。

排门歌

锣鼓响，脚板痒。

腊月半边里，便有唱排门歌的卖唱人"咚咚咣""咚咚咣"地沿村串户敲打着鼓和锣来到门前：

"他家又到你家啊——来啊呀——咿呀哎嗨呀……"

第一句拖了个长调，后面的便流水行云，汩汩而来：

"两家财门一样开，他家喜迎千年福，你家能聚万年财，这都是府上仁义好，幸福的日子哦一代接一代——咿呀哎嗨呀……"

所有的歌词都是触景生情、临场发挥的，带着歌的韵，蘸着方言的尾声，唱不尽的亲切和美好。

其时已放寒假，孩子们小鱼吸水般缘声而来，迅即就把卖唱人团团围拢（也有拉一把二胡唱庐剧、弹一柄吉他唱黄梅的，不过这似乎引不起孩子们的兴趣）。

卖唱人久经历练，很悠闲，很淡定，在鼓点里接着唱：

"府上门前把眼啊——张啊呀——咿呀哎嗨羊……"

为了求韵，后音变成了羊，或者是韵母"ang"之类发声。

"两层小楼真漂亮，底层好比金銮殿，阔阔大雅多排场；楼上好比紫荆堂，锦绣文章里面藏，儿女念书成绩好，他年定出一个啊状元郎——咿呀哎嗨羊……"

一番夸，家主心花怒发，付过喜钱，卖唱人点头致谢，赶二家。

孩子们屁股后面撵着跟着。

一家一小段，一个村庄很快唱完。孩子们目送卖唱人远去的背影有些淡淡的失望。东头王老爹家的二孙子就是胆大，溜回家在灶屋偷了一个铁搪瓷脸盆出来，找一截木头棍子，敲敲打打"咿咿呀呀"地模仿着唱起来。

也就一根烟的工夫，那孩子的耳朵被家中大人拧住，嗷嗷直跳着叫——一个光亮亮的脸盆底愣是被敲得一半没了瓷。

车笛声声几多情

以往是过了腊八、现在是直接跟春运接轨，春运大幕前脚拉开，后脚村庄通往镇里、县城的班车便不熄火地循环跑起了。每挨近村庄，那个喇叭总是不见停时的被按着，在叫着。

那一声声是催。上街赶集的，城里采购的，脚步儿带紧点，迟了几分钟，就要耽搁一趟。耽搁一趟，或许就要迟误一天，年里头打年货，哪一天的时间都金贵得很。

那一声声是喊。谁家在外读书的孩子回来了，谁家在外打拼的闺女返乡了，长按喇叭，通知家人带着扁担家伙，快点来接包裹物件，或者从外地捎回的新潮家电之类。

那一声声是诱。小村的孩子留守多，雪藏的情感，饥渴的天伦，循着阵阵车笛，踮起脚望眼欲穿，远方的亲人就要归来，爸爸大手在头上的轻抚、妈妈将小名悠悠的呼唤不再是多少回梦里的期盼……

虽然车喇叭作为年关那一份热闹喧嚣的后起之秀，但却大有后来居上之势——不经意间，一度偏僻的小村庄，一辆辆的小轿车沿着有些坑洼的石子路晃晃悠悠地开回来。

夏秋之际，承载过金黄麦粒和稻子的村边的大晒场，此刻摇身一变，赶新潮地成了公共停车场。

白天看得见，那按的喇叭声点到即止，从上海、从南京，满载的风尘，归来的喜悦。而在夜间的那些鸣叫，很让人可着劲儿猜：在省城开公司的薛家二子回了？在浙江当包工头的腊狗子到家了……天亮时，一村人大感意外，曾自创对联"锯他个长短、刨这点不平"的木匠三结巴好几年没回来，今儿个愣是整来家了一辆"鳖壳"（别克）！

于是，带火了一个呱蛋的话题：石头必有回潮日，土粪终到发热时！

不过，比这话题更引人注目的是老队长又猫着个腰，在东一辆西一辆停放着小车的晒场上长按他侄子的那辆鸡打鸣"喔喔喔"（沃尔沃）喇叭，用以代替他一直以来通知开会的铁哨子，就着年关老少爷们齐齐旺聚，扯着嗓子喊开：

"咱这村头的路，啊，小石子崴坏了高跟鞋，大石块能颠破车轮胎，该好好大修了，有钱出钱，有力出力……"

（《合肥晚报》，2012. 1. 16）

瓦洋河上的渡与桥

瓦洋河在黄陂湖东南，从地图上俯览，状如一根落在地面的鞭子，自黄陂湖口至洋河村一段宽阔且直，其后越往上游越细，到凤凰岭处便如游丝没了踪影。河道不长，夸张的手法写也就如一根鞭子，抖一抖，悠几个弯，就见了两端。

撩我深深情愫的便是洋河村到黄陂湖这一截。虽是短短的几公里长，沿途几个缘村舍而生就的渡口，曾那么质朴憨厚地蘸着乡风野韵，在我的心头烙下无法抹去的印记。

比较大的渡口有三个。一个是靠近黄陂湖的竹林渡，因靠近湖沿，过往行人不是很多，一竿长篙、一叶轻舟，一幅素净的水墨画般地荡漾至今。往上是连接庐江东南乡泥河与矾山两个大镇的张老渡和吕拐渡。这两个渡口因处在"庐江四大圩"之一的天井圩东沿和丘陵山脉地势的矾山镇最西端，又可算是山、圩的分水线和结合点，一度过客如织，往来繁密，艄公无歇。

吕拐渡是书面上的说法，在两岸村舍乡亲口中更多的称谓是其俗名：哑巴渡。关于"哑巴"渡名的来历，听过好几种版本，我最倾向的是像瓦洋河东边的失曹岭，西边的放马滩、盔头畈等沾着三国典故，可追溯出一段和曹操相关联的传奇故事。比如这哑巴渡，三国版的真叫人惊心动魄、慨叹连连——天色微明，曹操兵败失曹岭，与众将士走散，爱骑大宛良马亦不知所踪。误冲误撞间被敌兵发觉，仓皇逃至一河边，定睛一瞅，并非自己命将士丢柴草为桥、成"柴埠渡"的黄泥河（距离瓦洋河三四里路远），不觉仰天长叹：我命休也！顿足间，见一年轻艄公撑一小船急至，顾不得多说，上船到了对岸。回望来处已是人影嘈杂，追兵仅一河之隔，为防自己行踪泄露，曹歹性顿起，抽剑欲杀艄公灭口。

艄公见状，为求保命，遂用系船绳之小刀将自己舌头割下，扔于河中。曹惊怵艄公的机智，乃自遁去。始有哑巴，始成哑巴渡。

如此凄壮故事，曾有文友这样感叹：渡悠悠，水悠悠，时光随水恣意流。艄公的长篙撑得起风雨，撑得起日月，却撑不出一颗暴戾多疑的人心。

而与其仅隔两里路远的张老渡在方言里常常被唤作"张果老渡"，我上学那会好看神仙侠客一类图书，得知八仙之一的蓝采和传说为庐江黄陂湖岸边人，便懵懂地联想：这"张果老渡"怕不是也和八仙中的张果老有关吧？为此后来特地到张老渡边的夹板轮窑厂工人中去打听，可最终证实这完全是我自作多情的臆想，这个渡名委实普通寻常，不过是附属于位置所在的自然村庄名罢了。

但张老渡却是几个渡口中我过往次数最频繁的。这不光因为我的舅舅、姑妈等一些亲戚家在河那边的矾山、缺口，重要的一点是张老渡的东边很早就有连接县城的乡村公路，在交通不很通畅的年代，我们河西岸这一块村民到县城去买农资器具，到比庐江更远的他乡去打工，都会就近取道经过它。渡风渡雨，短桨长篙，来来往往中对那句"百年修得同船渡"的佛语滋生出好些况味和揣摩。

当年过渡，渡资是沿袭了好多年的收"香头"。即每年年头或年尾，摆渡人挑着稻箩到所有可能涉足过渡口的村庄收取稻子，按人口算，一个人两斤至五斤不等的叠加着。当然孰多孰少也不甚计较，意思到就行。后来出门打工的人多了，过渡的面孔逐渐生疏，实时收现金也随之取代了传统的收"香头"。看着似乎进步了，但曾经的乡野民风的淳朴和温馨也同时被淡化了。

时光漫过，如今这一带的河堤俱已浇上水泥路面，吕拐渡还在，但渡人渐稀，渐至没落。而张老渡几年前就已经架起两岸人曾经梦寐以求的桥。打桥上疾驰的多是各种代步的车辆。当年数十分钟、甚至泛洪发水时无法通行的遗憾等待已成历史。

瓦洋河水静静地流，时代的发展进程日新月异，如今，又一条铁路和公路桥跨河而过——自庐江往无为至铜陵的庐铜铁路已接近完工，将于今年年底通车。届时，火车的轰鸣将成为一道崭新的景观。而往上不远，瓦洋河上，连接庐江县南部重镇的花泥公路已于9月7日建成通车，地处庐南偏僻山区的矾山、龙桥两镇数万群众，实现了30分钟上高速的便捷出行愿望。

看河流如带，桥影似虹，那河，那渡，那桥，那时光里的变迁，如一幅次第摊开的画卷，一笔一画，深深浅浅，无不彩绘着家乡过去、现在和未来的原风景……

（获庐江县"不忘初心·砥砺前行"全国散文大赛优秀奖）

乡 间 的 草

草 帽

麦子卸下金黄的盛装，将太多的爱恋不舍，浓缩于那一秆秆纤细、洁净、泽亮的麦秸。漂白，折叠，编织，装订，一道璀璨着田野和节气的麦色光环，一顶荣耀着农人与村庄的本色桂冠——草帽，就一朵，一朵，一朵，花一般盛开在蓝天之下，泥土之上。贫瘠的坡坎，丰腴的田头，逼仄的渠岸，广袤的原野，所有的开放都那么自在热烈，无拘无束。

花儿喜欢从春天开始烂漫妖娆，婀娜曳风。草帽也是。

晴好的晨，露珠尚在草叶和禾茎上回味夜梦的温馨，太阳也才刚刚爬上东山，草帽已迫不及待地要出门了。草帽离开悬挂它的墙，在布满茧纹的手中闲闲地转一圈，何时落在上面的一小片草叶被轻轻掸去。尔后，细细的线绳在颚下打个漂亮的结，出了门槛，屋外整版的阳光颤了一颤，晃了一晃，迅即碎金般散开。一道金边就亮闪闪地镀在宽宽的帽檐上。

黄昏，夕阳渐隐。晚归的人走在窄窄的田垄上，扛一柄锄，草帽已被解下来，挂在锄的另一端，晚风一阵一阵推搡着，草帽就一摇一摆翩翩低舞着。而此刻的背景是蜿蜒的野径慢慢向村庄靠近。村庄已有一两盏的灯亮起来，那恒温的光芒里裹着鸡飞狗跳的嘈杂声，更有母亲将孩子乳名的呼唤声。黏黏的，也暖暖的。路边的庄稼高高低低地绿着时令，更远处是黛色的山，是一团一团薄雾般推进围拢、不动声色漫上来的水墨，是一幅浑然天成、唯美得窒息却令人穷尽言辞的大写意。

世间深爱，莫过于日出而作、日落而息，形影不离、相濡以沫。一如农人和他们脚下的泥土，一如草帽和天空的阳光。许多年来，草帽和阳光从相识相博的对手，早成为相知相惜相怜的挚友。

阳光偶尔会做些小动作，用甜言蜜语怂恿风。风头脑一热，像极了顽皮的孩子，动辄就将草帽掀一掀，揪一揪，再拽一拽。阳光便会趁机挤进来，把草帽下的脸摸一摸，染一染，染成古铜色，染成红黑色。甚至那些深深浅浅沟壑一样的皱纹里渗出的汗渍也不放过。

还有那些云，那些雨，对草帽一定是满含爱怜却又充满嫉妒的。风轻拂的时候，云在蓝天上悠悠游走，不管朝着哪一个方向，总会将一大块一大块的荫凉抛下来，挡住一些阳光，也把影子落在一些阳光里晃动的草帽上。弓腰在田里的那个人，此刻会把草帽取下，卷起半边，一摆一摆的，当成了扇子，摇摆出一缕扑面的清凉。夏日的雨喜欢偷袭，突然一阵风狠刮，几声雷炸响，豆大的珠点噼噼啪啪倾泻而下，急躁得不和任何人商量。草帽还在头上戴着，戴草帽的那个人笑了，他直起腰，满怀喜悦地伸张着双臂，任由雨点溅打在手心和胳膊上，他从容享受着这份自然的馈赠与滋润。此时，宽宽的帽檐遮护着脸颊，也接住了雨水。承受了太多阳光的直射，草帽，一定也在等待一次醋畅淋漓的洗濯。

某些时刻，阳光依然热辣着，草帽却被解下，反过来捧在手里。那个辛劳了一上午或一下午的姊娘带着浅浅的疲倦要回她的村庄了，回她甘苦与共、蓄攒着诸多梦想的巢。她路过她的菜园，麻利地割两囵韭菜，拽一把结满枝的四季豆，或者几根布满毛刺、拖着尾花的黄瓜，再将它们一股脑装进草帽碗里，用草帽绳拎着，一晃一悠，一晃一悠，到了家，那可就是锅台上一家人新鲜可口的下饭菜呢。

草帽也累，草帽也要休憩。那些夜晚，那些冰天雪地冬藏的日子，草帽静静地挂在堂屋东边或者西边的墙上。墙上贴着过年时买的喜庆的年画。每一张都是精挑细选的，每一张都饱含着一家人的期冀和祝福。还有一些孩子从学校带回来、贴得极为工整的奖状，夺目耀眼，光芒四射。这一方方奖状虽然比年画小很多，分量却很重，丝毫不亚于田地里长势喜人的庄稼，它们也在灌浆拔节，在扬花抽穗，在无以阻挡地成长成熟着。闲暇时刻的草帽欣慰地挨着它们，私语着它们，欣赏着它们。那样祥和，惬意。

戴一顶草帽走在满目绿禾的田野，意境中总会如诗如画。但常年劳作在原野里的父老或许司空见惯的缘故，他们忽略甚至无视着这种身在其境的风景。他们更在意的是"汗滴禾下土"的春播夏种，是"种豆南山下、草盛豆苗稀"后的艰辛管理，是秋天晒场上金黄谷粒的薄与厚。某天，窄窄的田埂上忽然摇摇摆摆地走过谁家稚嫩的小儿，套一件长过膝盖的大人短袖衫，一顶大而新的草帽醒目夸张、且那样看似幽默地顶在他的头上。绿草茵茵的田埂，两边高过田埂整齐划一的绿禾，孩子赤着脚小心翼翼地移步，如动漫剧里清新可人、迷彩悦目的移动蘑菇。忙碌的人纷纷停下手中的活，欣赏并感叹这美轮美奂的画面：田野、阳光、草帽、孩子，如此清纯，美丽！

　　时光很柔也很浅，草帽很美亦很轻。如今太多的人离土离乡，草帽下的劳作已然越来越少。五月、六月……一直到秋天深处，乡间的路上，如果遇到戴着草帽匆匆赶步的人，这种相遇一定是幸福的。因为遇见的是最亲的人，最澄净的时光，也遇见了久违的勤劳、淳朴、坚韧，还有蓝天之下、泥土之上，草帽，花一般盛开的乡野原风景…

稻草人

　　稻子抽过穗，谷粒一天比一天饱满，色泽越来越接近金色。稻枝的腰就挺不住了，穗儿一天比一天低垂。

　　麻雀来了，野鹰跟着来了；野鸡来了，野兔也随着来了。这满野袒露的、几乎要撑破肚皮的稻粒怎么能没人看护呢——稻草人也来了。

　　稻草人站在稻丛中间，不动声色，双臂始终平伸着。它不懂得什么叫疲倦，也不思考什么叫休憩。几根坚硬的树枝撑起它的骨头，几束柔软的稻草串绕起它的血肉经脉。它只选择站立，复活着一些树枝、一些稻禾曾经荣耀的金色年华，了却心愿。它相信这种站立伸臂的姿势一定极尽潇洒并威严的，俨然一个坚守岗位忠诚尽责的士兵。在这片田野，这些即将成熟的稻子，每株都像它的兄弟姐妹，每一株都是它义不容辞要保护的亲人。时有大风吹过，尽管身子会摇一摇、晃一晃，而张开的双臂不会收回，拢起，在骄阳之下，在风雨之中，在节气的寒来暑往、夜露晨霜里。

　　稻草人从不说话，按捺下所有心思。它什么都清楚，它只是选择不开口。它认得不远处村庄里来来往往、进进出出的人和物。头发花白的金老太蹲在墙沿边穿着针线，它知道她一定是在忙着绣那个红彤彤的小花肚兜，她要把肚兜上大大的"福"字用金丝红线串得严严实实的。金老大家的儿媳妇快要生了，按照传下来的辈分，那可是她的重孙子哦。狗蛋前几天开着他的奥迪回来，油门踩得一轰一轰地响，他把他爹妈都接走，一些下着蛋的母鸡，几只肥呆呆的白鹅也被塞进后备箱里。当然，爹妈是接到城里享福去，这些鸡和鹅就不知道了。这小子能啊，十八岁出门学徒做瓦匠，慢慢就做了老板。他家的那些田地带不走，田地转租给了邻居，邻居依然虔诚地信奉农历节气的安排：谷雨，夏至，秋分，田里依然茂盛着喜人的稻子，这些稻子现在就在稻草人巡管的视线范围里。李老二的女儿女婿可真有意思，别人都挤到城里打工，他们却跑回来，傍着村头的池塘圈上围墙，搭了房，养起一拨一拨猪来。就是他们养的猪，那个上弦月的晚上，有几条溜出圈，溜到田头，贪婪地吞嚼掉一些垄上套种的豆子，拱翻许多正结荚的花生。这些偶尔偷跑出的猪不似偷嘴的麻雀和野兔，稻草人一个手势或者摇摇身子就能吓退它们，这几只猪的胆子贼大，天不怕地不怕地在地头折腾了大半个晚上，稻草人也跟着焦急和揪心了大半个晚上。

夜间的村庄和田野都泡在梦里。深深浅浅的梦，串着村庄闪闪烁烁、亮了灭了的灯，连着田野曼舞的萤火，鼓噪的蛙鸣。这些稻草人都熟悉。还有头顶上碎银一样的星星，还有亏欠满盈、月牙般弯了、又锅盖样圆了的月亮。月圆的夜里，姣好的月亮偶尔莫名地罩上一层薄纱似的光环，"日晕长江水，月晕草头风"，稻草人懂得这个民谚，它挺了挺腰身，它知道要起风了。

稻草人伫立在田间，朴素得不能再朴素，它没工夫计较自己的穿戴。但上小学的二娃和亮子看不下去，这两家伙较起劲来啦。先是二娃放学回家，背着他妈翻箱倒柜，找出一件他爸冬天穿过的旧皮夹克，有模有样地套到他家田块中草帽人的身上。刚才还衣衫褴褛的草帽人立马精神起来，一眨眼，英姿飒爽，好一派威风。亮子不服，心说你寒碜谁呢，就你家的人穿得漂亮是吧，我家也不是没衣服。亮子小跑着进门，里屋头转了一圈，没瞅到合适的，牙一咬，把自己那件印着牛仔头像的T恤拿上，径直给自家田里的稻草人套起。尔后背着手站在田埂上转一圈打量：赞！过劲，清丝！

亮子妈做好午饭，屋前屋后没瞧见亮子的人影，明明刚才还在呢。他妈眼神不好，瞄向不远的田头，张开喉咙就喊："亮子，你跑到那田里站着做什么，回家吃饭上学去。"没听到回音，也觉着哪里不对，就见亮子转过屋角到了门口："我在这呢。"

亮子妈再往田间细瞅瞅，明白了什么，折一根门前榆钱树的细枝条，抽打过来。

亮子蹦躲了老远，跺着脚说："二娃家的稻草人都穿他爸的皮夹克呢，我们凭什么比他差？"

亮子妈怔了一怔，忽地笑起来："你这孩子，咋这么不叫人省心呢，这可是你爸从城里打工回来给你买的，一百多块呢。"

起的是东风，他们的对话软软地飘到西边田块里，稻草人似乎内疚地扭了扭身躯。它是没法将这么漂亮的 T 恤衫脱下来，也舍不得脱，它的双臂永远固定地平伸着。这时它也听见不远处几只花灰雀在交头接耳，它预感灰雀们正试图向这一片稻子偷袭……

大青豆

这里说的大青豆，不是今天街头菜市常见的黄豆或普通的青豆，而是一种生长周期较长、一般农历八月末豆米才会鼓起来的一种豆类。在豆类里，它的米粒大而嫩，口感应当算是最为鲜美。早年在乡村种田，因为对大青豆特别的喜欢，在田埂边和沟凼旁曾刻意多多种植，一挨到了九、十月，豆荚饱满起来，田间干活到日中，从田头拽一把豆荚带回家，剥出米，清水淘一淘，或清蒸，或放在鸡、肉里混烧，那种不须加入任何调料的纯天然味道，曾被乡村的婶娘们戏谑地形容"香得把鼻子都吃掉了"。

我对大青豆记忆深刻，不光是它的味美好吃，还因为我的成长过程里与它有过一段温馨的交集。十五岁那年，读完初中，因父亲生病，家中太过贫寒，我辍学在家辅助母亲种田。家乡所处的是偏僻的圩区，当时的文化生活可以说是一片空白。繁重的农活之余，除了偶尔去借些名著来看看，再没什么其他的渠道可以丰富自己的精神世界。

当时村庄里条件好的家庭已经有收音机了。我常去邻里蹭听，那里面的新闻、歌声、相声小品精彩连连，最重要的是还有一些诗歌、散文节目让我如痴如醉，羡慕不已。我有次背着被病魔折磨、脾气不好的父亲，偷偷和母亲说了自己想要一台收音机的想法。母亲愣了好一会，不置可否，默默地转身去忙她的事。其实那时我也清楚，虽然只是一个二三十块钱的收音机，但对我们家的那种处境不亚于一笔巨大的额外开支。

　　第二天吃中饭的时候，母亲在饭桌上说："你不是想要一个收音机吗？你大（父亲）说了，你晚上去剥那些大青豆，我早上起早到矾山街上去卖，钱够了就给你买。"

　　从憧憬到失望，再转折成满满的希望，我激动并快乐地一口应承下来。当天傍晚时分便去田野将豆陔拔回来，在十五瓦的灯光下开始一个豆荚、一个豆荚地剥。

　　晚上剥好的豆米天没亮就被母亲用细篾篮子装好，和村人结伴送到十里路开外的矾矿街去卖。因当时我外婆家就在矾矿不远，舅舅和他们村里许多人在矾矿上班，所以母亲常常找稍偏静的街角落叫卖，偶尔还会剩下一些带回来。

　　那些日子，母亲卖豆米回来，我第一件事就问母亲钱够了吗？母亲总是笑笑摇摇头。慢慢地，我有些气馁。母亲看出来，说："你只管剥，当你剥出100个四粒米的豆荚，钱就够了。"于是，我又沉浸在一边剥一边对四粒米豆荚的收集中。

　　当那个秋天的大青豆整个剥完，我终未能攒出100个四粒米的豆荚。但母亲打开她那块朴素的手帕，添上平时积攒的卖鸡蛋钱，到底给我买了一个小收音机，让我如愿以偿。

　　后来的一段时间，我在省电台的文艺栏目、中央台的《今晚八点半》等发表了一批散文、诗歌、散文诗并获奖，平心而论，离不开那个小小收音机的帮助，更有着田垄上那朴实无华的大青豆的功劳。而母亲那个"100个四粒米豆荚"的提示，是她淳朴的教育子女树立信念、做任何事别眼高手低、蒙头去做总会有收获的方法，至今让我在回味中感慨和受益。

　　　　　　　　　　　　　　（《庐江文艺》平台推介，2017. 10. 28）

山　芋

山芋是低调的，我一直认为。

"一斤山芋八两屎，回头望望还不止。"你听，这是江淮民间戏说山芋的一句俚语。想想山芋的紫红圆润，生脆熟甜烤香，而这个俚语从字面到意境怎么看怎么想都有点扎眼窝心的感觉。方言俚语，横行乡间，野趣天成，多含"话糙理不糙，鸡丑蛋不丑"的喻理。山芋，为千百种日常食材里的一员，其"宽肠胃、通便秘"的功效在这个俗谚里被表现得惟妙惟肖，生动传神。再想想它兼具的"补中和血、益气生津、抑制胆固醇沉积、保持血管弹性"等诸多优点，即可理解在美味佳肴不计其数的时下，它依然广受饮食男女青睐喜爱的原因了。

我自然是山芋的忠诚拥趸者，自童年开始，就喜欢吃山芋。我的家在乡下圩区，由于圩乡地势低洼及早些年耕种方式落后的原因，我们圩区可供栽插山芋的地域很少，而那时的日常饮食基本是早晚白米粥，中午米饭。所以，每当家住丘陵及山区的姑妈和舅舅家送来他们家种的山芋，无疑同时给我们带来莫大的激动与幸福。因为那些山芋无论烀着吃还是搭在粥锅里，比起日复一日清淡的白米粥，平添了许多美好惬意的新口味的想象。

后来随着水稻机械化种植程度的提高，水稻产量上来，我们圩上人家也开始择地势高的地块栽插山芋。才发现，山芋，一如我们的原野和乡村，一如我们的乡亲父老，是那般简单和直率。春上，无论荒地坡坎，用钉耙将泥土抓出一条条的垄埂，只待落雨的日子，把"山芋妈妈（种山芋）"长出的藤子按照一片叶子一截茎干的间距剪出，插下，活棵后基本都不再施肥，只等秋天成熟收获。而山芋渐至成熟，更变得大大咧咧的，看那些垄埂的裂缝一天比一天大，就知道山芋的身子一天比一天饱满，就知道离品尝它的甜香为时不远了。

我时常想，山芋，一定是自在快乐的。另一个关于它的民谚是这样说的："锅洞里炕山芋，拣熟的掏（意为做事要挑自己拿手、内行的做）。"这里的前部分，多为孩童时代的场景。山芋，在一段光阴里，不单被我们塞在锅洞里烧；也被我们在野外挖出，就地扯几把野草，拣几根枯枝桠，煽风点火，弯腰翘屁股地要将它们烤熟。但似乎真正熟透的时候很少，多数在半生半熟中被我们抢着、闹着消灭到肚里。山芋，是一截粗放不羁的时光，是一分本色童年的供养，是如今回味依稀可见烟雾袅袅、脸上沾满黑灰的快乐画面。

山芋也是大气且多元的。年成好，收回来的山芋堆成了小山。有的山芋便被生切成片，交给阳光，晒干成深冬和来年春上粥锅里的山芋片。有的烀熟后被切成丝状，也要晒干，过年时放到油锅里炸一下，黄澄澄、酥酥甜甜的，成为节日里风味独特、天然清纯的特色零食。还有的山芋被洗成粉，于是又有了"山粉圆子""山粉捶肉"等美味可口的传统农家菜肴，让平凡朴素的日子多了一分炫丽的诱惑。

山芋更是开明前卫的。山芋肯定比我们这些农民工进城都早。超市里有价格不菲的"红薯粉丝""迷你红薯片"，而冬日的街头，总会有一阵阵烤山芋香不经意地飘来。如果这时恰好饿了，循着香味搜寻，会看到某个店铺里或者某个街市角落，蹲着一个古朴的铁桶炉子，烤山芋的人正用一根铁火钳在炉子拨拉，那香味在拨拉中就这么四溢着……

趣话 "熟菜"

庐江人有趣，把炒好的青菜或者与青菜接近的辣椒、瓠子等时令蔬菜称之为"熟菜"，这种叫法熟稔，奇妙，在其他地方不多见。

熟菜，字典词条上解释为"已经烹调好的菜，多指出售的熟肉食品"，比对时下街头巷尾、大大小小的熟食店，这个注释中规中矩，网络话"没毛病"。但，这和庐江（周边的合肥、巢湖、安庆等地）话的"熟菜"意思正好颠倒过来。庐江话里的"熟菜"通常指素菜类的青菜、白菜，某些语境下也会带上茄子、辣椒、红苋菜什么的，却都不与荤腥肉类有瓜葛牵连。

一度以为"熟菜"是蔬菜的变音。在方言中有不少因地域差别导致字体发音变异的实例。蔬菜，字典注义为"可以做菜吃的草本植物"，涵盖很笼统。但"熟菜"在合肥口语中专指部分日常种植、炒熟后摆上桌面的时令素菜类，无法和广义的蔬菜等同。

读古典名著，和庐江话"熟菜"有相似叫法的，当数《水浒传》里某些章节。《水浒传》第三十二回这样写："店主人应道：'实不瞒师父说，酒却有些茅柴白酒，肉却都卖没了。'武行者道：'且把酒来荡寒。'店主人便却打两角酒，大碗价筛来，教武行者吃，将一碟熟菜与他过口。"这里面定义的很清楚，"熟菜"，是没有肉之后的素青菜一类。在第四十五回里也有描述："杨雄取出一只钗儿，把与店小二，先回他这酒来，明日一发算账。小二哥收了钗儿，便去里面掇出那酒来开了，将一碟儿熟菜放在桌子上。"这里的"熟菜"也基本能确定是青菜一类的素菜，因为段落前面有"今日早起有些肉，都被近村人家买了去，只剩得一壶酒在这里，并无下饭"的说明。

将以青菜为代表的部分菜蔬称呼为"熟菜"，某些时候觉得比直呼青菜、豆角、马铃薯更显亲切随和一些。诸如家中来客，主家通常在桌上或饭后会谦逊地表示："招待不周，就是些家常熟菜"，显然，这里不会只有"熟菜"，多多少少也有一部分荤腥肉类，说重辞上用"熟菜"称谓，彰显一份谦虚低调和好客热情。

庐江民间乡谚里有"熟菜焐豆腐，油盐在先""鱼生火肉生痰，熟菜豆腐保平安"等经典句子，亦有"苋菜不要油，就靠三把揉""韭菜炒大椒，饭头一口包""腊月里菠（菜）棵把棵，正月里菠香一锅，二三月菠趁地拖""茼蒿是个鬼，越炒越出水""六月花心藕，吃了头口想二口"等与"熟菜"相关的特色俚语，无不直白浅显地勾勒出"熟菜"烹饪过程的特性、均衡荤素营养的养生常识。在庐江乡间，围绕"熟菜"还有一个"暴新菜"的口语，意即跟随自然节气一道成长且刚上市的有机菜。譬如"暴新菜菜秧子"，那种刚发了两三片叶子的"小白菜"，只需锅里打一滚，或者烫在面食、汤锅里，那个嫩鲜清新味儿任谁都不可抗拒。

（"微聚庐江"平台，2018.4.9）

方言词语趣味多

　　方言，书面上可以作"乡音"，通俗点就是"土话"。随着对家乡口语单词接触的越来越多，发现许多方言并非一方之言，说是土话其实一点不土。

　　去年冬，庐江县委宣传部"微聚庐江"平台号推出了我的《庐江方言里的下芜湖、下扬州、下江南》一稿，其中的"下芜湖""下扬州""下江南"都是方言词语，寓意着生活中几个迥然不同的场景和指向。"下芜湖"，在庐江南乡的泥河、缺口、沙溪等地方，是对小孩尿床的戏称。但凡有孩子晚上沉湎香梦，湿了床单，天明时会有后缀"床都漂了"的"下芜湖"说辞。文章推出后，留言栏异常火热，热情的读友提出，同样是尿床，在庐江各地并不局限于"下芜湖"这一说，盛桥和白山等地称之为"下南京"，还有三河附近的部分地方说成"下三河"。比较一下，这些地名称谓都隐含了江、河的水色在其中，且冠以家门口最著名的水系，足见方言的幽默风趣。

　　庐江口语里，有一个词叫"伙禄"，三字口语通常为"伙禄之"，为"对人钱财和权位的眼馋、羡慕、巴结、献媚"等多重意思兼而有之。我之前按意思注字为"呵禄""伙六"，或音有偏差，或解释说不过去。后来查阅近似的古典名句，发现和东汉张衡《应问》里的两句很接近："不患位之不尊，而患德之不崇，不耻禄之不伙，而耻智之不博（不要担心职位不够高，而应该想想自己的道德是不是完善；不要以自己的收入不够高而感到耻辱，而应该想想自己的学识够不够渊博）"，这里的"禄之不伙"反过来理解可以是"禄之伙"，很多俸禄钱财在没找到更合适的对应词之前，感觉写作"伙禄"似乎较妥帖些。

　　与之相似的还有"叉矻（ku）朗"一词。该词在庐江方言里是走路或者做事情不是十分的顺利，绕了圈子之意。通过发音检索到"库伦"一词，而"库伦"是蒙古语"圈圈"的近译，意为"围起来的草场"。这样一来，和"绕圈子"就基本吻合了。但考虑到发音和字体的辨识度，暂时依然写作"叉矻朗"，把"圈圈"放到参考注释里，待方家老师指正。

再说说"敲竹杠"这个词。该词通常是对敲诈勒索、横行跋扈的恶行的称谓。但为什么把这种行为用这个词表达出来？这个词几年前就已收集，一直没找到合理的解释。前不久，从天津《今晚报》副刊栏目看到，这个词也是天津等地的方言，它的来历是林则徐禁烟期间，有的船家顶风作案，不顾禁令私贩烟土，密藏于船舷中。一日，一名关卡师爷信手在竹杠上磕了几下烟灰，竹杠声音低沉，船家心虚，以为机关已被识破，急忙奉上银两。这位关卡师爷尝到甜头，以后每上船检查，必大敲竹杠，大捞外快。于是"敲竹杠"一说由此诞生。

方言不方，土话不土，信乎？

（《江淮时报》，2018.5.4）

趣谈"倒板卖胡椒"

庐江方言口语里有一句"倒板卖胡椒"的话，通常是对一件事做得不顺心、不如意后失落的喟叹、自嘲。某些语境下也说于一桩事的开始阶段，给自己以宽慰自怜而释放压力，有"纵使失败，大不了重新开始"之喻指。

"倒板卖胡椒"其实是一个组合句，原本来源于牌九、单双等赌博场所的口头语。倒板，词条检索注解为"一种戏曲板式，也作'导板'，多用以表达愤怒、激昂、悲痛的感情"。但在此句方言里，"倒板"所指意思与词条注释完全不同，此处原意指赌桌上庄家的赌资彻底输完，可供赌博的资本消耗殆尽，短时间里再无翻身机会的状态描述。令人疑惑不解和有趣的是，所谓十赌九输，赌博佬们最后除了"愿赌服输"，再无别法，为什么将"倒板"和"卖胡椒"扯在了一起？

重点倾斜到"胡椒"二字上。如今市面上的胡椒是一种大众化的食品调料和一味中药材，食用可祛腥提味，增进食欲，助消化，促发汗；药用则辅助治疗五脏风冷、心痛、胃痛、牙疼、冻伤等相关症状。简而言之，胡椒是我们日常生活里多有裨益的优良植物品种之一。回到"倒板"上，赌钱的人输得心疼、胃疼、肝胆疼，吃点胡椒缓解一下内伤，情理上也还说得过去，但因此要去卖如今市面上价廉物美的胡椒，些许蝇头小利，相比贪嗔成性、视钱财如流水的赌徒们，如何入得了他们的眼？

有个非常有趣的事实：胡椒在光阴的更迭中曾有过堪比金价的历史。中世纪的欧洲，它几乎可以与黄金平起平坐，一度在贸易流通领域风生水起，翻云覆雨。那时一个人出门办事，可以携带金币，也可以携带胡椒。金币用完，可以用胡椒来结账。当时的欧洲人把胡椒当上乘香料，本土没有种植，基本从东南亚的越南、菲律宾、马来西亚等国进口转运。可想而知，价格层层加码，最后不变成"与金银比肩"才怪。而其时的东方中国虽早就栽培胡椒，却也远远不够消费。从汉朝始，朝廷也从国外进口这尤物。汉武帝刘彻不但有"金屋藏娇"的典故，而且还建了"椒房"，用胡椒粉为香料涂抹墙壁，捣腾出配显皇家身份的另类"金屋藏'椒'"故事。

到了唐代，胡椒的贵重属性越发显著。历史上记载入册、数目巨大的贪腐案中，唐大历年间宰相元载"私藏胡椒八百石"的记录最是奇特另类，颇值玩味。800 石是什么概念，换算成今天的公制单位，可达 64 吨之多，起码几个集装箱方可装下。贵为宰相，藏私于巨量胡椒，实乃史上少有之黑色幽默，也变相说明胡椒在其时的金贵程度，达到甚而超越了"奇货可居"的地步。

而在明代宋应星的《天工开物》卷二里，也可寻到胡椒等同货币流通的描述："丝质来自川蜀，商人万里贩来以易胡椒归里"。说明胡椒在明代一样可以替代货币换购丝绸纺织品等。

"倒板卖胡椒"，这样甄别比较，脉络便渐至清晰：赌徒们赌博输了，奢望通过倒卖不啻钱币的胡椒再起家，基本能对应他们"一夜暴富"的投机心理。但自古以来有几人不靠辛勤劳动而靠赌博发家致富了？即使倒卖胡椒赚了不菲的银子，如不收手，继续沉湎赌场，其结局也必如庐江坊间另一句劝赌的谚语："天阴洗小裑，早迟都是干。"

喜的是，"倒板卖胡椒"一语在民间早已越过赌博语义，一如文章开头，溶于生活，渲染出可圈可点的方言张力。

庐江方言里的"叫唤"声

方言，在一方水土中孕育、扎根、分蘖、开桠，经历光阴更迭，风雨沧桑，带着过往的地貌土产、风物人情、古迹故事、习俗谣谚走进时下缤纷多彩的生活，或直白浅显，或含蓄委婉，口口传情，掷地有声。爱家乡，当自爱家乡的乡音始。今天，让我们一起重温行将消失在汹涌澎湃的时代浪潮里的乡音中的"叫"与"唤"——

先从居家的禽畜叫唤开始。庐江乡间，由于江淮丘陵地带的地理特性，禽畜饲养的种类不是很多，多为适合本地气候和自身起居饮食需求的大众化类别。"穷养猪，富读书"，猪曾是众多寻常家庭必养畜类，为逢年过节、上梁嫁娶喜庆和积攒理财之首选。乡间唤猪，开头多带一个"噢"字，后面缀以单字或重叠拖音，如"噢呐""噢叻""噢呐呐""噢叻叻""噢喽喽"等。这些声音从不同人的口中发出，可能音域、音质有变化，但似乎各家的猪都是听得懂的。"三个月鸡，门拐上嗮；三个月鸭，动刀杀；三个月鹅，挂不住砣（秤砣）"，乡谚朴素而幽默。鸡的唤法是"啄，啄啄"。这可能源自鸡类自小就喜欢在草丛中划拨啄食的缘故，方言单词中不是有个"鸡划命"的说法吗。鸭类唤法为"鸭滴""鸭滴滴""鸭嘟嘟"等，而鹅的叫法比较单纯：耶鹅。耶，叫法中也有作"yan"音，或许为"雁鹅"的变异。由此及彼，庐江乡野里一些野草杂茎也被赋予了和它们相关联的名字，例如"鸭舌条""鹅食脚""鸡头果子"等。

猫和狗的唤法相对就简单多了。猫为"mia鱼"，里面有个"鱼"，和猫的习性很吻合。庐江方言里有个口语词叫"mia伙（什么，什么家伙）"，大概就是从这里演变而来。狗为"啧啧""狗子""小狗"等，直白明了，以前的狗贱而好养，所以乡间时有将其用于孩童的小名。

禽畜类叫唤中丰富多变的应算是牛。在机械化未普及的年代，牛是田间农耕器具的主要动力源，因而对其叫唤会随着时间和方位的不同而改变。例如：前之——让其前进；撇之——让其转向；瓦之——停止不动；缩之——往后退缩等。

方言里的"叫""唤"，更多一部分是我们人类自身日常行为中的诉求和表达。就庐江而言，比较经典的有如下一些情形里的显示：

车水谣——上世纪的农村，田间灌溉多使用木制水车，由人凭借体力将水从低处池塘沟壑运转到田块中。繁重的车水劳动过程中，车水谣应景而生，成为计算水量及缓解疲劳两相兼顾的歌谣。其发音词意从"一"开始唱和记，如"一里那个一来嗨吆，二里那个二转了唻……"，如此连续，一直到100转，俗称"一厢水"。如果田里本来有少量的水，需添加一些，庐南的泥河、缺口一带方言说法为"加黄"，一至两厢水即可；若是干田，则需要更长时间的劳动，直到所有土块被湿润和浸泡于水中。和其属于同类劳动场景的还有"打硪歌"等。

喊吓（嚇）——多为小孩受惊吓后由大人（通常是母亲）呼唤其名字，安抚情绪，恢复到正常状态。通常的叫法是："××哎，你在哪里玩吓（he）了哎，晚之了哎，妈妈喊你回来睡觉了哎……"如此循环往复，声音怜爱绵长，曾经的乡村黄昏在这样缓慢而清晰的叫唤声里，神秘而淡泊，温馨而安宁。

划拳——其实书面上就是行酒令。各地有各地的特色，就庐江而言，传统的说辞大意为：一挺高升，二加有喜，三星高照，四季来财，五星魁首，六六大顺，七巧，八马双杯，九老长寿，满堂红（十全十美），当然，出门三五里，一处一乡风，划拳令的排比用词各地常有不同。

还有部分是通过乐器敲击节奏表现或者同步出来的。如划龙船的"咚咚快""咚快"。划龙船在未进入竞赛的"抢棹"时段，船上的鼓锣声为"鼓三锣一"，也就是口语中的"咚咚快（喱）"，而一旦进入竞赛阶段，锣鼓的敲击变成一声鼓一声锣的"咚，快（喱）；咚，快（喱）"了，节奏提携着速度，猛烈而高亢。同理，舞龙灯、舞狮灯、花鼓唱、排门歌等民间娱乐节目里，也各有各的乐器节奏语言，它们通常以一种隐形的"叫"与"唤"，刻画和勾勒着时令里的世风习俗，风土人情。

二 亲亲庐江话

本部分是一组在网络及微信平台推送的描写庐江地域风情的文字,部分在"微聚庐江""魅力庐江""合肥在线""光明网"等主流新媒体上发表以及报刊转载。

大圆子，小圆子

庐南习俗，但凡做"正经事（庐江方言，即婚丧嫁娶、上梁进屋、开张做会等重要事由）"，或者逢时过节，犹以过年更为注重，餐桌上必备两道重点菜肴：大圆子、小圆子。

大圆子顾名思义，体型较大，以前的农村大碗十个左右装满，属于素菜。它通常把糯米煮饭，加适量盐；揉进葱姜末，然后搓成圆状，将菜籽油烧开，下锅炸，至飘浮在油面上，呈金黄色泽，捞起沥油，在冬寒气温下可存放半月左右。所以，一般过年炸大圆子多在腊月二十几，炸出的圆子可以吃到来年正月十五。

而小圆子属于标准荤菜。常以全猪瘦肉剁成肉末，加入葱、姜、生抽、料酒等调和，为防止下在锅里散开，搅拌过程中可适度放点豆粉或者山芋粉之类增加黏稠度。小圆子可油炸保存，也可沸水下锅，成就一道汤鲜味美的佳肴。

出门三五里，乡风各不同。庐南距离合肥市中心也就一百来里，而合肥人做的圆子可谓自成一体，常在糯米里加进肉末或者萝卜末，芥菜末，个头基本小巧玲珑，混淆笼统了大小圆子以及荤素之分。所以传统习俗里的庐南大小圆子在美食文化丰盛的今天，更显可圈可点之处。

自古美味故事多。早年在家乡种田，听过两个版本的关于大小圆子传说。其一是和八仙的蓝采和有关。庐江民间有蓝采和为庐江南乡人一说，传闻蓝采和常年衣衫褴褛，赤脚挎篮，常醉不羁，踏歌行乞，游走在黄陂湖四围。一日，遇一跛脚老者和一面黄肌瘦妇人拦在路中，称饥饿难当，向蓝采和求食。当时蓝采和正半醉半醒之间，揭开身上的挎篮，里面空空如也。老者叹道：身无一物，你有何颜面逍遥四方，日后拿何物渡人于困苦？蓝采和一时羞愧无以言对。遂默默转身，往东南人多集市处飞奔，为老者和妇人觅食。数个时辰后折回，已不见跛脚老者和寒碜妇人，站在他面前的却是八仙中的汉钟离和何仙姑。尔后，蓝采和在二仙的一番点化下终随二人乘风而去，他的挎篮落在人间，人们发现里面装着的正是大圆子和小圆子，回去争相仿做，自此，大小圆子在庐南流传为一道家家都会做的美食。

而另一种传说和三国曹操有关联。说某年冬天，曹操带兵在庐江东南一带陷入困境，战事频繁野炊时常不方便，后来曹操请教当地村民，村民遂教以制大圆子、小圆子让军士随身携带，以备不时之需。这个传说如果和庐江东南一带如今依存的失曹岭、柴埠渡、放马滩等地名联系起来，似乎真有一点"无巧不成书"的因素。

但传说终归是传说，都已无从考究。而庐南经典菜肴中大小圆子在席宴上的独特地位却一直沿袭至今。

在庐南传统的宴席中，一般都有 26 至 30 盘、甚至更多的菜摆上桌子。其中，小圆子通常在摆了十几道菜之后开始上，称之为"谢席"，意即主家向所有来捧场的客人表示感谢。谢席时，家主到每方桌前敬酒，同时放一小挂鞭炮。而大圆子都是最后上桌，和前面的菜累计正好成双，寓意为和和美美、团团圆圆。上过大圆子，表示宴席基本接近尾声了。

大圆子，小圆子，以其古老习俗的韵味流传至今，在如今琳琅满目数不胜数的各种美味中，它所体现的更多是一种民间亲情的传承，一种温馨美好心愿的表达，一种淳朴情怀的延伸。

微友评论摘选

朱晓丽：真是出门三五里，各处不相同！我们白山那边的第三道菜上大圆子，而第七道菜上小圆子，代表七姊团圆的意思。

果树：米面、圆子都是庐江特产，赞！

（"微聚庐江"平台，2017.2.13）

一条扁担睡十八个人

——趣话庐江乡音里的扁担

"门拐上的扁担，别折看了！"

一句寥寥十余字的庐南乡谚，它所喻指或包含的是什么意思？不要带着眼光看那些不显眼的普通人，他们一定有着别人不曾知悉的长处和优点。这是我对这句颇带哲理韵味的乡谚的理解。

扁担本为乡间之物，确切地说，应为乡村繁复农事中所使用农具的一种。但它可谓是乡间奇形怪状、五花八门的各类农具中最简单朴素、最不显眼的一个。一根十公分粗、两米长的木头（多为榆树、檀树等纹理结实之木料）削一削，或者两片剖开的毛竹夹在一起，两端各按上几个楔子（音：节子），便完成了扁担的全部身家构件。

扁担在传统的农耕时代可能是担负了太多的重托，看似单薄、木讷的扁担也滋生了诸多的民谚和传说故事，你听——

"卖窑货断扁担，没一个好的。"

小时候家中兄弟姐妹多，玩着玩着"一句话不对卯"就打将起来。过后大人自然要出来调停。但大人多不会偏袒某一个，嘴里常会训出这句话。"窑货"，指烧制的陶罐瓷器之类物件。以往这些东西多用扁担挑着卖，扁担断了，这些东西基本摔碎至尽，言指两个打架的孩子都有责任。怎么样，有味道吧。

乡村父老在和人交谈中为表示自己才疏学浅，也会借扁担来托词："扁担长的一字都认不清！"这个，也太低调了啊。

人吃五谷杂粮，难免有个头疼脑热的，而在劝慰人宽心静养的话中，扁担也应时而上："驼腰扁担不得断。"意即能扛住这小痛小病，慢慢地会好起来。

还有个颇有意思的："儿子养到扁担长，只认媳妇不认娘。"

情节很好懂，不过细细一琢磨，却和汉乐府长诗《孔雀东南飞》里的庐江民风简直有天壤之别。也许，这就是民间谚语折射出的、独特的幽默魅力，这句话也时常转换着用的："女儿养到扁担长，只认老公不认娘。"语义相同，多戏谑和玩笑的成分串联其中，平淡庸常的日子因此多一份快乐因素。

更有一个扁担连起的乡间故事：一条扁担睡十八个人，丝毫不比那个广为流传的"扁担绑在板凳上"的绕口令逊色。说的是上世纪生产队那会，交通滞后，农具粗糙，诸事都靠肩挑人扛。往往有个大的事务动辄就是派用队里的劳力，呼啦啦一班人，甚是热闹壮观。

逢开春，队里安排十几个壮汉去省城挑水稻种子，计划着头天起早去，第二天摸黑赶回来。岂料归来途中，至肥西三河处遇雨。稻种是村人一年的所有期盼，是一年的收成和口粮，其珍贵可想而知，当然不能有丝毫的受潮。于是走走停停，由着老天的脾气挪脚步。慢慢天断黑光，道路更加泥泞湿滑，挑着担子实在不便，大家伙合计着找个村庄的大户人家落脚一宿。

终于觅得一带围墙的宽门大院，众人敲门求进。岂料人多嘈杂，院中房主心下疑惑，怕是不怀好意的恶人，任怎样呼唤也不愿开门。

春寒料峭，屋外越发的冷。众人一嘀咕，琢磨出一法子就听其中一人叫："这家房东怕是不给寄宿了，没办法，我们还是请出那根神扁担吧。"

马上有人接腔："是啊，我们有神扁担，何必再强敲人家的门。留两个看东西的，剩下的人都能睡个好觉。"

先前那人又说："我来安排一下，四个扁担楔子（扁担两端固定防滑用，一般每端两至三个）睡四个人，刘二爷和刘虎、钱三钱六你们块头大，睡边上挡风，不挤。然后是二宝、狗蛋睡扁担颈子，海伢和我睡扁担腰……顺次序一个一个挨着，衣服就不要脱了，免得着凉。"

这时那户主依然在门后听着，不觉惊奇不已。听那架势，果真就是十八个人睡在了一条扁担上，还有什么扁担颈子、扁担腰！

人说心痒难抓，户主到底按捺不住好奇，轻手轻脚地抽了门闩，想透过门缝一瞧究竟。未曾想门闩刚退，屋外人蜂拥而入，再拦已无法。

后来解释一番，方才打消房主顾虑，并生灶点火，施与众人一顿热饭饱肚，一盆热水泡脚。

一条扁担睡十八个人的故事就此留下，这其中闪耀着民间智慧和人们善良的品性。

而今的扁担，由于机械化的普及使用频率越来越低，一如越来越稀薄淡化的乡音。乡音里的扁担，曾在肩头，今上心头，精彩的生活架于我们肩上的已是一根无形的扁担，或轻松或沉重，彳亍前行……

微友评论摘选

秋硕：这句乡谚流传很久，在我记事时就常听乡亲父老说过，大意是一致的。乡间农人认字不多，文化却不浅，谈古论今，无所不知，无所不晓。每逢农闲，三五一聚，海阔天空，神采飞扬。我家隔壁，住着一对夫妇，一字不识，说起话来一套套的笑破肚皮。那是 20 世纪 70 年代了，农人生活清苦，衣食不周。男人喜烟，烟瘾很大，不吃饭行，不抽烟不行。一次饭后，女人说："一日三餐食难全，省点香烟换点盐。"男人立马接道："你烟不抽，酒不尝，照讲要穿'的确良'"。女人驳道："你眼又花，耳又聋，一张破嘴讲不怂。"男人不甘示弱："只要米缸不断米，我就讲不死。"

天空的星星：一根扁担，承载着几千年的历史。一根扁担，记载了多少先辈们的趣人与趣事。一根看似普通的扁担，却沉淀着先辈们的智慧与辛劳。一辈又一辈的延伸，我们要传承扁担文化。

（"微聚庐江"平台，2017.2.28）

铁路经过我家乡

　　家在黄陂湖南岸的圩区，按地理区位对照可算是泥河镇的最北面。自我记事起，意识中我们那地方一度称得上货真价实的偏远地带。老家的村庄曾有这样一句乡谚：到黄泥河从小矾山打弯。黄泥河是泥河的俗称，我们那里距离小矾山和泥河街镇正好成了一个三角形，这句乡谚的寓意是把简单明了的事办复杂了，却也侧面勾勒出以前圩乡水系纵横、交通落后、行路绕远的大概情形。

　　我们是 20 世纪末那一批喝圩乡水长大、最早离开村庄土地前往江浙沪一带的打工人，汗水将他乡的花朵浇灌得更加艳丽，而自己候鸟般奔波的脚印里，却盛满家乡田园的日渐落寞，留守老人孩童诸多的无奈和渴盼。记得第一次坐客车辗转到南京、再由南京往上海的火车上，心头那生出的感慨：原来越美好的生活越离不开高效率的交通工具！假如某天，有一列火车呼啸着开往和经过我们家乡的原野，带来外面世界崭新的风情风景，带走故土压抑的沉闷和寂寥，那一定是我们梦寐以求的新时光的开始。

　　世间事，有好事多磨，也有一梦成真。三年前庐铜铁路项目落实动工。铁路的路基恰好穿过我们那个村庄，我家老屋成为六十米基线内打上标记的必拆房。当然，这个拆和印刻在城市城中村墙上的"拆"有着天壤之别，我家那点微薄的补偿款甚至不能换来省城中小户型的一个厨房。但这种拆迁却也是带着诸多等待和期冀，根生一块土向着一方天，我渴望着这条铁龙穿过家乡的原野，让家乡的未来有焕然一新的改变。

　　这个假日，回了一次老家，看到已成雏形的铁路向东西绵延。圩区的地面低洼，路基很长，路段架设在粗壮敦实的混凝土梁柱上，极目看去，一派别样的恢宏大气，壮观养眼。那天也凑巧，正赶上一节火车头不知是在试运行还是牵引作业，咣咣咚咚的轰鸣声由远及近，再而远去，心中涌起一阵莫名的感动，铁路，真的建到了家乡，真的快开通了！

庐铜铁路，在百度百科上这样注释着：自既有合九线柯坦站引出，经合肥市庐江县、芜湖市无为县，利用合福铁路在建的铜陵长江公铁大桥过江，至铜陵市铜陵县，接芜铜铁路。该铁路建设长度为 112 公里。

与在建阜六铁路等衔接，将形成从漯河经阜阳、六安、庐江、铜陵、黄山至金华、温州的铁路，由此构筑华东区域铁路"第三通道"。

虽然，它在规划设计中以货运为主客运为辅，可以想象，它的运行体系开通和成熟后，至少会为庐江乃至全省的经济发展起到更强劲的助推和引领作用。

离村回城的时候，天下着小雨。路旁有成片白水汪汪的田块。水面上稀稀拉拉地立着颓败的莲的茎秆。家中兄弟说：这些水下面都是白花花的莲藕，如果你想要可尽管去挖。

"还有这样的好事？"我有些惊诧。"种植的老板因为多种原因亏损，这些莲藕已不准备要了。"家中弟兄告诉我道。

也许，交通的堵塞不便也是这"多种原因"之一。看着距离只有几米远、正在加班加点铺设的铁路，不觉和弟兄一起唏嘘喟叹一阵。但很快又燃起期待的火苗，也许几个月之后，铁路正式贯通，这样的状况会得到明显的改善？

记起刚刚公布的合肥未来规划中，又一条连接庐江的轻轨南延线赫然在列，而且底站就是家乡泥河，到那时，一列列轰隆隆开动的，载着乡音乡情、希望和幸福的，让家乡驶进新起点的春天的列车……

微友评论摘选

蔚蓝的天空：我是天井金亭的，每天看到铁路的心情真爽！

花开有韵：愿家乡越来越美！

黑白色格子：经过我的家乡，点赞！

（"微聚庐江"平台，2017.3.20）

庐江俗谚民谣里的幽默

"谁言家园常入梦，唯有乡音最撩人。"

已记不得这是谁写的诗，但字里行间所表现的对家园和乡音的热爱总能引起共鸣和感动。恰如在江淮之间，在巢湖南岸，在周瑜故里，在庐江，独特的方言俗语饱含幽默，将这块热土上人们的油烟生活每每表达得妙趣横生，韵味十足。可以说，庐江俗谚民谣里的幽默元素，几乎无处不在地涵盖了寻常日子里的吃喝撒拉、劳作出行。

民以食为天，从吃开始——五不讲，六不讲，就讲七。这个七和庐江方言里的"吃"同音，和着数字的排序，把一个人不注重做事、只盯着吃喝的形态惟妙惟肖地勾勒出来。还有"没得吃，吃饭；没得烧，烧炭（说的是人穷讲究）""吃不穷穿不穷，算计不到一生穷""吃得下三顿猫屎，端得起百家饭香（吃得苦中苦，方能甜中甜）""吃不起来亏，打不起来堆（做人要大度，有舍才有得之意）"，等等。

和喝相关的诸如"大椒喝烧酒，辣口对辣口（两个都是狠角色）"；酒喝多了，"张胡子不认得李胡子"；而形容事情稀奇古怪通常有这样的话："撒尿撒出小鱼，拉屎拉出刀豆"，和一个人处不到一块，没有共同语言则是"屙屎隔三条田埂"……

庐江方言俗谚里的幽默，从植物、动物到地理气候，应有尽有，随手拈来，出口成章。例如这些励志型的："山不要大，树不要高，矮矮山上有柴烧""石头自有回潮日，土堆也有发热时""胳肢窝里的疖子，早晚要出头""春天打个凼，秋后有指望"是对处于逆境之人的鼓励；而"鸡丑蛋不丑，话糙理不糙"可谓是哲理型的，是对忠言逆耳这个成语浅白易懂的解释；劝诫一类的诸如说小孩不听话"叫你到东你到西，叫你放鸭你撵鸡""人家牵牛你拔桩，祸事就在你身上""人怂嘴不怂，牛怂尾不怂"；自嘲性质的有"一个荷包两个口，东手来，西手走（喻指人花费开销大）"

"好事花大姐，坏事秃丫头（以貌取人）"。是不是不仅好玩有味道，推敲细想都有一定的道理。还有较含蓄点的如"鱼搁臭了，猫想瘦了"，意指把一个好东西或一桩好事情捂着捏着，错过了好时光；"半夜起来下扬州，天亮还在屋后头"，做事情磨磨蹭蹭，没有好的规划和准备；"天阴洗小褂，早迟都是干"多为劝赌钱人收手的；夸赞型的像"黄陂湖的麻雀，多少认得几根芦柴"，寓意某个人的肚里有一定的真知学识。当然，今天的黄陂湖芦苇在围湖养殖中已大面积消失，这句话也逐渐失去了载体。

平凡而又繁琐的生活，亦滋生了不少歌谣和童谣，这些歌谣也无一例外地包含诸多幽默的成分。例如："圩上大姐往山上哭，舍不得黑鱼鳃上两块肉；山上大姐往圩上哭，舍不得红豆绿豆粥。"

这首趣味歌谣可以说在偌大的中国是独一无二的，它描绘的是一幅庐江山边和圩上女子出嫁时"哭出"的画面。寥寥几行，风趣地将山上和水乡圩区自然特产、民俗风情尽揽其中，让人笑中有所思，乐中会其意。

也有故事类完全轻松搞笑的段子型歌谣：一家人夜晚查看天色，女人开门后说了第一句："开开天来望望门——"

家中的傻丫头跟了第二句："满天月亮一颗星——"

男人愤怒地接过第三句："疙瘩女儿养了疙瘩娘！"

还有调侃夫妻俩争吵怄气的：

天上下雨地上流，小两口干架不记仇；
白天打得团团转，半夜两个挤一头。

更有一首味浓汁醇堪称经典的庐江童谣：

晃大月亮晃卖狗，
我给母舅打烧酒，
走一步喝一口，
剩个酒瓶捉在手，
母舅找我要烧酒，
母舅母舅我赔你一条小花狗？

甚至一些民间谜语里，也融入了幽默的精华，你瞧这个：四四方方一块油，吃人不吃头——棉被；两个猴子抬一根杠子，一个猴子趴上面望之——六……

这些有着独特魅力的乡音俗谚里的幽默，如一朵朵宁静而淡雅的小花，时时刻刻在我们的身边灿然开放着，你感受到它的芳香和淳朴了吗?

微友精彩评论

天将雄师：姑娘不嫁毛个嘴，吃的是冷饭，焐的是冷腿。

梅花香自苦寒来：还有教育人们勤劳自尊的民谣"宁肯黑脸求土，不肯笑脸求人! 人家给一兜，不及自己种一沟。"

徐盼晴：生活就该活成民谣的幽默!

雨后重阳：还有，哈哈猫子好逼鼠，哈哈丈夫好做主! 哈，读三声。许多方言，找不到字代替，如到底买不买? 不要两边怀（徊），怀读三声。

河杨柳：小鸡屙屎一头硬（指人做事一分钟热情或短暂的耐心）。

（"微聚庐江"平台，2017.4.7）

兰花奇缘（微小说）

"老爷，门外来了个奇怪的叫花子，他不要钱米，靠在门旁只说要讨口茶喝。"管家小跑着给后厢老爷通信。

"那就给他沏一碗夏天的大片茶呗。"老爷在里屋正拨拉算盘珠子。

"沏过了，那人不要。他说……他说要喝和老爷您一样的春新茶。没见过这讨饭还嫌粥稀的。"

"什么?"老爷愣了一下。

"有意思，就把我常喝的给他泡一开。"老爷吩咐道，"有什么话再来告诉我。"

但老爷再静不下神，遂悄悄折身窗户，向门处瞅。

那叫花子也讲究，用自己擦净的讨饭碗装了茶，眯眼，吸一口袅袅淡雾，咂嘴道："香，就是这种香!"

抿第一口，微皱眉。第二口，没言语。第三口下喉，顿足叹道："如此上好的百花谷甘泉水，二姑尖明前芽，怎地就掺进了一丝异味!"

老爷闻言，径至门口，朝叫花一拜："高人，可否品出这微微异味是何原因?"

"我可以一试，但老爷得应我一个请求。"叫花子道。

"你说，只要我能办到。"

"老爷须告知我揉制此茶草女子今在何处。"

老爷略一犹豫，说："行。"

"你把院中装水的缸和挑水的木桶遍寻一遍，看可曾落有带铜的物件儿。"叫花子道。

众人四处搜寻，果真在盛水的大缸底找到一枚暗色铜钱。

老爷没有食言，派人接来一女子，正是叫花子青梅竹马、精于炒青的邻家阿妹兰花。

原来两人年少时定亲，后兰花爹涉一冤案，发配外乡，兰花自此失踪；叫花四处流浪找寻，始如此癫狂模样。

"人间草木，皆有情缘。"老爷叹道，"愿你们苦尽甘来，以后携手做出家乡特色香茗！"

自此有乡间奇茶——汤池兰花。

附注：百花谷、二姑尖、相思林与白云禅寺等地均为中国最美乡村之安徽汤池镇名胜景点，兰花茶也为当地特产。本文综合传说改写。

（"小小说在线"微信平台，2017.4.2）

唱 字 文

——曾经庐江人的诗词大会

当央视 10 套的《中国诗词大会》风靡全国，当一档以"赏华夏诗词，寻文化基因，品生活之美"为基本宗旨的文艺节目火遍神州，当我们沉醉在古典诗词之美轮美奂、趣味盎然之际，怎能不想到，在庐江，在曾经的民间娱乐花鼓唱里，也有着我们自己独特风韵的诗、词、字、谜竞技，它甚至涵盖和兼容了诗词大会早期摸索阶段的"成语大会"和"谜语大会"的部分内容。

庐江花鼓唱的唱词，涵盖了对古典名著情节的接龙和挖掘，地理风俗人情的归纳及推介，它更有一个比较"秀气、文明、儒雅"的唱词分类——唱字文，它将花鼓唱这种民间文艺真正拔节到雅俗共赏的层次。

你听——

衣字旁边一口田，
女人开口半边天，
一木立在田中坎，
三人伺奉母身边。
福如东海四个字，
送到府上大门前。

这是花鼓唱之唱字文中唱得最多的一则灯歌歌词，其对应的是"福如东海"这个成语，以字谜自问自答形式吟唱出来，传递着对他人的美好祝愿和尊敬。

"衣字旁边一口田"，这里的偏旁为"示"，却一直被唱成"衣"。衣一定不是什么绫罗绸缎、奇装异服，按照祖先古老的象形字的揣摩，当是"青斗笠绿蓑衣，斜风细雨不须归"中的蓑衣，即便蓑衣今天已消失，但也应是耐磨耐洗之自然劳作衣裳。这一句不但蕴含了乡亲父老对田园饱满深厚的情感，亦有辛勤劳作后的憧憬和期盼，风调雨顺，五谷丰登，衣食饱暖，祥和安宁无不尽含其间；而"女人开口半边天"则鲜明地烙有向某些旧风习挑战的印迹，尊重女性，破除陋习，直接干脆，掷地有声；"一木立在田中坎"，这是对"东"的繁体字"東"的解析，如淡淡素描，勾勒出田野中电线杆林立丛生的自然景状，昭示着社会的进步和发展；最后一句"三人伺奉母身边"，更是浅显易懂，朴素醇和，直抒胸臆地将为人子女敬老孝上的优良品性予以褒赞和宣扬。

同类四字词语型的很多，诸如礼节问候的：

一言好似一山青，二人地上说分明，

三人骑牛少一角，草木之中有一人——请坐奉茶。

唱字文乍看和传统的灯谜也很相像，但它融入花鼓唱中，不仅形成独特的字面与谜底一气呵成的个性，加上以歌唱的形式表达，更显趣味和风韵。其中有唱单个字的，看似脱口而出，细品却是经得起把玩、很深邃传神的，如：

一点那个一横长，

再写一撇甩过江，

写一个破田不关水，

破田下面水汪汪，

这一个"康"字怎么样，

我祝各位老少幸福安康！

单字拆唱在花鼓唱的唱字文中算是数量比较多的一类，一般只要编的押韵爽口、收尾寓意祥和就行，通常都以吉祥字眼铺开串起一首歌，像"福""兴""茶""丰"等。同样的一个字，在不同人的口中有时会用其他的拆解方法表现出来，比如上面那个"康"字，曾被一位唱师这样吟出来：

一点那个一横长，

再写一撇甩过江，

我翻山越岭到圩上，

都说圩上肥水好，

我讨瓢好水润山岗，

不知这个"康"字怎么样,

我祝父老们快乐安康!

细细推敲,"康"里有个翻倒的"山",也另有一番味道。

唱字文中,常见的还有从一到十的堆顶,俗称"十字歌",这一类唱词也可以说是花鼓唱中几种唱法的混搭综合,大多以"一字写来一横长"开头:

一字写来一横长,二字上下分两行,

三字睡倒是川字,四字写来四方方,

五字不当丑字写,六子三点一横长,

七字叉腰跷着腿,八字撇捺要分厢,

九字弯勾像大秤,十字横竖架正梁。

然后,每个数字牵带出一个历史人物或事件,顺次序唱到十,前秦后汉,唐宋明清,正史野章,帝王庶人,只要扯上一丝边,尽可洋洋洒洒,炫情一吼。例如其六:六字三点一横长,把守三关杨六郎,开路先锋是焦赞,安营扎寨有孟良。

民间花鼓唱,精彩热闹处在于玩灯人和观灯人的互动唱和,所以唱字文的"一到十"堆顶唱词通常也是千奇百怪、内容迥异的,因为你无法知道往下接唱的人将要表达的是哪一方面内容。像下面这样一些极富乡野气息的唱法,估计就是哪位乡亲临场发挥的神来之作:

一字写来扁担长,扁担靠在门拐上,门拐扁担别折看,秋后挑回百担粮……

四字写来四方方,一块好田平又方,老头犁田兼打耙,儿在田中学插秧……

微友精彩评论

雨后重阳:最有文采的一字文:待月西厢一寺空,张生普救去求荣,崔莹失去佳期会,反怪红娘不用工!这是炎黄一个字,你答知,我请戏班子来唱几天戏!谜底:徽。

（"微聚庐江"平台,2017.4.18）

情深浅说黄陂湖

　　每个人的心里总会捂着一块柔软的地方，那个地方叫作家乡；每一个称作家乡的地方，一定会有一汪碧水，濯洗着我们流年里奔波的尘垢，漂泊的辛劳。我喜欢这唯美的句子，它如一圈圈浅浅的涟漪，也如一缕缕轻拂的微风，时常伴着那"一汪碧水"，淡淡漾在我的心头。

　　是的，在眼眸，在心头，这"一汪碧水"一直都在，在家乡天井圩的北岸——黄陂湖。

　　黄陂湖，地理位置在庐江县城东南 6～15 公里处，相应水面积约 38 平方公里，四周有瓦洋河、失槽河、黄泥河、县河等水系流入。

　　应该从少年时就认识了黄陂湖。

　　那时的黄陂湖，四五月里，芦苇劲发，碧绿如泼。风拂苇海，苇叶簌簌翻飞，水鸟啾啾脆鸣，间有渔舟轻橹穿梭其中，一分天然的生态宁静将尘世的嘈杂屏蔽无痕，偶尔乘那种柴油机的小客船越过绿绸般的湖心去县城，早上去傍晚回，时光很慢很温柔，一来一回，一分小小的渴盼就有了等待，一个浅浅的期望就变得丰满……而到了寒冷的十一月，随着湖水退去，满湖成片的芦苇争相擎举起一面面浅白的旗帜，宣示芦苇收获的季节来临。每每这个时候，大人们便开始备上镰刀、扁担和麻绳，在湖心中起早摸晚地收割。当芦柴收罢，紧跟着的是对黄陂湖南岸堤坝的挑土加固。我的印象里，这一担一担肩挑的日子少则一星期，多则超过半月。也是从那时我就知道，这偌大的黄陂湖里，我家竟然有着小小的承包股份，大约一米五宽，自南岸边一直往湖心延伸（后来芦苇消失，沦为水面后据说一直由村里统一对外发包）。

　　后来翻阅史志类书籍，发现黄陂湖早在清代就已有"未入莲花国，先闻水面香"的美誉。清人吕符惠经过此处曾吟诗称赞："十里芙蕖冉冉香，平湖清浅漾波光。移舟更向花深处，人坐莲瀛六月凉。"古庐江八景中，

"黄陂夏莲"也位列其中之一。《康熙·庐江县志》也收录了潘谥所撰的《庐江八咏·黄陂湖》诗句:"湖水清且闲,临流发佳趣。晓岸叠春山,夏荷落秋露。险浪惊食鱼,崩沙警飞鹭。少女歌采莲,双双荡舟去。"

而在田头村舍,不但有八仙之一的蓝采和从黄陂湖岸羽化成仙的神话传说,民间亦有广袤的黄陂湖下,曾一夜之间沉陷过一座金碧辉煌的黄陂府。据说在东岸一个叫竹林的村庄,至今尚有倾斜的青石板台阶排列着,一直向淤泥深处绵延的"证据"……

后来因忙于生活,打工在江苏、上海一带。离家乡远了,唯当初那片黄陂湖的苇绿一直没忘,一直在心湖摇曳,曾零星写下的黄陂湖景色的文字成为寂寥打工岁月的一点慰藉。

及至 2005 年到省城谋生,方得知,黄陂湖里曾经青翠葱茏的连片芦苇已在某个夏季的一场大水中消失殆尽,取而代之的是成片的围湖养殖,起先很是惋惜了一阵。但世事变幻,沧海桑田,自然界的一草一木、一珠一露与我们相识毗邻,自有它的变数和造化。没有了芦苇密布的黄陂湖,水产养殖已适时跟进,一挨秋深水落,蟹肥鱼壮,俨然另一派渔舟唱晚的水域美景。记得是 2015 年的秋天,我在省城的芜湖路上,看到一个卖水产的门面,门头上写着"黄陂湖大闸蟹"几个字,起先很是惊讶。晚下班"百度"一下,才知这是货真价实、出自庐江黄陂湖的以"青壳背厚、白肚金爪、个大膏腴、黄满味美"而著称的蟹类珍馐,并且已经注册,正在为打造成知名品牌而努力,心头涌起诸多欣慰。

多情水土,总惹相思。钟情牵挂黄陂湖的人很多。词作家苏昉先生曾创作了一首清新优美的歌词《梦泊黄陂湖》(由作曲家魏艺谱曲),我们可以从情景交融的韵律里再次憧憬如诗如画的黄陂湖的美丽。

> 凤台秋月,青帘渔火,
> 一页帆影从我的梦中划过。
> 故乡的湖水荡着碧波,
> 青山依旧,是我的爱恋寄托。
> 黄陂夏莲,钟鼓晨暮,
> 一首渔歌在我的心中唱着……
> 故乡的土地深情宽厚,
> 芦花村落把我的思念慰留。
> 那根欸乃的老桨,

拨动往事一段温馨的忧愁……

微友精彩评论

紫色的鱼：想起了童年时期在黄陂湖里放牛的场景。

一生何求：黄陂湖，我的家乡，儿时的味道，童年的记忆！在湖里游过泳，打过牛草，摸过虾逮过鱼，砍过芦苇挖过芦根……无尽的记忆现在眼前。黄陂湖养育了多少生活在岸边的父老乡亲，吃她的水，种她孕育的肥沃土地，一切一切，无言诉衷，暂且数字，聊表心意……

杨柳依依：写得很好，但还有些遗憾的，湖北岸风光更迷人，郁郁葱葱的水草，开着小花，清澈的湖水，小鸟飞翔，牧童，垂柳，还有打鱼，翻菱角等，让人魂牵梦萦……

（"微聚庐江"平台，2017.5.4）

"鸡划命"的微幸福

庐南乡村口语中有个词：鸡划命。这个词经常从村庄的父老乡亲口中听到，某些时刻也被我默默地放在心头掂量，觉得这分明是对流年岁月那些风霜雨雪最简洁传神的提炼和概括。鸡划命，无论是说或听，都能况味出一些寒、一些暖在里面，一些甜、一些苦在其中，还有一些平静下来的激情和梦想，亦有一些雪藏起来的落寞与忧愁……

"鸡划命"，本意指散养在乡间的鸡，每天总是不知疲倦地在村前屋后划拨着草丛叶烬来觅食的情景。划一点，吃一点，以不停歇的寻寻觅觅维系生命的成长持续，于鸡，或许算是乡村禽类味美可口、原生态的重要标志；侃叹于人，当是对平凡众生、平淡生活最形象的映衬表达，有一分自嘲无奈，更有一种执着和从容。

我在老家盖过两次房子，从第一次的单层平顶，到第二次的两层半叠加，每次都是耗光了所有积蓄，甚至借了外债及高利贷。期间同步着恋爱、结婚、生女，挣的总是不够花。一不留神，便是捉襟见肘，入不敷出。在累得昏天黑地、腰酸背疼之际，常常无来由地叹：猴年马月，才能过上衣食无忧、心定神闲的日子？

那时家母健在，她性情温厚，看我一副急促、躁动的样儿总会劝我：人动一双手，哪里都不饿肚。甭想着天高地厚，有得挣，就有得花，别愁不够用，把一碗饭吃圆和了，也是福事。生来"鸡划命"，别羡老鹰飞。

那会还不是很懂，却感觉很受用。千难万难，不干就是真难。

和许许多多小家庭一样，结了婚，和妻子一个日历下走春秋，虽没陷入过"揭不开锅"的窘状，但"攒钱如积露，花钱如淌水"的日常开支，把我们神经的弦总是绷得紧紧的，置办一些大件物品时，挑挑拣拣，犹犹豫豫，不敢有档次的奢华，只求有实用的安稳。不堪比"一分钱扳开做两分钱花"，却也是"挤牙膏"般经营着柴米油盐的生活。

直至今天，一家人倾巢在城里谋生，曾经勒紧裤带盖起的房子或被拆去或被一把锁锁在乡下，蓦然发现，其实自己一直就在"鸡划命"的圈子里打着转。

我的一个堂叔自打在家乡开加工厂起步，发展到如今在县城有房、有车、有店，有一份安定且收入尚可的生意。我想，"鸡划命"的称谓对他而言应该是不适合了。去参加他儿子——我堂弟的婚礼，知名酒店，极尽排场。席后家常，没想到他却是苦水涟涟，从眼前的喜宴的花费到客户的礼尚往来的打点，千言万语一个字：紧！心上紧，手头紧。

我笑着说："叔啊，别是怕我向您借钱吧，这样哭穷！"

他情真意切地答道："大侄子，看着我像很风光吧，应了老话，'黄鳝大，窟窿粗'，我有时梦里被莫名惊醒，乡下的田已不适合、也不可能再一家一户去单独耕种，假如这边哪天生意淡了，这一大家人在城里的日子……"

人无远虑必有近忧，于他，想来这也算是"鸡划命"的上了一级台阶的一种吧。

比对自己朝朝暮暮里的忙忙碌碌，瞻前顾后，几番辛苦的一点积蓄，又旋即被快节奏的生活消磨去，那一分辛劳后的坦然，那一丝掂着心尖的期盼，那一种"挥霍"后的不安，心下忽地透出光亮："鸡划命"就"鸡划命"吧，虽然很无奈，却让我们在"穷忙"里变得很充实。为谁辛苦为谁累，换一种思维去比对，"鸡划命"，何尝不是我等凡庸之辈苦苦甜甜、平平淡淡的微幸福？

微友精彩评论

快乐人生：深有体会。走过的风风雨雨，生活中的酸甜苦辣。也许这就是人生吧。

云淡风轻：唉！想想出来打工二十年了，还是没攒下钱，自己又何尝不是鸡划命呢……

（"微聚庐江"平台，2017.5.24）

吃梅鸡，吃"夏长"

——会吃的庐江人，还记得这两样夏天的味道吗？

吃梅鸡

梅子黄时雨。

只需在心头默念一下，一方缠绵雨幕，一分淡泊情怀，一种缱绻况味，一抹悠悠近千年的相思踌躇、别绪离愁便跃然而出，入眼入心，滴滴答答，沾衣欲湿。

但这样一个唯美的句子，被浓缩成一个时令，一个江淮间年复一年必须走过的雨季，古典的意境总被打了一个折扣。

梅雨时节，天多会阴郁着脸，乡间的路深一脚浅一脚地泥泞着。家中箱柜里的衣物潮兮兮的，乡村的婶娘们等着上好的、雨缝里的阳光，来一场"晒霉"。落下的雨，漫了沟沟凼凼，满了池塘小河，那不远处的湖和江也刻上警戒的红线，拉响了防汛警报。

但除了防汛排涝，这个时节也算是一段难得的农事闲时。稻子在田野里分蘖拔节，瓜豆在架上牵藤结荚。我那碧绿葱茏的乡村，也适时地跟进一个美好而温馨的习俗——吃梅鸡。

鸡是开春刚孵出的仔公鸡，一般还没有打鸣开叫，也就一斤左右。用香味浓郁的菜籽油炸一炸，味口重的，可放入少许的盐（习俗里说，如果能吃得下，最好是不放盐，盐会冲淡其中的营养），加入一些刚收上来的大蒜头，待黄澄澄地熟透，就可食了。

吃梅鸡，乡下有个小讲究：必须是一个人完整地吃光一只才有效果。据说这样可以更好地摒除体内潮晦湿气，强壮身体增添活力，从容迎接和面对随之而来的农事大忙。

当然，不只是梅鸡，也有吃梅鹅的。因为散养的鸡成长周期慢，鹅却快得多。俗谚说："三个月的鸡，门拐上嘻；三个月的鸭，动刀杀；三个月的鹅，挂不住砣。"鹅的分量大，吃下一整只香油煎出的鹅，可不是一般的胃口。但风俗就是这么美好，能吃下尽管吃下，后面就会"力气聚财，出掉又来"。

又到梅雨季，无论身居城市或乡村，各种美食层出不穷、随手可淘的今天，还记得那个吃梅鸡的习俗吗？

吃"夏长"

何谓"夏长"？

庐江方言就是这么有趣，将这两个字扩充加长着读，意思就出来了：夏日长，长长的夏日，在田间劳作的人们，体力跟不上，腹中饥饿明显，此时需要一些食物补充能量，好继续后面的劳动，庐南的乡村称之为"夏长"。

庐南方言里，还有一个词和它意思接近："打尖"。打尖，意即在正饭之前弄一点零食吃吃，为饥饿、空着的胃打个底。这在养生上具有一定的科学道理。而吃"夏长"，则特定于夏天长长的白天下午时光、超负荷辛勤劳作期间为身体"攒劲"那一顿。

"夏长"，吃的食物不是很讲究，都是简单寻常、容易调制的。像中午的锅巴，加一些热骨汤泡着，算是奢华级别的"夏长"；普通的"夏长"是提前熬好粥，揭开锅盖凉却，辅以一碟香油炒咸豆角，里面有剁碎的青辣椒，脆生生、咸津津、辣丝丝的，自是别有风味。也有用几个鸡蛋或煎出、或糖水煮好送到晒场或田头的。当然，最省事和随意的，应是以中午的剩饭加开水泡一泡，加一点咸菜，就算吃"夏长"了。

其实吃"夏长"这风俗不光庐江有，其他地方亦有类似情形，不过称谓不同。比如与我们毗邻的无为人在中晚饭之间加吃的这一顿，他们的说法是"吃晚茶"，听着似乎比较文艺。而他们的"吃晚茶"不只局限于田间劳作的农人，还包括上门的木、瓦匠等各类手艺师傅以及来家中做客的客人。吃的东西以面条和茶叶蛋为主，辅助的小菜至少都三四个以上。

而在江苏南通、张家港一带乡村，亦有此习惯。吃的多为蔬菜与米饭混合调制的"泡饭"，也有和我们庐江乡村一样，简单的开水泡饭，配上的小菜一般都有一碟各家自制的毛豆拌酱，分明带有苏南地域特色。

但都没有庐南乡村把这额外的一餐称之为"夏长"这样有韵味、有嚼劲：

吃了"夏长"，浑身有劲心不慌，

吃过"夏长"，何惧炎炎夏日长！

（"微聚庐江"平台，2017.7.1）

微友精彩评论

润物无声：难忘啊，记得上学那会，妈妈每年到这个时候都会杀鸡，吃梅鸡好，一只鸡一小碗，放点红糖超美味啊，再后来出门上班，到现在结婚生子，很少这个时候回来，自然好久没有吃到了。

云淡风轻：满满的回忆，浓浓的乡愁。记得小时候每年的梅雨季节妈妈都会炸梅鸡给我们姐弟几个吃，说吃了炸梅鸡，不但能强身健体，还能赶走霉运……

庐江话里的"gai（该）"音，
包含着多少种意思

——庐江方言趣谈系列

乡音可亲，乡音可敬，乡音多情，乡音温润。乡音听懂了如食甘饴，有一种越嚼越甜、回味绵长的感觉。但乡音离开滋养它的那块水土那方天，在普通话普及的大环境下，偶尔也会成为交流的障碍，让听者云里雾里不知所言。

方言乡音里，许多字常没有特定的汉字表示，即便有，在字典里往往生僻晦涩，难写难懂，所以极少被运用到。更多时候它们都是被口口相传的语音刷着存在感。

比如，庐江话里有个"gai（该）"音，在不同的场合，就体现着不一样的语境，表达的意思有时扯不到丁点相连，也较少望文生义的象形和贯通。

gai 音，平声读出，字典里常见的字是该。字面组词有"应该""合该""总该""该当""年该月值"等，书面应用也较广。而庐江话里，gai 发声的语音更有其他所指，那意境在外地人听来，会有莫名其妙、丈二和尚摸不着头脑的懵懂。

你听："我该（gai）个赶紧把手头上的事做完，埋个到城里好好地逛一天 gai（街），放松放松。"在这句话里，前后用了两个"gai"音，所表达的所指却有天壤之别。前面的："该个"，庐江话今天的意思（明天则说"埋个"，后天则通常用"后得"说出。）所以，这个"该"，意为当下，现在。后面的"逛 gai"，其实是普通话里的"逛街"，庐江人就这么任性，或者叫有个性。上街，街道，愣是被说成"上 gai""gai 道"，有趣味吗？当然真要写出来，意思上最接近的大概是字典里较冷僻的汉字：垓。《三国演义》第 71 回有诗：天罗地网漫山布，齐举万兵大会垓。《水浒传》第 53 回里也有这样的句子：小李广花荣，挺枪跃马，直至垓心……而和我们庐江有千丝万缕关联的名著《三国演义》"失街亭"中，也有这样的描述：忽然一声炮响，火光冲天，鼓声震地，魏兵齐出，把魏延高翔围在垓心……但似乎又有些矛盾，因为前面已有"失街亭"的街字，这个"垓"为什么用在这里，和"街"区别开来？如果对照东北人的把"大街"喜欢说成"大垓"，倒也能够说得过去。

再看下面这句话："过了正月十五我就到城里打工去，争取年底回来时把该你的几千块钱还上。"这里的"该"则表示亏欠的意思。这个在《红楼梦》第100回也有相似的句式，宝钗劝薛姨妈道：人家该咱们的，咱们该人家的，算一算，看看还有几个钱没有？

这个"该"字，还有一种疑问句式：你是哪该人？你们现在开车到哪该了？庐江话里，与"哪嗨""哪场子"意思差不多，表示地方的意思。参考部分文献资料，据说江西都塘方言也有同样的话。

再看下面这句："你去外面抱一把黄豆荄（gai）子回来，赶紧添火，饭还没煮熟呢。"这里的"豆荄"表示植物的秸秆或者根底部分，是可以生火做饭的燃料。《说文》里这样解释：荄，草根也。《后汉书·鲁恭传》里也有"万物养其根荄"。

在庐南乡村，还有这样一句俚语："犁不到，耙不到，陔（gai）都要陔一下。"这话的意思形容人爱贪小便宜，不赚到一点心里不平衡。庐江乡村以前是传统的农耕，过程繁复。春耕时节，先将田犁翻过来，晒拷后入水用耙整理。播种栽插前还有一道程序：陔（gai）田。陔，本意表示高低不平。陔田，意即把尚存的一些凸凸凹凹的地方再整得平坦一些。晋朝的束皙曾有"循彼南陔，言采其兰"的美句。不过，陔在此句里表示突出的田埂。

听乡音，品乡情，乡音说给乡音听。一声淡淡的"gai"音，是不是蕴含了太多趣味？

（"微聚庐江"平台，2017.7.12）

微友精彩评论

钱：家乡的话，儿时的记忆，方言代表了一个地方的人情风味。

老夏：离开家乡四十一年啦！家乡的话记忆犹新。

Jzpf 0101：庐江南边和北边的方言差异还是很大的。

庐江方言里的美食

"五不讲六不讲，就讲七（吃）。"这是庐江俗谚里较经典的一句。

抛开戏谑成分，这句话也恰如其分地为千年前老祖宗传下的"民以食为天"的哲理做了很好的佐证。那么在庐江方言里，一些美味可口的食物通常是被我们怎样叫唤和表示出来呢？

先说几乎家喻户晓的豆制品"生腐"。也有写作"生付"的，都是依据发音造词。"生腐"是豆腐沥水后经油锅炸出，但作为油炸食品，它应是为数不多、极少被人诟病的具有"美好形象"的食物。"生腐烧肉"一直以来是庐江及周边地区一道经久不衰的大众名菜。在诸多传统食品逐渐没落的时下，"生腐"却依然"我行我素"地受到众多食客的青睐、追捧，不但能和肉、鱼、鸡等荤菜混搭红烧，还可切成丝状作拼盘小炒。在坊间一道名曰"和气菜"的菜里，它和黄花菜、青红椒等一起担纲着主角。现今，又与时俱进地走入火锅、干锅等菜肴的行列，足见它的魅力所在。

"生腐"在我们庐江是这样称呼，而在其他地方叫的却是五花八门。有叫"豆泡"的，"油果"的，"油豆腐"的等。细想之下，都没有唤作"生腐"好听。"生腐"——生富，生活富足，生出富裕，不论是平常家宴还是客来招待，有期望的生活总是一道风景。生腐，生富，谐音里寄托着多么美好的寓意。

方言里还有一个菜：通菜。乍看名字，没听过、没见过的，任你想疼脑袋也不会猜出：藕。把藕叫作"通菜"，除了庐江及相应周边，好像再难找到他乡这样叫法。

"通"在庐江话里，有东西穿孔、破洞的意思。比如"裤子膝盖处通了""塑料盆通了，水漏光啦"。这和莲藕多孔眼的形状很吻合，而莲藕的药理功效在《本草经疏》中这样描述：生者甘寒，能凉血止血，除热清胃，故主消散淤血、出血及止热渴、霍乱、烦闷、解酒等功；熟者甘温，能健脾开胃，益血补心，故主补五脏，实下焦，消食、止泻、生肌。所谓"通则不痛，痛则不通"，故而把莲藕称作"通菜"，算不算简洁传神的称谓体现？这个"通菜"在庐江民谚里也有对应句子：捏鼻子吃通菜——有亏说不出。

再说"六谷子"。"六谷子"是什么东西，相信庐江的妇孺老幼没有不知道的——玉米。我们通常吃的五谷杂粮中，五谷一般指"粟、豆、麻、麦、稻"，而玉米是从明朝才开始传入我国的，比我们老祖宗排序定位的五谷晚了几千年。但玉米作为粗粮，好看可口，优势较为明显，把它归纳入杂粮似乎有些"于心不忍"，索性就称为"六谷子"，若真是如此，这无疑也映衬出乡亲们的聪敏随和。而且围绕"六谷子"诞生的民谚也很风趣："吃五谷想六谷，吃碗里望锅里。"

其他还有将香菜说作"盐水菜"，萝卜说成"萝别（bie）"，萝卜干说成"萝别菇"，茭瓜说成"篙瓜"，等等。

以上是蔬菜食物，在禽、兽类荤腥菜里，还有哪些独特的方言叫法？

肉是主荤菜之一。肉在庐江方言里说的也很有意思："胭胭（ga ga）。""胭胭"的称谓，一般都是孩子口语中的叫唤，或者是大人对孩子说话时的讲法，这种说法和四川部分地区对肉的别称如出一辙。参考部分关于庐江方言的论著，普遍认为庐江话和赣南及苏吴语系在历代人口的迁徙中有较多同根融汇的相似，而这个"胭胭"忽然与川话兼容，实在难得。

俗话说"荤不离鱼肉"。庐江话里的一些鱼也有着个性的称谓。比如鲫鱼，不分大小，在庐南方言里一律称之为"刀板子"。还有青鱼，唤作"混子""青混子"，白鲢鱼则称"家鱼"，大头花鲢则称"胖头"，想想都可乐。更好玩的还有将汪丫叫作"昂丁"，河蚌呼作"瓦刮子"，等等。

在庐江，还有一样美味食品，以前多是沟沟凼凼里野生的，都不怎么稀罕，现在却被大面积繁育养殖，还注册了一个很好听的品牌。对，你已经想到了，就是螃蟹——注册的叫"黄陂湖大闸蟹"。每当秋风起，城乡处处蟹味香。汁鲜味美的螃蟹在庐江人口里又是怎么说来着？"海子"，或者"毛海"。这个"海子"亦有一句非常经典的谚语："蛇有蛇路，鳖有鳖路，'海子'横爬上大路。"意即每一个人有每一个人的生存和拼搏方式，只要不断努力总会有收获。在此，亦衷心祝愿庐江的"海子"早日走出安徽，走向全国。

（"微聚庐江"平台，2017.7.21）

微友精彩评论摘选

徐志生：香菜其实是"芫荽"，不是盐水菜，音近而已。古汉语说法，诗经里就有。方言里有很多古汉语活化石，只是我们没发现。

煜煜：辣椒，汤池叫"大椒"，香菜叫"绵如菜"，鲤鱼叫"拐子"，小气的人叫"尖头八滋（尖头巴细）"，智商低的叫"孬头八滋"。

快乐每一天：生腐也叫欢喜菜！

漫话庐江近代诗人陈诗

一、名字的由来

自古以来，庐江人才辈出，载入史册和在民间口口相传的名人故事层出不穷，数不胜数。陈诗，可谓是近代庐江乃至安徽诗界不可多得的奇才之一。

陈诗，今安徽庐江庐城镇石虎村人。陈诗原名叫陈於诗，因为其年幼就爱好吟诵，祖父便给他取名为"诗"。名字中间的"於"字是按照家族惯用的姓名中的辈分用字。陈於诗少年时代一直在广东生活，15 岁时随父亲回到庐江家乡，因为满嘴的粤语，曾被父亲训斥过，在学习家乡话的过程中可能太过急躁勉强，竟然落下了口吃的毛病，一直到老都没纠正过来。这恰也印证了乡间的俚语：会讲的多不会写，会写得多讲不出。

起初，陈诗於跟随家乡诗人张瑞亭学习写诗。光绪中期，祖籍庐江沙湖山的"清末四公子"之一、淮军名将吴长庆的公子吴保初（其余三人分别是陈三立、谭嗣同、丁惠康）回乡探亲。好学勤奋的陈於诗得到消息，当即带着自己的部分诗稿登门求教。吴保初看完陈於诗的诗稿，圈圈点点，涂抹划掉许多，认为写的有些根本就算不上诗，尔后传授给他了一些诗歌写作的格式和表达方式。陈於诗听得心服口服，极为崇拜，当即施以弟子礼节，拜吴保初为师。要知道，当时的吴保初刚满 20 岁，陈於诗却比他大了整整 5 岁！这个情节一度被传为佳话，时人称赞为"犹昌黎（韩愈）之得张籍也"。

行礼拜师后，吴保初认为"陈於诗"这个名字中的"於字"不怎么雅致，建议去掉。陈於诗依言，遂定名为陈诗。

二、初露诗名

1899 年，陈诗跟随老师吴保初离开家乡庐江到了上海。在上海，经过吴保初的介绍，认识了当时赫赫有名的大学士文廷式。文廷式慧眼识才，初见陈诗就认为"孺子可教"，因此在有关诗歌的写作上倾力指点。当时曾有段趣事，说文廷式三日没见到陈诗，便写信问吴保初：陈诗这小子这阵去哪了，怎看不到人影？其受到的关注度可想而知。后来经过吴保初和文廷式的引荐，陈诗先后认识了郑孝胥、陈三立、冒广生、吴昌硕等当时的一大批知名诗人。

而真正让陈诗崭露头角、诗名大振的是一次天韵阁赋诗。当时江沪的文人雅士如吴保初、冒广生、章士钊、吕碧成等大多与天韵阁的老板——清末沪上名妓李苹香相互往来，交情颇厚。光绪二十七年（1901），冒广生从江苏如皋来到上海，在李苹香的天韵阁大摆酒宴，招待这班沪上诗友。陈诗也受邀参与其中。酒席上，陈诗作了一首《冒鹤亭孝廉招饮天韵阁即席赋诗送陆彤士刑部入都鹤亭南返》，诗的内容是："七月欲尽天微风，木樨乱发花丛丛。芝田别馆峙城北，夷光仿佛居墙东。绿苹小字擅词翰，香君异代将毋同。拂弦清怨入流水，峄山竟有孤生桐。如皋冒君旧词客，薄暮走马章台中。华镫九穗耀白日，张筵折简殊匆匆。须臾宾客一时集，广席八九相横纵。方回诗坛好身手，惜哉未疾潜房栊。觥觥曹陆与吴质，狂歌击钵醑笙铺。鲰生末座亦殊幸，怀铅握椠难为功。主人逸兴忽飙举，蒲萄兀兀倾千复。复社往事二百载，座中欢少候朝宗。搰来风会愈变易，五洲重译相交通。尘尘亘古既难复，渺渺来叶将谁雄？改弦更张策良是，如闻万岁呼高嵩。泉流风发不容遏，瘦羊博士歌年丰。诸公才调济时杰，燕马北驭南飞鸿。明日快意折杨柳，酒船拍浮甘长终。"这首诗收集在陈诗的《据梧集》中，是本集里最长的一首。诗歌的内容非常丰富，不但赞美天韵阁的主人李苹香有昔日李香君之美丽才华，还表达了方泽山因病未能到场的遗憾。最有意思的是当时章士钊因故没能参加，后来他读到诗中"座中欢少候朝宗"的句子，认为候生就是自己。而前面的"峄山竟有孤生桐"一句更是让他心旌神驰，干脆将自己的笔名"秋桐"改为"孤桐"，可见这首诗影响之广之深。

三、那些真情描写庐江的诗

陈诗一生钟情诗歌，其诗歌从数量到质量在近代庐江及安徽诗歌史上都占有举足轻重的地位。诗人夏敬观对其"白首一贞士，诗名满天下"的评价也恰当中肯。纵观他一生追逐诗歌的足迹，除了15岁随父回到家乡庐江和晚年为编撰家乡文献史志回来的那段时光，大部分时间都是旅居上海，其间还穿插着一段西北边陲行的经历。在他众多诗歌作品里，描写庐江或者和庐江相关的诗篇构成他诗集中不可或缺的经典。他的诗集里有《凤台山馆诗钞》《凤台山馆诗续钞》。这个凤台山一般认为就是今天庐江泥河的凤台山，诗人曾为此特地做了注释："飞鸟恋故林，行云时复停。客子念故乡，梦寐春山青。吾庐西南陬，凤台列云屏……思吾凤台好，馆舍藉以名……"在《甲戌纪旱三首》之二中，当诗人听闻家乡大旱，也当即赋诗表达其关切担忧："甲戌岁大旱，客子言其乡。皖北庐江县，肇于隋与唐……今年五六月，雨泽悭穹苍。黄陂湖水涸，廿里衢路行。湖泽且如此，山村无稻粱。"

陈诗写庐江的诗句，涵盖面非常广。像《霍隐诗草卷二》中的《青帘河道中》描写青帘河"远山如黛树层层，夹岸人家呼不应。绝好清溪微雨霁，半竿斜日挂鱼罾"。《鹤柴诗存卷三》中有《庐江杂诗三首》，分别写到俞屯和冶父山。而写冶父山的诗句因其后来编撰《冶父山志》，泛泛不下数十首。

在《凤台山馆诗钞》卷五里，有《丙寅五月闻黄陂湖涸纪事》，卷八里有"惟祝频年逢大稔，钓台安稳隐生涯"诗句，其中的钓台说的是黄陂湖边的左慈钓鱼台。庐江地名入其诗的还有巢湖、马厂、东顾山、汤池百花寨、黄屯、杨柳河、金刚寺、鸡鸣寺、捧檄桥、西门河湾、小乔墓、柴埠渡、瓦洋河、缺口镇，甚至传说中的慕容城等。且看一首写得别致的《凤台山馆诗续钞卷下》中《伏日骤雨行》："一日一暴，山田收稻。甲申丙子两见之，当年仆仆舒城道。雨来引车避，雨过引车行，赎田喜见岫山青……瓦洋河水仍沄沄，祖师幽洞恨未经。何日峰头策杖寻？"这里的头两句用的是庐江的农谚，读来很是亲切。

除了吟和应酬、咏物写景之类，他也在诗中赞美了1932年抗日战争中英勇献身的飞行员英雄阎海文。但由于其所处环境的逼仄，圈子的相对狭隘，对辛亥革命及中国共产党领导下的救国运动缺少更多的认知和理解，因而这方面的诗文较少，这不能不说是其诗歌生涯中最大的遗憾。

四、吟哦不辍真诗名

陈诗一生钟情诗歌，虔诚执着，终身未娶。被朱莲垞和郑逸梅首肯为难得的"职业诗人"。他在沪上的岁月基本靠卖文和师友资助度日。即便如此，依然穷且益坚，浸淫诗句，矢志不改。在《秋日偶成》（凤台山馆诗钞卷六）诗中，他这样写道："贫居壁立不曾忧，海上傭书已白头。人似茂宏思愤愤，时如江水去悠悠。犹闻当路诚求骏，博采遗文幸有鸠。此是名山真事业，传经家学胜封侯。"

陈诗吟哦不辍，为我们留下了《霍隐诗草》《据梧集》《尊瓠室诗》《鹤柴诗存》《凤台山馆诗钞》《凤台山馆诗续钞》等。不仅如此，他一生极其关注庐江乃至安徽的文献整理和挖掘。先后编撰过《庐江诗隽》《庐州诗苑》《皖雅初集》《冶父山志》《安徽通志》部分内容等，还撰写了《庐江县志稿》中的《庐江疆域考》《名宦传》《丁汝昌传》等史献；并重印了恩师吴保初的《北山楼集》、史台懋《桴槎山馆集》、袁履方《砚亭诗抄》等文稿。

最后，我们来欣赏诗人描写当时庐江地域风情的诗作。

《游冶父山实际寺》：冶父蠢城东，联镖问梵宫。只余修竹绿，稀见杜鹃红。星朗留遗塔，僧书夺化工。虎溪述前事，莲社今古同。

《十七日郎啸云秀才招饮赋谢》：君家诗法重唐朝，大历篇章姓字标。今我还乡识乡味，百花寨上百花苗。

附注：本文在编写中参考了《安徽文史资料全书·巢湖卷》《陈诗诗

集》以及夏冬波、苏昉等老师的相关文章，其中若有不当之处，尚请师友给予指正为谢。

（"微聚庐江"平台，2017.8.2）

微友精彩评论

杰杰：庐江才子佳人多！

宁静致远：原来庐江这么有文化底蕴。

庐江话里的"时间"

"该个"我们说说庐江话里的时间。

也许你注意到了，上面的"该个"就是我们庐江方言里表示时间的词，今天、现在、当下、时下的意思。把今天说成"该个"，这在我国的江西南昌、江苏苏北等其他地方也有类似说法。但将这两个字挂在口上、呼之即来，使用频率超高且得心应手，可以说没有哪里会超过庐江人的。

"该个"说法，从庐江县城及往东西南等基本同音，在庐南泥河、沙溪、缺口等地土语中偶尔也会说成"跟得"。北边的汤池和白山等部分地区靠近合肥，这个称谓逐渐变化说成"街（jie）个"。所谓"五里不同风"，大概就是如此。

把握今天，展望明天，不忘昨天。"该个"既然代表今天，像英语时间句式里的"现在进行时"，那么表示"未来进行时、过去进行时"的明天、昨天、后天、前天等在庐江方言又怎么说？

同样有趣的很。明天是"埋个"，变音中有"冒个"或"门得"；昨天是"曹个"，前天是"茄（qie）个"，大前天是"上茄个"。而后天称呼为"号个"或者"后得""大后得"。这里的"埋个""曹个""茄个"等使用地域和前面的"该个"相比明显缩小，除了庐江及周边地区，其他地方说的不是很多。庐江方言中"埋个"的"mai"音，查汉语字典，最接近的字算是"迈"字。汉语词条中，"迈"的释义有"时光流逝"条目，其引自《诗·唐风·蟋蟀》之"今我不乐，日月其迈"一句。时光流逝表现出的时间概念与即将到来的"埋个"能连贯起来。"迈"的词条还有"超过、跨越"一注，和未来的明天（埋个）也能互动。但是"迈"以四声为主，和庐江方言发声（mai）的浅扬声明显冲突，所以文字表示一般适合用"埋"，而较少用"迈"。算得上"未来进行时"的还有一个词："二回"，有以后、下回之意。

现在进行时的时间称谓中，使用频率较高的有个"上昼""哈（下）

昼"词，意即上午、下午。这种说法遍布的地域也较广，沿江的上海、芜湖、南昌以及广东潮汕等地都有提及。"昼"在《说文解字》里的注解为：日之出入，与夜为界。也就是说从太阳升起到落山的一整个白天称之为昼。南宋诗人范成大在《田园杂兴》中的"昼出耘田夜绩麻，村庄儿女各当家"以及和庐江有关联的、中国文学史上第一部长篇爱情叙事诗《孔雀东南飞》里"昼夜勤作息，伶俜萦苦辛"等句都极其形象、传神地界定了昼的时段。在明末凌濛初编写的《拍案惊奇》第十一卷里也有"上昼时节，是有一个潮州姓吕的客人，叫我的船过渡"之描述。但，"上昼"一词在《汉辞网》里的注释"指将近黄昏的时候"，这与我们庐江方言里特定的上午时间恰恰相反，不知何故，且不去深究。

"昼"这个字，在名著《红楼梦》里还被贾宝玉开了一个玩笑。他将南宋诗人陆游《村居书喜》中的两句名句"花气袭人知骤暖，鹊声穿树喜新晴"改成"花气袭人知昼暖"，以此暗示他和丫鬟袭人之间知冷知热、日夜相随的亲密关系。

庐江方言中，和时间有关联的字词还有其他一些，如果不是听习惯了，单从字面上也很难理解。譬如：好晌（shang）子，这晌（什么时候，这时候）；三不之，三不四之（偶尔，次数很少）；晚不些（迟一会）；旧年（去年），等等。其中这个"三不之"也有称作"三木之""三木四之"的，这种说法无独有偶，和湖北武汉一些地方方言基本同音同义。另外，还有一个冷僻词叫"歇畈（pan）"，意思是干农活劳累后短时间休憩一会。

勤劳朴实的庐江人，不但运用和创造了诸多有个性的有关时间的字、词，同时在珍惜和利用时间上也有独到见地，你瞧下面这些各个行业与时间相关的俗谚，形象易懂且富含哲理：

半夜起来下扬州，天亮还在屋后头——做事要果断，不能磨蹭；

一赶早，二赶饱——干事要尽快，不能停滞；

讲午不过未——准时准点，恪守允诺；

春天打个忩，秋后有指望——珍惜适时播种的大好春光；

月到十月中，梳头吃饭的工——白天的时间很短暂，不能浪费；

雨落鸡笼头，行人你莫愁——气象谚语，雨下在鸡叫三遍的时辰，基本没有大雨的，该做的事尽管照常去做……

（"微聚庐江"平台，2017.8.17）

微友精彩评论

云淡风轻：我儿子就教他女儿说庐江土话，说家乡土语是一种文化，不能失传了……

清风：庐江的谚语就多了，早上火烧等不到中，晚上火烧一场空；蚕豆开花你不做，缭子开花把脚跺……（火烧是指火烧云）

芮文正：多么熟悉的"乡音"！我们这些常年在外的游子又平添了几多"乡愁"！感谢小编的用心，弘扬了中华（庐江）传统，又拉近了与庐江在外游子的距离……

好久不见：看到今天浓浓的家乡话，亲亲切切，耳熟能详，带给我尽是对家乡的思念，于是我盼望年的到来，又可以回家乡了！

幕小瑾：说方言给人一种浓浓的亲切感！

秋海棠：我们盛桥说的有点不同，今天是该个，明天是毛个，后天是号个，再后天是老号个，昨天是曹个，前天是茄个，大前天是系茄个。当我把这些称呼说给我厦门的同事听时，他们笑得肚子都疼！

"锅心"的油烟，家的味道

——庐江方言里的厨房及相关俗谚

"走进门来把眼张，府上住得好排场。中间堂屋明又亮，一间锅心一间房……"这是以前在庐江乡村卖唱人唱排门歌时的歌词。这里面有"锅心"二字，相信大多数庐江人听字音就会明白，它在方言里表示的是厨房。

"锅心"，在口语中也有呼作"锅先""锅前""锅厢""锅拖子""灶屋里"等等。无一例外，都是以锅灶为中心、点火生炊解决吃饭大事、家居空间的重要组成部分。

"锅心"以及锅灶的追溯，早在宋代张君房的《云笈七签》六十八卷里就有过这样的描述："作灶屋，长四丈，南向，屋东头为户，屋南向为纱窗，屋中央作灶。"这段文字清晰地为我们勾勒出千年前厨房的架构和摆设。各地民间和锅灶相关的传说故事也很多，不胜其数，譬如腊月二十三送灶神等。这里，笔者就庐江部分乡村和"锅心"相关的风习以及缘其而生的一些俗谚作简单的整理，为越来越模糊的方言口语"锅心"作个注脚。

先从"锅心"锅灶的结构说起。农村传统的锅灶，大都经历了从土坯到砖砌的进化过程。锅灶上安放的都是圆开口铁锅，通常以大小两口排列居多。锅灶形状由里及外呈微半圆，一般大锅在里，为人多时煮饭粥、蒸面蒸饼、打炒米糖等使用。而小锅在外，平常炒菜为主。锅的结构有锅脚、锅面、锅炀、烟囱，放柴草的地方叫锅底或者锅膛，另外还有起烘干作用的"夹锅洞"，焐热水的"井罐"等等。砌筑锅灶通常称为"修锅"，这里的"修"字不能理解为修补，它所表达的意思为铸造、修建。"锅心"本来是一个笼统的空间，支架起锅灶，仿佛有了心脏，"锅心"立刻充满活力和温度。砌好了锅灶的"锅心"，柴火灶膛笑，锅台热气冒，屋内油烟的芳香四溢，屋顶炊烟的淡蓝缥缈，平淡充实、安宁随和的寻常日月，甜甜苦苦地飘溢着家的温馨和温暖。

庐江大部分地方的乡村，都有一个吃"涨锅饭"的习俗。就是在锅灶落成的当天，主家必多备好酒好菜，邀请邻里和近处亲友，呼啦啦围坐一桌，推杯交盏，尽兴一饮。这里有个很深的寓意，即为添人进口、家业兴旺，期冀以后的时光一直是"大锅里饭，小锅里粥，中间炉子得猪肉"般的幸福祥和。

在庐南一带的圩乡，由于独特的地理环境，关于这"修锅"发灶还有个锅灶门朝向的讲究。看看流传在这里的一首谚谣，朴素且别有趣味：锅洞门朝东，圩田一场空；锅洞门朝南，十年欠债一年还；锅洞门朝西，又吃鱼来又吃鸡；锅洞门朝北，再烧都烧不热。

再看一个描写烧锅工具"火钳"的谜语，也是妙趣横生，生动形象：姐妹两个一样长，日里烘火，晚上乘凉。

"锅心"在城镇化的今天，随着生活方式的转换，现代炊具的普及推进，之前传统的柴草之烟熏火燎、蒸煮炖烧都已逐渐改变或不复存在。而许多和"锅心"及锅灶相关联的俗谚却依然有迹可循，恰如当初吃过的柴火灶烧熟的饭菜，可叹可品，值得回味。

初来乍到，摸不到锅灶——形容对一个地方或一件事缺少了解，不熟悉；

锅洞里掏山芋，拣熟的掏——做事情要尽量发挥自己的长处；

吃着碗里，看着锅里——比喻人不知足的样子；

十年的锅铲子，什么味没尝过——说人经历的事多，尝遍人生百味；

锅铲把捞汤圆，一头抹了一头刷了——没用对工具或方法，瞎忙活一场；

锅头饭好吃，锅（过）头话难讲——劝人不要信口开河，说话多思考；

不为油渣子，不在锅边站——有所企求；

锅巴炒米，各人所喜——每个人的喜好不一样；

买了便宜柴，煮了夹生饭——因小失大，捡便宜误了事；

嘴巴像锅洞，一天到晚火冲冲——比喻人脾气不好；

人情大似债，头顶锅盖卖——人情来往，不能马虎；

不是你的菜，甭去接锅盖——不合意的就尽量别去打扰人家；

丑人自有丑人爱，破锅自有破锅盖——人各有长，自会有和他同道的人相随相帮衬；

一个要补锅，一个锅要补——相同的时间段，两个人对一件事有着同样的需求；

"锅心"屋里拣火钳，不稀奇——得来的东西没有成就感；

没有烧不热的锅，没有烧不开的水——比喻任何事情只要持之以恒，终究会有所收获……

（"微聚庐江"平台，2017.9.3）

微友精彩评论

袁吉成：你写的小丫们都看不懂了，就我们这些二半老头子望一身劲。

曹曹：时代的发展，"锅心"都电器化了，孩子们都不知道什么叫烧锅了，也就是说如果断电了，即使有米，孩子们也不知道怎样做成饭了。

方玉桂：看到标题还没明白什么意思，一看文章内容就会心一笑了，好亲切的方言啊，这就是生活的诗意！

庐江话里的酒　醇香辛辣滋味长

"昨夜小酒有点多，到家就过一窝猪，十八个猪奶奶，心肝肠肺都拱出来。"

这是庐江东南乡泥河、缺口一带酒喝多的人自嘲，说的是一个人酒喝多后呕吐难受的情形。酒多呕吐，戏谑地称之为"过猪"。"过猪"的原意是母猪产仔的方言说法，在这里被用到酒后失态的环境，诙谐生动，讥讽劝诫等意思兼而有之，可见方言俗语的韵味和魅力。

自从杜康造酒，可以说几千年来中国的饮食文化中，酒绝对扮演着举足轻重的重要角色。描写酒的经典诗文从来此起彼伏，绵延不断。"葡萄美酒夜光杯，欲饮琵琶马上催""酒不醉人人自醉，千杯饮尽刘伶愧""人生得意须尽欢，莫使金樽空对月""天子呼来不上船，自称臣是酒中仙"等等，无须累赘描述，而就在庐江话里，和酒相关的俚语、俗谚、歌谣亦比比皆是，随处可淘。

现代人喝酒，按照时下 IT 行业流行的"程序"一词来阐述，可以分为饮前热身阶段、饮中劝灌拼刺阶段、饮后盘点清理阶段。

饮前热身，当然是为喝酒造势。酒喝的名正言顺，理直气壮，方显酣畅和痛快。你听庐江话里这些句子：酒是粮食精，越喝越年轻；无酒不成席，无女不成家；客到不留酒，扯脚就要走；火到猪头烂，酒到事好办；君子动口不动手，动口先来几杯酒；壶中无酒难留客，池中无水难养鱼……这些算是比较正统好听的，还有一些激将型、语气比较糙、含有贬义的诙谐谚语，诸如：烟不吃酒不干，活在世上闲扯淡；打酒醉朋友，赌钱赢朋友；酒逢知己千杯少，酒杯一端就是搞（从"酒逢知己千杯少"这句引出的接句很多，此句原词是名句"酒逢知己千杯少，话不投机半句多"，《儒林外史》第四回、《隋唐演义》第五十回都有应用）；今朝有酒今朝醉，明朝无酒早早睡；牛不喝酒犁板田，猫不喝酒蹲锅沿，狗不喝酒睡屋檐，等等。

既然喝上了，劝酒拼酒是必不可少。流行的段子是"感情深一口闷，感情浅咪一点"之类。但也有许多妙趣横生、带着本地特色的劝酒语应时而生。像"只有感情铁，哪怕喝到胃出血""头三杯洗胃，中三杯尝味，后三杯好睡""喝三成面不改色，喝五成开了话缺（打开话匣子），七成八成分不清门里门外，九成十成遍地打滚放赖""端杯就是英雄汉，两横一竖就是干""只要感情好，不嫌酒杯大和小"……

酒局散场，各种状态出来，酒多不服输的，醉后失态后悔的，酒场归纳总结之类句子更多。如张胡子不认得李胡子，酒都喝到狗肚里；酒醉心里明，句句讲旁人；才喝是水，喝到后头是鬼；一尺布不遮风，一碗酒暖烘烘；一碗米在锅底，一瓶酒香一桌；喝酒不如吃菜，结婚不如谈恋爱；烟不饱饿肚，酒不解真愁等。当然，讽喻因酒产生不良习气的句子也很值得玩味：酒杯一端，政策放宽；不信但看席中酒，杯杯先敬有钱人；茶多小尿撒半桶，酒多废话一稻箩等等。在庐江，还有一个风趣的手艺人自嘲艺不精的段子"烟酒并行，松务（活计）对成，闲时没人叫，忙时带劝情"，细想想也是韵味十足。

酒多误事，酒多伤身，也是不争的事实。所以劝人少喝酒的话语也是字字含情，句句诚恳：饭吃七分饱，酒喝一半好；烟多伤肺，酒多伤胃（其实更伤肝），烟不饱肚，屁不肥田；坊间还有一个自劝自少喝酒的顺口溜段子，更是妙趣横生：出门在外，老婆交代，少喝酒，多吃菜，实在不行就放赖。

喝酒之中，许多时候其间还要穿插一个"划拳"的游戏助兴。两个人握手言"好"开头，斗智斗勇，各出手指头代表数字相叠加，谁合上则为赢，都对了则为和局重来。笔者收集到的庐江南乡的划拳令是：一挺高升，二家有喜，三星高照，四季来财，五星魁首，六六大顺，七巧（乞巧），八马双杯，九老长寿，满堂都红（好）。这其中的"八马双杯"有个规则：就是被捉的人必须要罚喝双杯，变相"中奖"的意思。

而在庐江的童谣歌谣里，酒串起的经典韵歌一样充满了欢乐和真情：晃打月亮晃卖狗，我给母舅打烧酒，走一步，喝一口，剩个酒瓶捉在手，母舅找我要烧酒，母舅母舅我赔你一条小花狗……

千说万说，酒早已深入民心，可算为开门七件事"柴米油盐酱醋茶"后的第八件，但一定要"酒逢量饮"，喝出快乐和友情。必须一提的是，好客庐江人不但爱喝酒，秀美庐江也已成为产酒之乡，像远近畅销的海神黄酒、正精酿崛起的江南醇白酒等，也值得我们自豪地举起杯，开怀一饮！

庐江方言里的
"下芜湖、下扬州、下江南"

　　庐江方言俗谚里，有"下芜湖""下扬州"及"下江南"之说。三个词都是以"下"开头，后面缀以地名或大概的地理方位。"下"在这几个词里都是主动词，意思也基本接近，去、前往兼有到达之意。但这三个词所表示的意思却各有所指，完全不同。

　　"下芜湖"，庐江方言里小孩尿床的戏称。这样的叫法在周边的巢湖、无为等地部分区域也有类似说法，而扩大到江淮官话语系之外的其他地方，则不多见。正如"庐江"这个称谓虽然里面含有"江"字，但在历史的变迁分合中，许多朝代包括今天，却是与地理版图上的江有着一截距离，或者仅仅与长江擦肩毗邻而已。而芜湖自古以来就是半岸半水的天然江城，汊河纵横，水系密布，所谓"开窗见水色，闭门听浪声"是也。风趣幽默、想象力丰富的庐江人把小孩尿床呼曰"下芜湖"，很"水"，不远不近，不疼不痒的，堪称方言趣味表达的一个经典。抱着被单棉絮清洗晾晒的婶娘们在说"下芜湖"这个词时，往往还加以"床都漂掉了"等后缀配套语，更显十足夸张幽默之劲。

　　"下芜湖"这个词如今听到和用到的频率越来越低，万物代谢，循环不息，一个新的词组已逐渐替代了它：尿不湿。

　　"半夜起来下扬州，天亮还在屋后头。"这是庐江俗谚里的经典句之一。意思为做事磨磨蹭蹭，不够果断坚决，到头来误了大好时光，弄得一事无成。扬州，单从古诗词中即可感受到它是历代繁华热闹的重镇表率。李白《送孟浩然之广陵》中"烟花三月下扬州"的诗句早成唐诗的典范，也有南宋情陷合肥赤阑桥畔的情痴姜夔之唯美词牌《扬州慢》等。扬州如此喧嚣绚丽，自然成芸芸凡客心驰神往之地，有钱的去游玩赏心，平头百姓去打工挣银子，"下扬州"一词走进口语、民谚里，自是顺理成章的事。

但这条俗谚整条都是以劝诫口吻示人：一旦有了"下扬州"的愿望，千万不能"雷声大雨点小"，畏首畏尾，一踌躇一犹豫，大好的时光就过去了。

"江南好勤钱，一去三五年；若要回家转，还没盘缠钱。"这个流传在庐江民间的歌谣唱的是过去"下江南"这回事。如果说"下扬州"是一个点，那么"下江南"当是浩大的一个片了。历史上，"下江南"这档事最早是被帝王家干得风生水起的。1400多年前，隋炀帝杨广为了顺风顺水"下江南"，举千万劳工，开挖出一条已成今日"世界文化遗产"的大运河；到了清代，乾隆皇帝将"下江南"这事越发干得轰轰烈烈，情节跌宕。从民间传说到野史撰志，有体察民情、暗访吏治、励精图治之说，亦有散忧解闷、游山玩水、赏花寻柳之猜。当然，这种高大上的"下江南"和庐江话里的"下江南"有着本质的区别。庐江话里的"下江南"更多表示的是1949年前的乡亲父老因生活所迫，到相对富裕的江南去谋生挣钱，养家糊口。然而，正如上面那首歌谣里唱的，"江南好勤钱"，虽然多多少少挣得了一些收入，但真正能积攒带回来的却少之又少。庐江乡间还有一句俗语，可算是对这首民谣的补充注脚："江南勤钱江南消。"消，在句中是花费、使用之意。

时代变迁，民间口语里的单词渐渐沉隐，或在科技为王的大趋势里变为更寻常、普通的词组，比如"下扬州""下江南"，如今开车去，坐高铁去，早没有时间和距离的担心思量。当然，当初附属在它们其中的复杂情感也随之淡薄稀化，不复可循。

（"微聚庐江"平台，2017.11.28）

平台精彩评论

生命在于折腾：我现在真的在芜湖了，离开家乡庐江已经20年了，乡音难改，乡情难忘！庐江我可爱的故乡！

高文流：我们盛桥人称小孩尿床是"下南京"。

全职奶奶：我们这儿小孩尿床说是"下三河"。

阿敏：孩子小时候"下芜湖"最常用了。

谐音俗谚，妙趣横生

——趣谈庐江民间俗谚里的谐音句式

方言俗谚，起于民间，兴于民间，传于民间。其表达方式林林总总，各有不同。譬如有谐音寓意一类，以同音（或近音）字，表别样意。言者悠然而语，听者闻言会意，尔后回味把玩，前后比对，意象重重，韵味万千。

先来一个庐江味十足的：周瑜家板奶奶，小乔（小瞧）了。本句重点是以后面的小乔谐音"小瞧"，板奶奶，庐江方言爱人、妻子之意。周瑜和小乔都是名著《三国演义》里有迹可循的庐江人，也是书中两个举足轻重的人物。单是从"遥想公瑾当年，小乔初嫁了"一句，周瑜的英姿飒爽，小乔的温柔体贴即可见一斑。周瑜身为东吴大都督，小乔亦非泛泛女辈，以"小乔"谐音日常生活中看似普通平凡的人和事，不可"小瞧"，音韵自然贴切，引渡浑然天成，且不失幽默大气，实堪称谐音俗谚一类的上乘好句。

再看一个和庐江很靠边的谐音俗语：大矾山的石头，真矾（烦）。庐江矾矿，20世纪曾经作为我国几大主要明矾矿产地之一，可以说那里开采的每一块石头都是上好的炼矾原料。在庐江民间，地理方位中的矾山分为大矾山、小矾山，而矾矿则位于大矾山。以"真矾"谐音"真烦"，还真有明矾的涩涩微甘的味道。

方言里的谐音俗谚，覆盖面也是极为广泛，生活中的方方面面、拐拐角角都可觅得。比如戏谑生意人本质、规律的句子："糖精，味精，买的没有卖的精。"这里的"精"，字都不用调换，要表达的意思就已直白明了地谐出。还有比喻一件事情原地踏步、没有进展，兜一圈又回到起点（或一个人不思上进、墨守成规）的句子："袁家姑娘许到袁家墩子，袁还袁（原还原）。"是不是极有趣传神？

十指伸出有长短，荷花出水有高低。公众场合做事，总是有快慢、好次之分。于是便有了这样的宽慰句子："大母舅，二母舅——两舅舅（两

101

就就）。"与其相近的、更偏重对物件分配大度洒脱的谐音俗语是："鸡肫，鸭肫，哪该（里）分得那么均？"这个句子也值得嘴嚼，通常鸡肫小，鸭肫大，它们从来是无法等同的。所以奉劝人要放开眼界，调整心态，以都是"肫"来淡化"均"。古诗云：世事洞明皆学问。但有时候难得糊涂亦有可取之处，可平心静气，修身养性。看俗谚是这么说的："茶壶酒壶，马马虎虎""鱼叉鳖叉，大差不差"，等等。当然，无论是学习还是工作，低调不能低沉，平淡不能散漫，做好本分事，适度向更高层次努力也是必要的，切不可倒退成"浆糊米糊，一糊不糊（一呼不呼）"。

笔者早年在苏浙沪一带建筑工地打工，工地事务繁重劳累，但工友们性格粗犷，自在不拘，大都喜欢讲笑，常常在一起打"嘴仗"，随口就能编出一两个搞笑俚语相互打趣，排解苦累。其中不乏谐音类句子，例如：南天门的洞缸，没你的粪（份）；堂屋里贴报纸，太不像画（话）；有一次说"缘分"这个词，一会工夫造了几个。第一个人说："和面做汤果，圆粉（缘分）啊"，后面有人创新了："出门踩到兔子屎，圆粪（缘分）哦"；第三个人不甘示弱："屙屎拉黄豆，也是圆粪（缘分）"，后面的人编不出来，就打趣刚才几个："瞧你们一个个满身的水泥砂浆，望都不能望，还闻（文）！"

谐音俗谚，多为平常口语顺势而出，落句的意思也是清晰易懂。例如有人做事不问难易，喜欢大包大揽，啥事都答："中！"后来事情没完成，就会有这样的话总结他："中，九华山庙里一个大钟（中）。"与之相似，在解释一个问题时，有人不懂装懂，别人会说："真懂？我看是鹅卵石摺水里，不咚（不懂）！"而对一桩事情特别交代，或者因为不放心提前警示，会说："青菜焐豆腐，油盐在先（有言在先）"，意思是我已讲到了。其他的还有像蓝布褂子套蓝布袄子，两蓝（两难）——比喻在处理一个问题时左右为难的境况；黄牛角，牯牛角，各顾各；棉匠丢棰子，免弹（免谈）；半半空里伸腿，不是凡脚（凡角）；大桌腿，板凳腿，尽是四（事）……

（"微聚庐江"平台，2018.1.10）

微友精彩评论

花开有韵：说矾山的还有"矾山起雾，窑烟（谣言）"。

夏春雨林：一手拎鸭，一手拎鱼，嘎着闻腥（气）的。

庐江方言里的
"杀猪饭、涨锅饭、撞门饭……"

　　当街头招牌靓丽的"煲仔饭""盖浇饭""黄焖鸡米饭"等大同小异的饭类小吃标识抬眼可见，你是否还记得曾经流传在庐江民间的那些古朴有趣、寓意迥异的一场场别样的"饭"？

　　先从杀猪饭说起。吃杀猪饭习俗，由来已久。从远处的贵州、云南，到近处的巢湖、无为，在年关都可寻见。"有钱没钱，杀猪过年"，是早些年庐江乡村年边上，与诸如打糖、蒸面、做豆腐等热闹喜庆程序相辅相成的环节之一。乡谚说："十只鹅过个苦年，一头猪过个肥年。"意即只有杀了猪，才能烹饪及翻新出更多的可口美食，才会使过年更具有年味，当然也会带来更多安康祥和的快乐气氛。

　　那时杀的猪，都是家里粗糠剩饭淘米水、月月日日一顿一顿喂养大的，通常需接近一年的光景。庐江乡谚云：杀不完的大猪，嫁不完的大姑。谚语中清晰地折射出以前的乡村人家，几乎户户都曾执着痴迷地信奉"要聚财，拖个猪"的传统理念，进入腊月年关，纵然土法散养长势不一，总会有一批猪先"肥"起来，在"嚯嚯"磨刀声里为新春这个最隆重的时节添欢助兴。

　　杀年猪，一般从腊月下旬开始。杀猪的时候，除了杀猪匠，主家还会招呼门前屋后的邻里及亲朋好友前来帮忙逮猪。当然，逮猪只是个借口，请来的都是"不外"的人，是随后欢欣热闹的"杀猪饭"的座上客。

　　杀猪饭，席上的菜大都来自猪身上。开水浸好的猪㿜（huāng）下锅热炒，佐以大葱，是必有的上色菜，民间说猪㿜有"扫灰"作用，也就是清除肠胃垃圾之功效。所以在过年前吃猪㿜，也有洁肠清胃的象征意义。入口醇和的余猪肝当然不会少，还有猪尾巴附近的尾梢带骨肉，据说是猪身上最好的一处"活肉"，红烧出来，瘦肥搭配，嫩而不腻，鲜美可口。

如果时间来得及，炒肺片、烧大肠、炖猪头汤等更是别有滋味。

杀猪饭，邻里情浓郁深厚，落落大气，是俗谚"走路有好伴，居家有好邻"的最本色的写照。围绕着杀猪，同时也衍生出"杀猪杀屁股，各有各杀法""没吃过猪头肉，当见过猪走路""猪是长死的，人是想死的"等各类寓意的乡谚，细细品嚼，横生别样趣味。

再说涨锅饭。查阅民俗资料，许多地方是指缘新房进屋而生的喜庆祝贺饭，譬如安徽的芜湖、宣城等地，俱是为乔迁之喜营造圆圆满满、人气鼎旺的好彩头。但在庐江民间，特别是庐南缺口、泥河、罗河一带，涨锅饭，似乎更诚实本分地围绕词中的"锅"为主线，正规正统地"吃"在修锅发灶这个特定的时段。乡间修锅，从二十世纪七十年代开始短短的数十年间，经历了从泥块土坯到方砖水泥及釉面彩瓷的变化进步，修锅在乡村一度是被拎起看重的"正经事"，锅灶落成当日的第一顿饭，主人家必须要多烧鱼肉等上好菜肴，喊来左邻右舍，快快乐乐的喝一通，贺一下，寄意以后的日子顿顿都是这般丰盛美味，未来的生活天天如此充实盈余。叫上左邻右舍，人气满满，亦是期望日后添人进口，同锅吃饭的人越来越多，昭示人丁家业的兴旺发达。

庐江话里，还有"撞门饭"一说。撞门，意为赶在吃饭的当口去了别人家或者自家来了客人。乡风淳朴，无论是来或往，既然赶上了，不必三弯九转，拉拉拽拽，所谓"添人不添菜"，主家吃什么，客人尽可随和恣意地落个饭饱肚圆。吃"撞门饭"，后面通常带有"必定要发财"的下句。从礼仪客套的角度来看，既是客人对主家热情好客、平淡率真的感激和尊重，亦是主家对客人招待不周、因陋就简的歉意和祝福。与之相似的还有"撞门酒"一说，皆为之前庐江民间优良风习的一种体现方式。

民间俗谚里，还有"好男不吃分家饭，好女不穿嫁时衣"，此句里的"分家饭"，形容手艺人走四方的"吃得下三顿猫屎，尝得到百家饭香"的"百家饭"等，在如今的潮流趋势里一样都慢慢走向消失，倒是我们童年里吃过的那些稀疏平常的"菜扎饭""猪油炒饭"如今偶尔提起，依然那么朴实，那么香……

年关乡谚情深深

"年头岁尾，鲢鱼嗒嘴。"这是流传在庐南乡村的一句乡谚。小时候就听大人讲过，一直未真正理解是什么意思。后来在搜集整理庐江南乡的方言俚语过程中再次接触到这句话，请教过家母以及村庄的父老，发现它的释义有些分歧，较多倾向的解释是在年关的这段时间，家家户户添柴加火，打糖蒸面，做豆腐，杀牲口，为过年准备了诸多丰盛且香味四溢的美食，而这段时间水里的鱼儿们一般都在冬眠，竟然被勾引得忍不住嗒起了嘴。短短寥寥数字的乡谚，形象地将乡村腊月年关欢乐祥和的热闹气氛烘托渲染了出来。

在庐江南乡，围绕着年关的乡谚俗语有许多，它们从不同的侧面勾勒出村舍里、围绕着春节展开的淳朴而生动的画卷。

譬如年前"掸扬尘"的习俗许多地方都有，江淮一带的歌谣里有"二十四掸扬尘，二十五做豆腐"之说。但农闲乡村的腊月却并不闲，反而因为过年变得里里外外地忙，许多人家无法固定在二十四这天来个彻底大扫除，搞卫生的日子势必要往后推，于是，就有了这样戏谑的乡谚：七（二十七）掸金，八（二十八）掸银，挨（拖的意思）到九十是懒人。先褒后贬，话锋急转，很有韵味。

最多的还是关于过年这个话题。像"年好过，月难挨"，说的是春节快乐的时光一晃就会过去，打点好细水长流的寻常生活也很重要。

而"小伢门望过年，大人们盼种田"，则传神地将过年期间大人和小孩各自不同的心理描绘出来。

"过了年十五，还是一样苦"，是对之前生活艰难年代无可奈何的叹息和对富足盈余生活的企望。

"猫狗都有三天年"，意指除夕至初二这三天，所有的人和动物都得给予善待和尊重，这句话后来更多地用在大人教训小孩时，旁人的劝慰。

"躲得过初一，躲不过十五"，这句谚语和庐南一个流传的习俗有关联，说是从年三十开始只要贴了"门对子"（春联），讨债的人就必须要等过了十五才可以去索债。将这个习俗延伸开来，意即有些事瞒得了一时，瞒不了长久……

年三十晚亦是乡谚铺陈挥洒的重点。例如，三十晚上吃大麦糊，不准备过年。说的是人做事浑浑噩噩，没有一点前瞻意识，事到临头才仓促动手。

"上年的老鸭，三十晚上开窝。"寓意许多事急不得，顺其自然，到了一定的时日就会水到渠成。

"三十晚上喝汤，出门就下雨。"这个纯粹是后来日常生活中的戏语，没有科学依据的，但合着年夜饭的辰光说出来，也是增添了一份节日的喜庆气氛。

一年忙到头，只为那一晚。过了除夕，迈起新的步伐，开始新的起点——进入隆重的拜年环节。"一拜邻，二拜亲，拜过母舅拜丈人"，暖暖的乡谚同步跟进，和谐地规划出新年头几天拜年的路线时间图。

"七不出，八不归，初九初十往家勒（音，回来的意思）。"这句民谚多是春节期间走亲访友时、主客间挽留和返家的托词，在城镇化逐渐普及的今天，大多数人这个时段都已结束假期，重返工作岗位，开始新的一年的打拼，它所描述的氛围已经越来越少。下面这首歌谣式的民谚也是相似的情形：正月里过年，二月里赌钱，三月走亲戚，四月才种田。

正月十五吃过元宵，年也就过完了，但春节所带来的休憩放松的惬意，亲人团聚的欣喜，友情交流的快乐远没有结束，于是，这个日子一样值得在民谚里被津津乐道地相传：月半大似年。

（"微聚庐江"平台，2017.1.24）

平台精彩评论

*蓝天白云成芝：*年关乡谚还有"年好过，月难捱""月半大似年""人老一年，树老一季""青菜豆腐保平安"等。

漫话庐江俗谚民谣里的"狗"

过了年三十，就进入到农历里的戊戌"狗"年。狗年说狗，除了书面上广为流传的"狗子咬刺猬，无处下牙""狗咬吕洞宾，不识好人心""狗嘴里吐不出象牙""肉包子打狗有去无回"等通用经典俗谚、歇后语，在庐江城乡，更有一些说"狗"、带"狗"的俗谚妙语和童谣，别开生面，趣味盎然。看看下面罗列的一组，我们一起感受庐江方言文化所蕴含的厚重积淀——

猫三天，狗三天——这句话通常多说在小孩子身上，指小孩子一会乖顺听话，一会顽皮淘气的表现。某些时候也用来形容人做事不能持之以恒，多虑善变。

猫不是，狗不是——这样不合心，那样也不如意。也多为形容小孩胡搅蛮缠不讲理的样子。

猫狗都有三天年——三天年，一般指除夕和正月初一、初二。这句话有两种意境：猫狗在民间比喻里多以低微、卑贱形象出现，所以其一是说不管处境多艰难，过年这几天都要善待自己。其二为过年期间如果孩子犯了错，劝诫大人要多克制，尽量不去打骂犯错的孩子的托词。

狗屎连稻草——比喻一件事的纠缠不清。

狗打气天要下（雨）——对人打喷嚏的戏谑话。

其他还有"好狗护三村""猫来穷狗来富""好狗不拦路""狗眼看人低"等口语说辞。在带"狗"的俗谚中，含讽刺意味的句子较多，譬如：

人呵有的，狗咬丑的——讽刺人的媚谀、势利。

狗未打到，搭掉套狗绳——比喻一桩事没做成功，反而倒贴了本钱。

讨饭没带棍子，受狗气——多为自嘲，语意为自己的技术或本事修炼不到家，受了委屈。

别人老婆焐不热，狗子咬跑不彻——对生活中不属于自己的东西不择手段的渴求，终是害多利少。

狗衔骨头朝外跑——讽刺人吃里爬外的表现。

一人省一口，养条小花狗——多为大人喂小孩吃饭时的风趣话。

狗头长角，装羊（佯）——明明知道装作不知道。

狗子咬卵脬，空欢喜一场——卵脬，尿脬之意。指意外得到的东西没有实际价值。

当家三年，猫狗都嫌——当家理事，勤俭节约，免不了有被误解和得罪人的地方……

以上这些，都是在庐江民间耳熟能详的口语俗谚，因其直面日常生活，所以讽刺意味偏重。但和"狗"相关的忠诚可靠、幽默夸张且趣味逗乐的句子也不少，比如"儿不嫌母丑，狗不嫌家贫""好狗不咬鸡，好男不打妻""狗肉滚三滚，神仙站不稳""扯谎不像，三十晚上大月亮，假话不圆，黑狗都能去犁田"；还有喜好抽烟喝酒人为自己强词夺理作辩护的风趣顺口溜："猫不抽烟（喝酒）蹲锅沿，狗不抽烟（喝酒）看屋檐，牛不抽烟（喝酒）犁板田"等等。而最具阳光欢乐、情真意切的，当数一首唱在庐江、全国绝无仅有堪称经典的坊间童谣《晃大月亮晃卖狗》：

晃大月亮晃卖狗，

我给母舅打烧酒，

走一步喝一口，

剩个酒瓶捉在手，

母舅找我要烧酒，

母舅母舅你可要小花狗？

微友精彩留言：

休闲：狗咬鸭子——呱呱叫。

chowpea：麦秆子打狗，两怕着。

情义无价：小狗翘胯子，靠住要撒尿。

徐和平余辉：毛狗尾巴扎锅圈，厌了一转转子（周围人都讨厌他）。

江南一叶：小狗咬屁股——啃腚（肯定）。

（《微聚庐江》公共平台，2018.3.2）

逮 马 老 板

　　庐江方言里有一词：逮马老板。意思是很容易就能从某人处赚得一些钱、财、物，而不须花费太多精力。该词为明显的动名词连缀组合，前面定义"逮"，后头定位"马老板"，干脆直接，一点不拖泥带水。问题是，"马老板"到底是谁，这么有钱却这么傻？我们家上学的千金反应敏捷，张口答道："淘宝一哥马云呗。"想想也不无道理，时下的天猫淘宝，"双十一""双十二"等等铺网促销，有几人不在马老板的平台上"抢券""秒杀""凑单"，尔后直呼"剁手"？只是，此"马老板"和彼"马老板"性质正好颠掉过来，此"马老板"财大气粗，根本不是我等凡角能算计得到的，相反，层出不穷的花样营销，或多或少会将我们口袋中的零碎银子耗去一些。

　　言归正题，方言里"马老板"究竟是什么样的人，一直在口语里口口相传？搜集到的故事版本有好几个，先看一则本土故事：庐江瓦洋河作为庐江境内东南乡主要河道之一，在1975年那场声势浩大的裁弯取直改造之前，也是流经区域重要的交通运输通道（当时这一带村庄里建房用的石头、木材、农具石磙、家用坛罐之类，很大一部分是从他乡缘水路运来。譬如八九十年代岸边有轮窑厂、预制厂，70年代初，岸边天井村也有规模不小的黄沙厂等）。再往上，可追溯到新中国成立前后相当长一段时间，时有外地小货轮、黄沙船及其他各类货船驶入驶出。尤其梅雨汛期后，外来货船会明显增多。这些船只大都沿着河道旁的村庄边沿停靠，收购当地的稻米、芦席、黄沙等。在其时，这些外地的船主和船工被统一称呼作"跑码头的""码头老板"。当然，"跑码头"的船老板不仅仅收购，也偶尔从外地带来一些洋火（火柴）、洋钉（铁钉）、洋锹（圆口铁锹）等此地不多见的稀缺物品，贩卖、兑换给本地人。但这些外来物品并不是常有，村民在卖米、卖芦席、黄沙的交易中，恰好遇到船主带有这些货，买到或用物品换到，便有"逮到了""走了运"的高兴。庐江南乡方言口语里，"逮到"这个词有很宽的指向，除去"抓到"，还有"得到了""赚到了""终于撞上了"等多种意思。在方言"一饱逮"中，"逮"甚至可以表示"猛吃大喝"。久而久之，这种从"跑码头"的船老板处淘到好东西的情形，被流传成了"逮码（马）老板"。需要说明的是，开始的"逮马老板"和许多方言词语一样，是中性的，随着时光的更迭，慢慢演变为当下的贬义，或接近贬义。

还有一种说法是与危害庄稼的蝗虫有关。蝗虫，多称呼为蚂蚱，自古以来是粮食作物的害虫。历史上为保护口粮与蝗虫做斗争的事例一直就有。特别是在宋代还推出了捕蝗的"掘种法"。《宋书》记载：招募民掘蝗种，给菽米。意思是可以用逮到的蚂蚱（蝗虫）换取粮食，这在科技不发达的当时，蚂蚱遍野的灾年，自然是手到擒来的事。由此，有了"逮马（蚂蚱）老板"一说。事实是，现今庐南部分地方，依然还有将捉蝉蛹、抓螳螂、逮"坑马（青蛙）"等行为戏谑地称呼为"逮马老板"。

有趣的是，"逮马老板"一词不只在江淮间的庐江及周边流行，在广西桂林一带亦有相同说法。而这个典故的由来在那里是怎么说的呢——桂林漓江曾经有个重要的码头龙船坪，往来货船很多，船工和搬卸工人多有集聚。有姓马的老板在码头边开了个米粉店。马老板不但手艺好，原材料也货真价实，所以米粉店生意一直不错，天天人满为患。尽管如此，马老板却并没挣到什么大钱，偶尔还有小亏损。他一直想不明白是怎么回事。直到有一年桂林大旱，漓江见底，露出一摞摞嵌在泥中的碗来，才恍然大悟。原来桂林米粉店有个传统习惯，都是先吃后付账，这些体力活的船工、装卸工都吃得多，动不动好几碗，付账的时候按碗数。所以有些人悄悄将碗扔进漓江水里，这样会少付钱。后来桂林人将这种占人便宜的行为称为"逮马老板"。

无论是"很容易获得"还是"爱占小便宜"，如今的意思都带着贬讽，是为人不屑、不齿的。所以现实生活中，当是实实在在，诚诚恳恳，洁身自好，不被人"逮"，也别"逮"别人的"马老板"。

三　亲亲口语

庐江话，隶属于汉语八大方言中的江淮官话，细分则归于江淮官话中的洪巢片，省内也有称作合肥片。由于江淮官话方言使用人口近七千万，几乎覆盖了苏皖两省的中部区域以及湖北局部、河南南部、江西北部部分地区。单就洪巢片而言，其使用人口也有五千七百余万之众，至此，有着独特韵味的庐江方言嵌在浩大的江淮官话片里，犹如一朵奇花摇曳在江淮方言的大花园中，并不怎么引人注目。所幸的是，诸多有识之士一直未停止对庐江方言的研究和关注，近年来，围绕庐江方言拓展的学术著作时有问世，目前网线可查的有周元琳的《庐江方言音系》［《方言》2001，（3）］系列论著；丁玉琴的《庐江方言疑问句研究》［《科学导刊》2013，（3）］；雍淑凤、史国东、刘雅清的《中古知庄章三组声母在庐江方言中的读音——以顺港乡为代表的庐江城关片话的读音为准》［《巢湖学院学报》2010，（1）］一组论文；赵英华的《试探安徽庐江方言中个别声母的演变》［《青年文学家》2010，（14）］；陈寿义的《安徽庐江南部方言研究》（西南大学硕士论文）；庐江县地方志编纂委员会的《庐江县志·方言》（社会科学文献出版社，1993）等等，为庐江方言的挖掘和研究起着推动和接力作用。

综上系列论著论述中，多数从理论范畴对庐江方言音系、声调变化进行了横向和纵向的比较研究，可谓高屋建瓴，具有留存和传世价值。这里，笔者班门弄斧，试图从部分方言词汇角度粗略阐述庐江方言的精彩和丰厚底蕴，以期抛砖引玉。

本栏目共收集庐江方言口语1000余条，其中，两字口语600多条，三字口语200余条，四字口语200余条，部分加以名著及周边地域相似相通的追溯考证，并辅以注释和例句。

庐江方言口语单词汇集含二字、三字、四字、五字及五字以上多收录在俚语俗谚栏目；所收录二、三、四字单词可以按单词首字拼音字母检索。

形容词（或者接近形容词）类：

暗（接近音）之——迟了，没在既定的时间到达或完事。暗在《新华方言词典》里有"晚上、比此时更迟的时间"的意思例句：本来五点就能到家，高铁晚点，所以回来暗之。

八千——不相上下，实力相当。例句：他们俩比赛跑步有个八千，都是大长腿。

板奶——庐江经典方言之一，老婆、妻子之民间称呼。三字有"板奶奶""奶奶经"等。

百老——本地方言，只用在说老人去世。

暴手——生手。对某些事没有操作经验或没有经历过。

鼻杪——鼻尖，借指人影。例句：准备喊他回来烧锅，哪晓得跑的鼻杪都看不到。

不将——将，此处为"像"的意思。不将，不像。

不弄——形容人不发事，不开窍。例句：瞧他那个不弄样，干不得一桩好事情。

不瓢——不简单，很可以。河南、山东、江苏等地都有此说法。

朝节——庐江民间逢时过节晚辈给长辈买礼物的行为称之为"朝节"。后渐渐指未结婚女婿给丈人家端午、中秋、春节三大节时的送礼程序。

扯换——轮流周转。

扯能——自作主张做某事却不被认可和接受，吃力不讨好之意。

扯散——漫无目的、没有重点的交谈，或者偏了主题。例句：瞧你们讲的，净扯散，没一句上正纲子。

抻朗——舒服、愉快、自在之意。环巢湖周边都有此说法。例句：他们两口子现在抻朗了，儿子女儿都成家，几乎没什么负担了。

出怀——指女子怀孕的状态已明显可见。

脆便——随便。按照你想的去做。例句：话我是带到了，去不去脆便你。

撮弄——也作"作弄"。捉弄，玩弄之意。《金瓶梅词话》第三十三回："大嫂和二哥被街坊众人撮弄儿。拴到铺里，明早要解县见官去。"本地例句：昨晚三子酒喝多了，被大家撮弄好一阵。

大海——字面本身是水面载体的一种。在庐江方言里借指为大手大脚、铺张浪费等情形，和三字口语"十大海"里的大海意境有差别。

搭僵——王光汉先生在《合肥晚报》刊文注解认为，可能与"搭浆"词有关。《新华方言词典》里也收录为"搭浆"。但对比字面和语音，认为"搭僵"更贴切。搭僵，对调皮捣蛋、不讲理、耍赖等等情形都可形容，所指覆盖面很广。与其对应的俗谚：弟兄三四个，有个搭僵货。

搭拐——帮忙凑把劲。

打包——多种意思。有给物体包装包裹之意，也有给小孩子包围衣服之说，现今在饭店点的菜多了包装带回也叫"打包"。

打糙——做事时先打个底或者打层毛坯。

打罗（luo）——罗，音为（luo），原字为籭，今极少用，张罗、安排之意。庐江话里此处指众人集中到一块来将某件事尽快做完。三字有"打罗和"。廖大国《文学作品中的江淮方言词语例释》里解释"罗"为罗筛，筛细粉的筛子。与庐江话语义有区别。

打汪——泛指夏天牛、猪等动物将身体泡在水里的场景。江苏扬州等地有同样说法。方言里通常说小孩子洒了一地水为"牛打汪"。

打转——根据音标不同有两种意思。打转（zhuàn），绕圈子，或者指事情原地踏步没有进展。打转（zhuǎn），打个转，时间概念，略微过了一段时间。例句：饭还没熟，你到外面去打转一下就好了。

倒巧——也有写作"捣巧"。《红楼梦》第五十五回有"你主子真个倒巧，叫我开了先例"，得了便宜之意。

的开——也可写作"滴开"，通常用在刚烧开的沸水，如"的开水"。

掸水——在烧开的水里淖一下。

点点——很少的意思。例句：我家今年棉花就种了一点点，收上来只够做几床被。和《二十年目睹之怪现状》第十八回："修理这点点屋角，不过几十吊钱的事，怎么要派起我们一百两来？"意思几乎一致。

点个——同"点点"，字换意未换。

得手——（1）上手；（2）有空，有时间。

得牙——很难看的，很不雅观的。例句：你看你那头毛，都半年没剃过了，看着都得牙。

短路——现在通用为电力接触不良。之前方言里称呼拦路打劫的过程为短路。

短嘴——某些东西不能吃。一般发生在身体不适治疗期间。

断章——本意指整篇文章中摘取的段落章节，在庐江方言里一般表示"主见""定夺"等意思。例句：大家商量好了两个方案，就等你来下断章了。

鹅住——方言音，字面应为"讹住"，被控制住、受制约之意。例句：你要吃就吃，不吃就饿着，难不成我还受你鹅住之？

二货——不懂事理的、头脑不清楚的人。

犯伴——也写作犯洋。对做事过程中偷懒、停止不前的行为的说辞，三字有"犯洋货"。

反生——反目，闹僵之意，有时也指违背了常规程序的事。例句：家中的几只母鸡反生，一个个都跑到外面生蛋，家里鸡窝天天都是空的，气都气死之。写法上也有写作"翻生"。《新华方言词典》以武汉方言收录有"烦生"。

放水——现今通用意思为打开豁口，让水流出。庐江方言里有一种语境为"放其一马""睁一只眼闭一只眼、装佯"的用法。

房下——古语意思有"内人""妻子"之意，庐江方言里称呼仅次于直系亲属的比较亲近的弟兄、亲戚为房下。例如：房下弟兄，房下母舅等。合肥方言为"房门头"，意思相同。

锋快——古典名著里常写作"风快"。如《儒林外史》第三十九回："恶和尚把老和尚的光头捏一捏，把葫芦药酒倒出来吃了一口，左手拿着酒，右手执着风快的刀……"通常指器具刃口或物体超薄部分极其锋利。今写作"锋快"词面更易理解。

锋嫩——形容动植物及食品娇嫩、细腻的样子。例句：昨晚下了一场雨，这韭菜锋嫩的，下锅打个滚就熟了。

福命——命运，运气。例句：谁都想过衣食无忧的日子，但没那个福命没办法。

该应——理应如此的报应。廖大国《文学作品中的江淮方言词语释例》列为三层意思：一，本该倒霉；二，理应如此；三，凑巧。和其相近的词还有"该运"。

高低——原字面是高低方位，口语中部分语境和"一搞"相似，还有"一定，死活不依""到底，终究"等意思。例句：叫他不要去，他高低要去。河南民权、伊川等地亦有此说法，成都说法为"高矮"。

搞死——有两种意思。一是表示被纠缠得很无奈，很麻烦。例如：这小伢子一到晚上就认生，哪个带都不照，我一心挂两头，搞死之。二是表示"总，一直。"例如：叫他到我家吃中饭，他搞死都不干。

杠路——跑路，离开。无为口语有"照路""着路"等，意思相同。

割蛋——本意指阉猪的别称，用在口语里多指赌钱输得精光。

艮嗒——艮，在字典上有多重意思，此处指为人办事固执，不灵活圆通，头脑一根筋。艮嗒，基本与刚才的"艮"同意。

古经——故事。和其相关的俗谚有古经古经，讲到半夜三更；古经古经，不能当真。

寡嘴——贫嘴，说的多，做的少。《西游记》第十四回："我若是被他笼络了，不但辜负了数千里而来，且又便饶了他耍着寡嘴。"

拐子——多重意思。通常语意为骗子，也指人贩子；在湖北某些地方，拐子是大哥、头目的意思。而在庐江方言里含有戏谑成分，多形容带小孩子去亲戚家诓到礼物的情形。

管得——不管怎样。例句：管得考到哪个学校，学都是要上的。

管经——讲话能够算数，或做的事能够达到既定目标。例句：他同意了不管经，必须他家板奶奶点头才算数。

过劲——给力，对优秀的褒赞。例句：这小孩念书真过劲，家里墙上奖状都贴满了。《新华方言词典》注释一为："较劲，起关键作用。"为江西萍乡方言，但江西黎川方言里的"过劲"和庐江话如出一辙。

哈把——不同于"哈巴"，偶尔数次的意思。三字有"哈把哈"。

哈哈（hǎ）——软弱、没有能力之意。俗谚有哈哈猫会逼鼠，哈哈丈夫能做主。不怕狠的狠，就怕哈的哈。详见短文《趣话哈人》。

哈哈（hà）——音标为轻四声。回回，每次的意思。例句：学校开运动会，她四百米跑哈哈都第一，真过劲。

海话——大话，吹牛的话。与之对应的俗谚有"吃江水讲海话"。和其象形的单词有"海吹""海扯""海呱"等。

罕懒——稀罕，或者因娇惯而舍不得批评。与其相关的俗谚有"好吃死懒，没人罕懒"。

好彻——反应灵敏，行动快速麻利。有的时候也表示对聪明伶俐的夸赞。例句：这小伢好彻，上幼儿园就认得许多字了。

好人——时下常见的为"中国好人""庐江好人"等，顾名思义，值得尊敬和学习的楷模人物。但在庐江发言里某些语境下所指有不同，所表达的是"太老实""太忠厚"甚至"脑筋不开窍"的意思。

好日——指结婚、上梁、开张等大喜日子。《新华方言词典》里以牟平、苏州等为例，专指结婚或结婚日。

好生——好好地，踏踏实实地。例句：今年好生干一年，争取把去年的损失补回来。《红楼梦》第五回有相同句式：一时宝玉倦怠，欲睡中觉，贾母命人好生哄着歇息一会再来。

忽头——应是糊涂音调的变异，犯浑，犯迷糊。

花瓜——口语里为一件事做坏了或者无法完成时的后缀语，坏了、完了之意。三字有"花之瓜"。

花疯——般指每年油菜花开时就会发作的一种相思病，多发作于在感情上受过打击、刺激、煎熬的人。当然，这个逐渐淡去本意的词语，是以前信息不对称年代遗留下的，如今网络世界沟通便捷，两情相悦尽管敞开胸怀，基本没有什么阻隔与纠结。即便因情伤心，经过心理医生的开解治疗，大都能化开心结，不落愁怨。有一点需要注意，这两个字在口语里说出来的时候，更多环境下并不是所指之人真的是患了"花疯"症，而是一种夸张、呵责的语气。比如母亲说她定了亲没结婚的儿子："我看你花疯掉了，动不动就往你丈人家跑，家中的事都没心思做。"可参见小品文《花疯·花张精·花头点子》。王光汉《合肥方言考释》里收录合肥话"花痴"，同义。

滑丝——本意指螺丝丝口坏了，无法拧紧。方言里指耽搁，失误，有破罐子破摔之意。例句：给他介绍对象东讲不成，西讲不就，就怕这么下去搞滑丝就糟了。巢湖、无为等有相同说法。

徊惚——指事情做到不上不下的尴尬处境，后缀多表示"随他怎样"。例句：事情搞徊惚了，后面随他怎么办。三字词有"徊惚之"，四字词语有"徊惚头子"。

坏种——骂人语，品行很坏的人。

黄胀——种面部和身体黄肿的疾病状态。多在骂人口语出现，有诅咒的语气。

夥头——方言里有两种意思。一是随同整体物品附带的或者赠予的同类少量附属品；二是指身体上某些暗疾。

回把——偶尔，一两次。三字有"回把回"。

回门——男女青年结婚第三日回娘家吃一顿中饭的过程。

回雾——通常指干脆的食品因受潮水分加大，变得潮软且没有嚼劲。雾，原字或为"物"，现已不见用。《新华方言词典》收录有"回潮"，庐江亦通用。

回嘴——还嘴。带有辩论和顶撞的表情。扬州、上海等同义。

活堂——活泼，精力饱满旺盛的样子。例句：叫你干事就眼皮搭浪（方言音，奄拉的变音）之，去看电视就活堂。有时为加深语义也会说成

"活堂堂"。

伙禄——说法上多带"之"字，但不同于"吆五喝六"的"喝六"，通常是对有钱的人或好的物质的巴结、贪图、炫耀等，各种意思兼而有之。例句：人家钱再多是人家的，伙禄之也没用。本词在查阅中参考张衡《应问》：不患位之不尊，而患德之不崇，不耻禄之不伙，而耻智之不博。意思是：不要担心职位不够高，而应该想想自己的道德是不是完善；不要以自己的收入不够高而感到耻辱，而应该想想自己的学识够不够渊博。伙禄，此处指羡慕别人的财富多，意思较合理接近。

洎（jì）过——洎，以发音对应相似字。意思是火苗被彻底浇灭。五字口语有"洎过不冒烟"。方言里某些语境引申为事情到了没有任何转机的局面。

假马——或作叫马，假装。例句：一会三子回来，你假马讲没给他买故事书，看他什么表情。四字句有"假个马之"。

加相——给人长脸面。一般用在形容孩童的语境上。

焦干——非常干燥，干爽。《西游记》第二十六回："他把我的杨柳枝拔了去，放在炼丹炉里，炙得焦干。"庐江方言里还形容身上的钱、物等一点都没有了之意。

尖心——放在心上，特别关注。

将（jiang）才——刚才。《施公案》第106回："将才我见你面红耳赤，似乎有些气恼，那如何使得？"

将（jiang）好——刚好，正好。见短文《将好》。

将（jiang）将——刚刚，正好，正赶上等。根据不同环境所指略有改变。例句：我将将从街上回来，板凳还没坐热，你就到了。《老残游记》第十八回："做二十斤，就将将的不多不少吗？"

讲精——庐江方言里为难缠，找借口。例句：这小伢有毫讲精，菜不合胃口就不吃饭。也有写作"讲经"的，应是"讲精"更贴切。

结杠——通常指身体健壮，有力量。例句：二爹爹身体真结杠，七十多了还挑得动一担水。江苏淮安等地有这个词的同音说法。

解手——大小便的别称。

经缠——经受得住劳累和饥饿等。

精怪——本意指妖魔鬼怪，因为妖魔鬼怪一般只在传说里，现实中是看不到的，所以显得稀奇。360词条里收录为机灵聪明，但在庐江口语里有一类表示稀罕、少有之意。例句：到他家去借个车子用用，哪知精怪的很，半天不开口（答应）。

精味——有三种意思，一为精彩，好玩。例如：他讲的故事真精味，听着还想听。第二个意思是炫耀、卖弄，如：别看他在外精味，回家见他老婆就滴尿（sui）。三是接近于“没意思”“没法讲”，如姐妹几个为赡养老人吵得天翻地覆的，有什么精味。

就手——顺带，顺便。《水浒传》第四十二回：（李逵）就手把赵能一斧，砍作两半。《新华方言词典》中注释为南宁平话“顺利”的意思，和庐江话有差别。当今例句：你今天上街就手帮我带一点小白菜种子回来，嘎（家）来我给你钱。

嚼蛆——胡编乱说、没有根据或者不雅致的话。元王实甫《西厢记》第五本第四折：“那吃敲才怕不口里嚼蛆，那厮待数黑论黄，恶紫夺朱。”清洪良吉《晓读书斋初录》卷上：“今人所谈不经者，谓之嚼蛆。”

开伙（hūo）——伙在此处读平声，不同于三声的开伙（hǔo），三声的开伙是搭锅做饭或者开始吃饭的意思。平声开伙的伙接近“打拼伙”中伙的意思，词语意思为多人聚集在一起吃喝。

开味——好玩，有趣，有意思。《官场现形记》第三一回：制台听他说的话开味，便也不觉劳乏，反催他说道：“第一条我已懂得了，你说第二条。”今日例句：这个电视剧真开味，看得我饭都忘记吃了。《庐江县志·方言》（社会科学文献出版社，1993。后同）里收录为“开胃”。

靠住——指某件事基本确定不会有变数或者变数很小，稳妥的形容。例句：琳琳中考考了750多分，靠住能上一中。《汉语方言大辞典》收有“靠住”，释义为“肯定”，划为中原官话，其实作为江淮官话也未尝不可。

恐怂——很怂，没本事。和“十怂”意思相仿。

肯怕——恐怕。方言音调变异词。

拉瓜——不同于表示闲谈的“拉呱”。本词字面原意是植物瓜类的一种，又叫“吊南瓜”。口语中是邋遢，脓包，不整洁的意思。例句：你瞧你身上一天到晚搞之拉里拉瓜的，没一处能望。江苏金西村一带也有此方言说法。

老几——目前有两种意思：（1）不算什么，排不上号，例句：算老几；（2）某人，那个人，例句：这老几真有意思，吃鸡蛋光吃蛋白，不吃蛋黄。

来丝——不错，很好。例句：乖乖，这爆竹放的来丝，老远都听得到。

来事——会做人做事。

烂脓——讽刺人性格软弱，做事没有主见。

老摸——摸，本为磨，方言音为摸。磨蹭之意。形容人做事慢慢吞吞、不急不躁的样子。

量视——看轻，藐视的意思。例句：他妈妈量视他考不上一中，哪晓得这小伢争气，考的分数超过一中分数线还多十几分。在武汉方言里，有"量就""量死"等词语，和庐江的量视一词意思接近。

撩俏——这个词有两种意思。一是物件很薄弱，不能承受负荷和摔碰，和其相似的词有撩薄。二是形容人长得好看，或者打扮得秀气。

罗掉——漏掉或落掉在方言里的变异，本意指丢掉、丢失。见四字词语"罗掉失魂。"例句：这孩子就粗心大意的，上学把书都罗掉了。

落索——垃圾的变音。《西游记》第六十回："踏草拖泥落索，从来未习行仪。"此处"落索"也有指"不利索"。

Mia 伙——这是庐江话里使用频率很高却又没有文字可代替的口语，作特别收录，意为什么东西、什么家伙等，在不同的场合意思会有所改变。

毛嫩——意思基本同锋嫩。

毛衣——现今本意是毛线或毛绒编织的衣服之类。方言里有对刚出生的小孩衣服的称谓。

末尾——最后面的。

没益——没有作用，起不到效果。

媒子——本意指捕鸟时用的鸟媒。宋张方平《沧州白鸟歌》里有"渔翁布罗满葭下，潜叫媒子来呼汝"句。今天多指诱人上当的人，合肥话为"介子"。

蔑子——谜语。

木骨——说话办事没轻重，不通情达理。或者一根筋，古板不开窍。例句：遇到个木骨人没大讲头，打破锣都讲不清理。四字词语有"木里木骨"。

馕（nang）人——馕，现代注音为 rang，意为食物中的脂肪过多而使人不想吃，或者吃后油腻不舒服的样子。郭璞注《方言》"馕"，谓"肥多肉”；《广雅·集训》：“馕馕，肥也。”

馕食——讽刺，挖苦，揶揄人之意。馕，《汉语大辞典》里解释为“拼命地往嘴里塞事物”。《西游记》第四十六回、八十回分别有“馕糟的夯货”之“馕糟”词语，白话文解释和庐江的“馕食”相近。例句：“他刚才夸你聪明是馕食你，你还当真了。”

馕市——因货物大量上市或者太多，导致滞销的行情俗称馕市。

你侬——您老。方言音调变异词。

脓嫌——穿着不讲究，或者身上肮脏、不整洁的样子。写法上也有写作“龙显”。

弄丑——讽刺人的不雅表现和行为。元·王实甫《西厢记》第四本第二折：不争和张解元参辰卯酉，便是与崔相国出乖弄丑。

弄猴——唐代文学家朱隐有一首诗作《感弄猴人赐朱绂》，其中的“弄猴人”指耍猴人。庐江话里“弄猴”意为调皮捣蛋、不守规矩。例句：这小伢好弄猴，作业不会做就抄人家的糊老师。

盘命——也有写作“拌命”，拼命，很努力、执拗的样子。三字口语有“盘死命”。

跑反——本意来源于战乱年代人们为躲避战火而四处躲藏的行为，如今多形容来来回回跑着不停地样子。

陪方——本意指打牌或打麻将时作为临时应场之人，好让牌局先玩起来。口语中引申为在某些环境里无足轻重的地位。

皮熖——本意指柴湿烟多，火烧的不旺。这里的“熖”可作为单词“熖人”里的烟熏人理解。引申为做事无精打采，没有魄力。四字语有“死眼皮熖”。

撇呔——讲话学外地人口音。多贬义。

戚亲——很近的亲戚。合肥话“确亲”。

强勉——可作为“勉强”来理解，让人做比较为难的事。

强原——也作“强于”“佯于”等于“如同”。《新华方言词典》收录为“强如”，西宁、银川等地有同类说法。

俏逼——事物很好看，清秀，或者事情做得恰到好处，完美无瑕。例句：高老师的古体诗写得俏逼，平仄拿得很准。

亲房——家族里血缘最近的关系。《敦煌变文集·董永变文》：“为缘多生无姊妹，亦无知识及亲房。”

勤利——勤快，勤劳。只要勤，就会有利，庐江方言中非常正能量的词。例句：勤利人到哪都得人喜欢。该词在江苏、浙江、广东一带亦表示相同意思，《新华方言词典》收录为"勤力"，同音不同字，勤利更接近庐江口音和意境。

勤钱——挣钱，按照时下的话就是去打工，以劳动获得收入。

清朗——干净清爽。也指事情结束，不拖泥带水。①《隋书·儒林传·元善》："善之通博，在何妥之下，然以风流蕴藉，俯仰可观，音韵清朗，听者忘倦。"②《西游记》第六十八回："师徒们在那大街市上行时，但见人物轩昂，衣冠齐整，言语清朗，真不亚大唐世界。"③茅盾《子夜》十八："在清朗的笑音中，桨声又响，船拢到岸边来了。例句：亲兄弟明算账，该谁的就谁的，账要算清朗。

取讼——和上面的"馕食"相同意思，讽刺、嘲讽等。

瓢和——松软，酥柔。多形容柔软物件和食品。

日猴——反怪，造事，不安分。

讪精——炫耀、骄傲之意。例句：那小子买彩票中个小奖，讪精了好几天。语言、词典学家王光汉《庐州方言考释》求证认为应写作"谝精"，这里以"讪精"收录兼顾口语写法。《庐江县志·方言》里收录为"山经"。

上好——360词条里为"质量高，最好"。元·曾瑞《留鞋记·楔子》："梅香，取上好的胭脂粉来。"《红楼梦》第七十七回："但那包人参，固然是上好的，只是年代太陈。"基本都是上面词条意思。而在庐江方言里有两种所指：一是不错，挺好，还可以，但不能说是最好，语意中离最好还有一截距离。二是接近于量词的用法，比较多，不算少之意。例如：这小伢子别看他岁数不大，能干上好的事。《庐江县志·方言》里收词条为"尚好"。

什呢——怎么，怎么啦。也常在后面拖一个"之"字使用，意思及语境有所改变，例如：我今天就不陪他上街，什呢之啊？这里变成"没什么大不了"的意思；而在"这小伢昨晚老是哭，哪该什呢之？"一句里，则是"不舒服"的意思，在其他句式里亦会指向不同，要根据环境来辨别。廖大国《文学作品中的江淮方言词语例释》中解释为"什么"，和庐江话略有出入。

生相——也说成"生样"，多指一个人的习惯，品行。常见口语有

"不成生相""生相难看"等。

什（shí）掉——东西多，占满了现有的空间。《三苍》有解：什，聚也，杂也。吴、楚之间谓资生杂具为什物。庐江口语里通常为"之"后缀词语：什掉之。

十开——形容一件事很完美、圆满。例句：这件事让他去办，十开会办得很好。该词亦可算庐江特色方言。

十怂——真怂，实在是怂。

事（si）项——庐江口音事为 si，事项，书面解释为"事情的项目或顺序"，但在庐江话里是"规矩、道理、事理"等语义的代称。例如：这小伢真不晓得事项，舅舅来了都不晓得喊一声。

水货——不正宗、假冒的物品，也说在为人的品行上。

水深——除了字面本意，庐江话里亦有套路深、有隐藏的环节之意。这个词和天津话有较大区别，天津话"水深"为"钱多"的意思。

顺序——而今通常意思为次序，顺着次序排列。在庐江方言口语里多指事情"平安顺利、没有出现意外障碍。"四字有"顺顺序序"。

算和——算了，拉倒，不再有瓜葛、交集之意。

算小——抠门、吝啬。《二刻拍案惊奇》卷四："岂知张贡生算小，不还他体面，搜根剔齿一直说出来。"《再生缘》第七十九回："讲到江三嫂原本算小，今见郡主出银，买他体面，何乐不为，即将喜单写好，亲自送到麟凤宫去。"《天雨花》第七回："且晋家世代刻薄算小，其后安能昌盛？"当今例句：就他那个算小的样子，一旦晓得花了这么多钱，还不知心疼几天？

淌孬——认怂，或者失败、输了后的软弱表现。例句：姐啊算你狠，我淌孬个照？安徽繁昌、江苏高淳等地都有此一说。

头回——该词在庐江方言里有两种意思，一，第一回，第一次。例如：这真是新奇事，我还是头回听说。二，上回，上次。《二十年目睹之怪现状》第五十二回："我家姑娘头回定亲的时节，受了他家二十吊钱定礼。"

通头——常规语境下指将对方不知道的事情告诉他。例句：我今年准备不做田，出去打工，昨晚把这事和村里通头了，委托他们将田包给别人。

停当——《三国演义》一百一十四回有"整备停当"一语，《西厢记》第七十八回有"少顷，安排停当"等，都是"齐备、完毕"的意思。但在庐江话里的意思是指人"贤惠或手巧，事情做提比较合理、完美"之意。这种意思和《儒林外史》第二回相同："他也要算停当的了。若想到黄老爹地步，恐怕还要做几年的梦。"与其相关的俗谚有：宁跟停当人打一架，不跟疙瘩人讲句话。

团结——除了本身字面意思，庐江话里有一种语境用在喝酒结束、最后一杯称之为"团结"，意即大家都喝得畅快，相聚得开心，在友好的氛围里结束酒局。

望呆——注意力不集中，或思想开小差。王少堂《宋江》上册："有个当差的，笑嘻嘻的，站在这块望呆。"如果中间加入一个"我"字，成"望我呆"，则意思便转变为"当我傻"了。例句：干事不尖心，老是望呆。廖大国《文学作品中的江淮方言词语释例》中注释为"无目的地观望"，和庐江话有细微出入。三字词语有"望人呆"，整体意思已改变，见"望人呆"注释。

望头——有指望，有盼头。《二十年目睹之怪现状》第五回："我们看见他这等说，以为可以有点望头了。"

味道——本意是中性词，方言里也把变了味的、不好的食物特性称之为"味道"，意即气味难闻，不可以再食用。

硙（wèi）掉——硙，本意用石磨将物体磨碎。这里指因为经常使用而减损许多。口语中通常和"磨"字连在一起用，如：爬了一趟山路，鞋底都"磨硙掉"一层。

瘟怂——难受，没精打采之状，或者特别软弱，没有能力或主见。例句：昨晚酒喝多了，搞之瘟怂。

小来——小时候。

现的——两种意思，所指截然相反。一是当时的，新鲜的；二是过时的，剩下的。

洗菜——除了字面意思，在庐江方言中还有"很快、时间短、麻溜"等意思。

歇菜——没戏，结束了，无可奈何等，在不同处境里可转换为不同意思。常见于民间口语，北京方言里有此词，360 词典定义为"网络流行词语"，但庐江方言里此词出现的年代也较早。

歇火——停住，收住，不再继续的意思。

新新——该词在庐江方言里有两种意思：（1）稀奇新鲜的，没听过、见过的话或事物。例句：你尽讲新新话，我什么时候见过那个人。（2）清醒，意识清晰。例句：你这消息把我吓一跳，我刚眼皮媚媚的，一下睡新新了。

腥气——有两种意思。其一是难闻气味的一种，其二在方言里也指凶狠、蛮横的表现。其二例句：做人不要太腥气，恶人自有恶人磨，会有报应的。

虚头——以少充多，以次充好等的概括和形容，多用在价格、数量等的夸大不实。《金瓶梅词话》第十五回有："这家子打和，那家子撮合，他的本分少，虚头大。"

遥掉——消失掉，或没有到来。遥，应为"杳"的变音。例如：刚才又是打雷又是起风的，现在出太阳了，雨下遥掉了。

一掣——掣，此处为身体快速抖动，音：che，短时间内受到惊吓后的反应。

一搞——经常，总是。例句：这两家伙一搞就干架。

一号——通常字面意思为排序的开始，或者第一号人物。庐江方言里还有一层意思：一样的，相同的。三字为"一号的"。

一火——次，一下。冯梦龙《古今小说》第三卷："情兴复发，又弄一火。"如今的口语中某些时候也代指"抽一次烟"。

一了——向这样，一直如此。《水浒传》第七十一回有语：那汉说："我一了不说价，五贯钱一桶，十贯一担。"例句：他一了就不喝酒，你灌他都灌不进去。三字词语有"一初了"。武汉、南昌等地都有此说法。

一扎——字面本意可理解为量词的一小把，一小捆。庐江方言里有另外一种语境：整齐，合适，正好，正确一类意思的表达，应源于"一致"的音变。例句：他穿这件衣服一扎得很，不长不短的。反面意思为"不一扎"。

一阵——现在词面多为时间量词，一会，功夫不大。庐江话里还有一种语义，为一同，一道，相伴而行。例如俗谚句：三个一阵，小的吃亏。

迎亮——就着亮光（朝前走）。《金瓶梅词话》第八回："妇人见他手中拿着一把哄骨细洒金、金钉铰川扇儿，取过来迎亮处只一眼。"

趱么——赶紧，赶快。

喳哇——讲话信口开河，不经大脑思考。例句：哎，你真是个喳哇，这话哪能这样讲?

真三——真的，一般口语中为"当真三"。王光汉《庐州方言考释》引用 1998 年 4 月 22 日《合肥广播电视报》载《镖局趣话》一文，内有清代末年合肥镖局著名武师甄三，与霍元甲相类，疑"甄三"之说由此而来。笔者在收集民间故事时收集到另一则故事，以"真三"记录，详见趣味短文：当真三。

拽老——拽老资格，倚老卖老。

肘精——不听话，犟的意思。例句：俞家墩子那个姑娘多好，他硬是肘精不干，一桩好事搅黄了。

肘手——搭僵、不听话。

走手——失算，没料到，或者某件事在操作中出现失误。

动词类：

扒（家）——通常指女子到婆家后经常照顾和补贴娘家的行为。按照今天的道德标准来衡量，这是无可厚非的。《石头记》第十一回：哪知道这老人家舍不得儿子媳妇分离，却叫端端正正、巴家做活、撇得下老公、放不开婆婆的一个周大娘子走到江都绝命之处。

把尿（sui）——般专指大人定时训练、引导婴幼儿撒尿。

拌嘴——争吵，言语上的对峙。《红楼梦》第十七回：才他老子拘了他这半天，让他开心一会子吧，只别叫他们再拌嘴。

抱蛋——非字面的抱着鸡蛋，而是禽类的蛋孵化幼禽的过程。抱，《方言》卷八："北燕朝鲜洌水之间谓伏鸡曰抱。"也作"抱鸡""抱鹅"等。

本派——本来，计划。例句：我本派明天到庐江县城去，天气预报说有大雨，就往后推迟了。

飚劲——卖弄，显示自己的力气或技术。俗谚例句：丈母娘家门口撒尿，显飚劲。

冰冻——冰。

拨（bǒ）鬼——在背后挑唆、怂恿。三字有"拨鬼佬"一词。

插伙——合作，入一股份。孙犁《白洋淀纪事·村歌上篇》："那就是插伙着做活呗，咱们这里叫攒忙。"郭澄清《大刀记》第十四章："写稿我同意，以后咱们插伙儿干。"时下例句：农闲了我们几个插伙到城里包粉刷，伙干伙摊。

掺搅——字面意思为掺和、搅拌。庐江话多指几个人结帮成党在一起玩耍，或做不正当的事，其中的好人一同被带坏了的情形。

铲油——揩油，乘机占便宜之意，多贬义。

扯筋——360 词条说这个词可能源于"抽筋"。在庐江方言里属于没有恶意的骂人词，多使用于玩笑语里。例句：你个小扯筋的，摸一下就快活了啊？我省池州、安庆等地有同样说法。

扯能——自作多情干某件事。例句：正事不干净扯能。

趁早——赶快，赶紧，千万别。《金瓶梅词话》第七十六回："你往哪去？是往前头去？趁早不要去。"

赤包——不同于"赤膊"，赤包，身上一丝不挂的样子。三字词有"打赤包"。

出锅——本意是把烧熟的食物从锅里盛出。庐江方言里也指对新买的铁锅用油或竹叶等清理上面的浮锈，使其日后浸水不易生锈。

余肉——肉的吃法一种。一般将瘦肉削成薄片，入沸水煮熟并加调味料即可。

耷啷——也有写作"搭啷""搭浪"。多指头部耷拉、垂下的神态。例句：瞧他那个头耷啷的样子，就知道这回考的不好，挨老师批了。

搭倒——跌倒，摔跤。例句：下了雨，路太滑，没走几步就搭倒了。

搭拐——帮忙，帮衬，添一把劲。三字词语有"搭把拐"。例句：不管是大人小孩，添个搭拐的人总比一个人干强。

搭嘴——认可，确认。俚语有"搭嘴即鲢鱼"之说，意为讲话算数，不会反悔，也有写作"答嘴"。

打暴——泛指夏天突然来临的雷阵雨。

打凼——通常指用锄头在泥土中挖出坑洞，然后种植或移栽植物。

打短——字面上初看可以理解为打短工，但实际意思迥然不同。《警世通言·苏知县罗衫再合》：四女此时互相埋怨，这个说："先生留我，为何要你打短？"一语与庐江话完全相似，为语言上阻止、规劝的意思。今时例句：要不是老表在边上打短，我真想把他做的那些见不得人的事都抖出来。

打搞——打架，或接近于打架的争吵。口语多用于说小孩子。例句：这两头货好起来能插伙穿一条裤子，保不到晚又打搞了。

打尖——清人福格《听雨丛谈》卷十一记："今人行役，于日中投店而饭，谓之打尖。"庐江话里泛指对付饥饿、正餐之前的简单饮食。《红楼梦》第十五回里有"那时秦钟正骑着马随他父亲的轿，忽见宝玉的小厮跑来请他去打尖。"

打气——打喷嚏。

打硪——以前劳动过程一种攒劲或缓解劳累的民间号子，庐江民歌里有一首比较经典的"打硪歌"。

带劲——不可看字表面的"带着劲"理解，它有两种意思。其一是表示一件事干得很好，由衷的赞叹。例如：在家门口的小厂里上班也带劲，虽说时间长点，一个月也能挣个三千多。第二种意思为故意推辞显摆，以显示自己的能耐和重要。如此句：我就知道他不会一口答应的，肯定要带劲带劲，谁叫你们之前说他手艺半边凑呢。皖北、河南、江西、江苏部分地区都有接近相仿词汇。

带蛮——般指做事情不知道用巧劲。有时也指强行、粗暴地做某事。

带桌——庐江南乡部分地方的一种习俗，全称"新姑爷带桌"。指正月新姑爷到女方亲友家轮流做客、认门并敬酒的拜年程序。

搞腿——和某人睡在一起。一般为出门作客或在外地与他人同床就寝的客套话，江苏宿豫方言为"通腿"。

倒褪（tun）——后退，止步不前。例句：你这小伢子叫我讲你什么好，这学期的成绩没长进反而倒褪了。

滴屎（sui）——这里完全超越字面意思。它通常指的是人受到惊吓刺激后的失态反应，也指行为或性格懦弱，胆小怕事、做不了主之意。

点卯——原意为旧时官员的考勤。古代朝廷每天黎明时分（五至七时），也就是卯时，要进行朝会，相当于今天上班的打卡。如今为"现个身，到现场露个面"等语意。

定条——词意或来自"既定条例"的简缩。庐江方言里指力气或事情的发展基本固定成型，不再有大的改变。例句：十几岁的人，力气还没定条，这么重的担子会挑伤了他。廖大国《文学作品中的江淮方言词语例释》收有"定当"，王光汉《庐州方言考释》收有"定规"，意思有相近亦有不同差异。

冻胈——冻疮。因寒冷导致皮肤表面红肿、疼痒的外伤。

短扬——360 词条为"一种木制器具"，但庐江话里是口袋中没有钱或者钱不够的戏说。例句：兄弟，哥这几天短拐了，借我点钱先救个急。

短嘴——忌嘴。

发毛——（1）发火，发脾气，发怒。例句：他不为个事就发毛，好像别人都欠他的。（2）害怕，受惊。例句：昨晚上 11 点多从街上回来，路上人少，心里直发毛。《庐江县志·方言》注释为意思（1）。

发养——动、植物繁育及生长兴旺，茂盛。也常说于人和家庭的运势。例句：她家养猪真发养，一年一槽，都养到两百多斤。

反手——左手。四字有"反手拐子"。

犯烊——做事的过程中不是主观原因的停止或慢下来，多指偷懒或马虎糊任务的情形。如：小孩子们干事就是不扎山，干一阵子就要犯烊。今也写作"犯佯"。

放岔——讲的话或做的事偏了主题。

浮头——360 词条的解释是：由于水域环境的变化，造成含氧量急剧下降，致使鱼类因缺氧而浮在水面吞食空气，称之为浮头。轻微的浮头可影响鱼类生长速度，严重浮头会造成大批鱼类死亡。而在庐江话里通常指水、油等液体的最上面部分，也可用于其他物体。例句：一到秋天，河浮头常常漂着一层树叶。

赶嘴——赶，挑剔。挑食的别称。俗谚有"赶一赶，赶个眨巴眼。"

咯中——咯，近音词，音偏于"疙"，庐江方言里同"咯照"，疑问词，行不行，可不可以。

狗屎——讽刺人吝啬、自私。和其相近的俗谚有：狗屎蘸香油，又尖又滑。

刮蛋——同"呱蛋"，聊天，拉呱。

寡手——空着手，没带东西。多用于礼节上的说辞，比如走亲戚。拜访朋友，不能空着手，怎么的也要带点小礼物，以示对主家的敬重和友好。

挂边——临近，到达。例句：今年的收成不到去年，挂边一万来斤稻子。

挂点——台语里也有"挂点"一词，意为"挂掉""完了"之意。在庐江话里表示约会，谈恋爱。例句：哥们，昨晚到处都找不到你，到哪挂点去了？河南沁阳有类似说法。

过潽——潽，本意指水从锅里、其他器具里受热沸腾溢出，这里指一件事情过了最合适的时间或节点。和其意思接近的口语还有一个"过澈"。

例句：这件事我们夹缝里顺带干了，等你回来都过潜了。

过猪——酒喝多了、呕吐的状态。这种说法是幽默的庐江人独有的发明创新，其他地方搜寻不到。例句：他昨晚那个喝的，到家就过猪了。详见俗谚条目：十八个猪，两个奶。

喊嚇——当人受到惊吓时，由亲人在傍晚时分帮其呼唤、喊回因惊吓而迷途的魂魄，民间流传"人有三魂七魄"的说法。一般多是母亲给孩童喊。此习在医学进步的今天已逐渐消失。

戽（hǔ）水——戽，往外泼出。《广雅·释诂二》："戽，抒也。"唐贯休《宿深村》："黄昏见客合家喜，月下取鱼戽塘水。"本词意是用器具把水往外泼。

护痒——怕痒，耐不住痒。和其相似的还有"护疼"等。

欢团——种糯米和糖稀等做成的食品，圆形，染有红颜色，多用在喜庆事上。

晃趒——闲暇时的散步，或者耐不住寂寞到处走动。例句：有那晃趒的工夫，事都干得差不多了。安徽池州、宣城等地有同样说法。

甲匿——身体中某种暗疾。

讲赖——耍赖。童谣有"讲赖不赢钱，输之万万年"句。

讲人——除了常用的字面意思，庐江话里还有一层男子、女子"许配人家"之意。

搅讲——不讲道理，横讲。与"搅"字相连的词还有"搅屎"等。例句：弟兄三个，就这个老大最搅讲。

节艮——生命过程里避免不了艰难和厄运。

艮（han）人——或为"寒人"的音变。艮（han），字典上意思为不清楚。这里指冬天寒冷时节，水或其他物体对身体冰冷刺激后的直观感觉。例句：你这小伢子真不怕冷，手里拿着冰块玩，不艮人啊？

解手——方便。大便俗称"解大手"，小便俗称"解小手"。目前较为流行的一种说法认为，该词起于明朝初期的山西大移民，因为是强制性的，很多人被绳子捆绑串起赶路，如有人想要方便，就对押送的官兵说："报告大人，请把我的手解开，我要小便（或者大便）。"时间长了，解手逐渐成了方便的代名词。

噘人——骂人。《中华大字典》里有：考"噘"的本字应该是"讦（jie）"的说明。例句：那个老奶奶脑筋不大好，不为个事就噘人。

炕鱼——炕，用文火烤。在这里指以火将鱼煮熟。俗谚有"青菜炕豆腐，油盐在先。"

开伙——众人在一起吃喝。和"打平伙"意思接近。

看（kān）水——以平声拼音组词，方言里为家禽类动物的交配。

看（kān）头——特指鸡、鹅、鸭等家禽类动物孵化过程中要出壳的时段。

哐啷——宽敞，间隙较大，多指衣服、鞋等肥大不合身。

亏心——遗憾、伤心的表述。

撩骚——卖弄、挑逗、勾引异性之意。江苏东台等地有此说法。

拢共——共，总共。整个聚在一起的数字之和。例句：这个生产队拢共就三十来户。现代方言中吴语、闽南语里也有相似说法。京剧《沙家浜》第四场："想当初老子的队伍才开张，拢共才有十几个人，七八条枪。"

绿人——受了侮辱或讥讽后的难堪样子。俗谚有"尿泡打人不疼，绿人"之句。

磨牙——本意指小孩发育长牙阶段锉牙的表现，多喻指难讲话、不好沟通。《红楼梦》第三十五回有：凤姐一旁笑道："都听听，口味倒不算高贵，只是太磨牙了。巴巴儿的想这个吃！"在庐江和无为等部分地区发音里还有一个词："摸芽"，意为将棉花等多余的分蘖掐去。

摸秋——乡间中秋节时的一种习俗。到野外地里摘取别人家的瓜果等物品可以不受责怪，庐江、安庆、桐城等地为求子寓意。

抹（ma）冷——以前捕鱼人在寒冷的冬天爬在小木盆上，光着双臂于水中摸鱼的一门技术。

馋人——两种意思，一指食物油多，吃了发腻，不舒服。二指将东西强行给予或硬性搭配。

跑红——走运，红火发达。多指人处在春风得意的时段。

跑马——这是一个非常有意思的词。可不是跑马拉松或者赛马什么的哦，它在方言里专指男子遗精这档子事。这个说法覆盖面也比较广，芜湖、合肥等地都有这种说法。因为较含蓄幽默，所以这里一并收录。

撇呔——撇腔，吃力地学说普通话的样子，多讽刺意味。

起势——泛指做事前的准备动作。三字有"起势子"。

抢暴——夏天晾晒作物时遇暴雨抢收的过程。

亲诳——撒娇，亲热。例句：这小伢跟他妈才两天没见，就这么亲诳。

秋人——用眼睛不友好地看人。秋，原为湫，窥伺、瞄看。瞅的意思。例句：看这小狗屎厌，讲他不好他就拿眼睛秋人。

尯（qiú）人——尯，纠缠着放不掉，脱不开手，兼有受限制之意。也有写作“囚人”。通常指小孩子无理取闹，纠缠得大人不能专心做事，说该小孩的形态为“尯人”。

熖人——弥漫的烟熏得眼睛睁不开。例句：烟囱不出烟，锅心里的烟雾成一团，好熖人。

青膀（pang）——指作物没有成熟阶段所表现的特性。某些时候也说在人身上。三字有“青膀气”。

杀喰（can）——狠狠解馋的意思。俗谚例句：豆腐不杀喰，一要滚，而要咸。

伤蛋——指人生活或处境的艰难不如意。

赏应——夸赞，夸奖。对做得好的事给予语言上的表扬和鼓励。合肥话为“赏进”。例句：王老师就赏应这小伢，爸妈在外打工，没人看管，自己督促自己，学习成绩在班上一直名列前茅。

上冻——结冰。

收朦——特指潮湿的东西水分很快挥发的样子或过程。

折（she）手——因为失去帮助，事情进展中面临诸多困难。

生蛋——字面本意是禽类下蛋。在方言里还指事情进行过程中出了意外、故障、阻碍等而不得不停止。例句：本来计划九点到县城的，哪知车子半路生蛋了，十一点都没能赶到。在日常口语中还有一个四字口语“鬼不生蛋”，这里的“生蛋”意思和上面有偏差，此处四字所指是人烟稀少、偏僻冷清的荒郊野外之意，有些时候也形容于人气不旺、生意萧条的场合。

睡告——告，以前写作“目告”，现汉字极少能打出，意为睡觉。

顺手——右手。

松务——事情，活计。

淘汤——吃饭时将汤倒在饭里。俗谚有：先精后肥，啃骨头淘汤。

挺尸——睡觉，抑或赖床不起来。多为骂人语。《金瓶梅词话》第三十九回：“贼囚根子，快磕了头，趁早与我外头挺尸去。”

托人——百度词条上的注解是“一，托付于他人；二，犹假手，利用别人；三为请托他人。"但在庐江口语里还有一种所指：欺骗，糊弄。例句：他讲话净托人，没半句真的。

驮打——挨打，被打。例句：小三子在学校和人干架，刚到家就驮（他爸）打了。江西沿江地区有此说法。安徽黟县方言有"驮段"，为"挨骂"的意思，驮的意思基本相近。

驮债——背债，负债。例句：房子虽然建起来啦，不过驮债也不少。江西南昌、黎川等地有同等说法。

揂米——从米桶里用小器具将米盛出。王光汉《词典问题研究·合肥方言单音动词考释一》指出：元人杂剧《陈州粜米》第一折："他那边又揂了些米去了。"《类篇》："揂，吴俗谓手爬物曰揂。"

妄蛋——多指鸡、鹅等禽类不能孵出幼禽的蛋。妄蛋的来源是有个过程的，一般是母鸡孵蛋到十天左右，开始"照蛋"，里面没有受精表示的就要从窝里拿出，俗称"妄蛋"。"照蛋"又分为"头照""二照"，甚至还有"三照"，逐步找出之前没有发现的"妄蛋"。刘政屏《享受合肥方言》中解释合肥话为"做不成事。没指望的人"，和庐江方言略有差别，庐江话中还有表示"头脑迷糊，不开窍"之意。例如："我现在也不知道怎么处理这个事，头像个妄蛋。"

稀化——本意指物体变得稀疏，松散。庐江话里多指蒸煮得很烂，或者水果等熟透的情形。

小量——量小，不大度。杨永成《合肥方言研究》注释为"小瞧、小看"，有差别。

剚（chi）鱼——将鱼解剖开，取出内脏及秽物。部分方言里写作"劙鱼""持鱼"等。现在多写作"迟鱼"。

笑人——该词通常意思为"很可乐，可笑"，如《聊斋志异》卷二《巧娘》："阿姥亦大笑人！是丈夫而巾帼者，何能为？"但在庐江方言里还有一种语境：嘲笑人。

歇火——事情结束或被迫中断，不再继续下去。

席人——或可作袭人。烦，讨厌之意。《红楼梦》有人物为袭人，宝玉的贴身丫鬟，亦有"芳气袭人是酒香"的句子。新华字典解释此处"袭人"为"侵袭到人，熏人"之意，与庐江方言所指有相似接近部分。例句：这小伢真席人，我头都给他吵疼了。口语里多含亲昵。

嚇人——吓唬人。

懈呆——犯短时间迷糊，忘了正在或将要做的事。《庐江县志·方言》收录为"懈怠"。

捱当——强行挤入已存在、成型的队列中。书面语"插队"的意思。王少堂《宋江》上册里有："好在客人的本地人多，都晓得，就是有个把外路人，也好商量，就一齐请他们到别的桌上去捱当，挂角。"

一当——正好，很服帖、很合适的样子。王光汉《庐州方言考释》中指合肥话"一当"还有"说某日脑子很清晰，能做出决断"之意。三字有"不一当"，通常与"一当"反意。四字有"一一当当"。

一拃——同一只手上两根手指拃开的长度。

砸蛋——口语，一般指事情弄糟了，或者计划失败，希望破灭。整个合肥地区基本通用。

憎（cěn）人——憎，《说文》注释为憎恶，本词意为可憎恶的人。因憎字在现代汉语拼音中该字没有（cěn）条目，故注音。四字有"憎人巴子"，俗谚有"癫癫姑上憎网，不知人憎不憎。"

喳羡——也可为"喳欠"，打呵欠。常见词为"喳羡连天"。

炸水——水四处溅，或者用脚使劲踩、跺让水珠溅起。

值价——本意指事物对应的价值。庐江话里还有"有种，有志气，不淌孬"一层意思。和合肥话同义，刘政屏《享受合肥方言》有单条目解释。

作打——找打。

作气——因为某些方面的刺激而生气。江苏阜宁也有此一说。

作死——自寻死路，自己不想好。《西游记》第三十五回："行者骂道：'你这作死的毛团，不识你孙外公的手段！'"

作勺——炫耀，臭美等意思兼而有之。

作弯——客气，谦逊礼让的一种表现。

作兴——时兴，流行。廖大国《文学作品中的江淮方言词语例释》中解释为四层意思：（1）应该；（2）可能；（3）可以，许可；（4）抬举，照应。这其中的（3）和庐江话意思接近。例句：现在的女孩子作兴穿破洞牛仔裤。

名词器具类：

把缸——也作把杯，圆形瓷缸。

百刀——菜刀。见民间故事《百刀的传说》。《庐江县志·方言》里收录为"白刀"。

簸箕——圆形的摊晒作物的竹篾制器具，直径在一米五左右。

叉扬——种叉草、堆草的农具，柄长，铁质部分为弯尖状。《庐江县志·方言》收录为"权扬"。本人《擦拭乡音》里有散文篇目"叉扬"。

梃陔——种翻晒稻子的木制农具，体型较长。

尺簸——种将成堆物颗粒物品往别的大容器里装的过渡器具。口平，后部渐围拢成深宽，整体呈三角形。

橱柜——和本意有差别，庐江南部方言里多指厨房里放置碗碟的木制或竹制器具。

稻箩——装稻子或其他物品的竹篾制器具，形似大鼓状。

稻扦——种将散开摊晒的稻子收集归堆的农具。

钉耙——种四齿的松、挖土农具。

各头——锄头。

碌枒——套在石碌上用以带动石碌转动前行的木制器具。

花锹——种口型方且扁平锋利的铁锹。

尖担——两头铁质尖状的农具，为之前农村挑稻把子专用。

量子——量，古代指斗、升一类量称物体的器具，之前有陶制、木制两种，庐江话里指体积较小、可用手提的水桶，成分为木质或塑料。《庐江县志·方言》里写为"木亮子"。今字典较少应用。

晾（lang）簸——圆形的竹篾制器具，形似簸箕，直径在一米左右，除摊晒外还有抛颠扇风、清除米谷中浮尘的作用。

殻子——今多写为壳子。物品（多为字体纸质）的封面或封套。《二十年目睹之怪现状》第二回："板壁是挂着一个帖袋，插着一个紫花印的文书殻子。"

芒槌——洗衣服的棒槌，或自棒槌变音而来。

升子——之前量米的工具，现已不多见。

石碌——石头制的农具，以前为平整地面和滚压脱粒使用。

㷫子——取意于把水催开的催字，即水壶，写作㷫子。

挑子——汤勺。

笤把——也写作"条把"，扫帚。见小品文《笤把丝子下挂面》。

扬扦——种将稻子抛到高处，在落下过程中借助风力吹去毗谷、稻叶、灰尘的农具。

洋火——火柴。与之同类的有洋钉，洋布等。

洋锹——种口形微圆的铁锹。

腰篮——篾竹篮的一种，一般用胳膊挽着可到腰部位置，通常为装、洗、蔬菜及提携其他小件物品使用。

耘耙——种稻田里锄草的长柄工具，分为铁器和竹木柄两部分。

名词蔬菜食品类：

昂丁——汪丫鱼。皮肤多黄色，鳃两边有硬刺。

滗汤——从食物或其他物品中挤出汤汁。滗，挡住渣滓把液体倒出。《广雅·释诂二》王念孙疏证："滗之言逼，谓逼取其汁也。"今也写作"泌汤"。

草狗——母狗。与我省绩溪和浙江温州等地方言说法相同。公狗则称之为"儿狗"。

刀板——鲫<u>鱼</u>。

豆陕——豆类的秸秆。

豆各（角）——豇豆。

冬米——用粳米或糯米煮熟晒干、年关做炒米糖用的饭坯子。因为多在农闲的冬天晒制，俗称"冬米"。

角（ge）爪——虾子。

篙瓜——茭瓜。

果子——在庐江方言里通常指"荸荠"。但某些场景也和我国江苏等部分地方方言里的"点心"意思相同，如"喜果子"一词，里面有"荸荠"，亦包含米做的"欢团"、枣子等。

扑寅——蝴蝶。

匍鸰——鸽子。广西南宁等地有同等说法。

海子——螃蟹。和其相关的俗谚：蛇有蛇路，鳖有鳖路，海子横爬上大路。

寒菜——苋菜。

寒盐——咸盐，食盐。和其相关的俗谚：寒盐烧干鸭，咸（闲）的发蔺。

荷包——口袋。和其相关的俗谚：一个荷包两个口，东手来，西手走。

唤鸡——啄，啄。

唤鸭——鸭（ye，ya）拉拉。

唤鹅——雁（ye）鹅。

唤猪——噢牛牛，噢叻叻，噢呐呐等。

唤狗——啧啧，狗哑，小狗。

唤猫——喵，喵鱼。

唤牛——前之（前进），撇之（转向），缩之（后退），瓦（音）之——停止。

脚鱼——甲鱼，鳖。

坑马——青蛙。罗河一带说成"坎猫"，这是一个很有个性的词，就庐江大部分地区而言和四川的垫江、梁平，湖北的黄梅等地发音接近，如"克马""卡玛"之类。例句：春天来了，池塘边到处可见一窝一窝的坑马个得（蝌蚪）。

老哇——乌鸦。

六谷——玉米。

萝别——萝卜。

腩腩——肉类食物。例句：喝了腩腩汤，干事心不慌。

胖头——大头鲢鱼。也叫花鲢。

稳子——没有结米粒的秕谷。民国《续修盐城县志》："稻秕秆聚者谓之稳。《玉篇》'稳'字训'踩谷聚'。今谓稻中秕秆扬之使聚者曰稳子，又曰偃子。"

山粉——山芋淀粉。

蛇虫——蚯蚓。例句：在菜园里翻地，拣了许多蛇虫。青的给鸭吃，红的送给小老爷去钓鱼。

生腐——油果，豆腐果。

熟菜——和如今街头常见的"熟菜"有所不同，如今街头"熟菜"包含有肉类荤菜，方言里的"熟菜"泛指时令里的各类炒熟的青菜及其他蔬菜。见散文《趣话熟菜》。

熟胖（pang）——果蔬菜品因为存放时间长或者高低温差变化导致的变形变质。同类词有"馊胖味"。

通菜——藕。

炆蛋——茶叶蛋，香蛋。各地因生活方式及口味的不同，炆制的佐料也不尽相同。

现饭——前餐吃剩下的饭。和其相关的俗谚：锅上有现粥现饭，世上没剩儿剩女。流行词有"炒现饭"，意指重复和照搬过去做过的事情。

香油——菜籽油。

牙猪——公猪。山东枣庄等地也说雄性狗为"牙狗"，但庐江方言一般只说在猪上。

油荤——油水多的饮食。通常指肉类荤多的菜肴。

饮汤——王光汉《庐州方言考释》里写作淫汤。煮饭过程中，水沸开时舀起的米汤。例句：干事回来，口渴得不得了，喝下一大碗饮汤，舒服多了。

鱼冻——鱼汤在低温条件下凝成固态状，状如今日超市里的果冻。

扎饭——用水加入剩饭、油盐一起烧出来的饮食，加入蔬菜叫"菜扎饭"，加入面条叫"面扎饭"等等，也写作"炸饭"。这样的吃法在江浙部分地区称为"泡饭"。

鲊肉——米粉肉，或叫粉蒸肉。肉类腌制后蘸上特制的、以米饭为主的调味品，蒸熟后食用。

蟟螺——知了。和其相关的俗谚：蟟螺叫，割早稻，蟟螺唏，吃梅鸡，蟟螺飞，撒你一头尿。《庐江县志·方言》收录为"遮罗"。

猪盍——猪血经过开水煮成凝固状，可食用。也有写作"猪晃"，如安庆某些地方称为"晃子"。

名词居家类：

把把——通常指小孩子拉的粪便，动词向名词的变异。《醒世姻缘传》第二十一回："晁夫人一只手拿着他两条腿替他擦把把，他乌楼楼的睁着眼，东一眼西一眼地看人。"

菜塽（shuang）——菜园里以沟分隔开的一垄垄突出的地，多为长条形。

草堆——本意指稻草集中堆放的垛。方言里也用于形容人穿得过多的衣服。例如：瞧你穿得像个草堆，还喊冷。

场基——打谷场。例句：这几天太阳好，场基上晒满了稻子。

床料——床底。和其相关的俗谚：起火钻床料，快活一时算一时。

大手——多重意思，1. 手掌很大；2. 花费和开销很大；3. 庐江方言里也指大便，如"解大手"。

洞缸——厕所。和其相关的俗谚：屙不下来屎怪洞缸相（造型）不好。

拐上——角落里。和其相关的俗谚有：门拐上扁担，别折看了。

锅洞——锅灶里烧柴火的地方。和其相关的俗谚：嘴巴像锅洞，一天到晚火冲冲；锅洞里炕山芋，拣熟的掏。圩乡也有一首锅洞门朝向的歌谣。

锅拖——厨房。

锅心——厨房。见散文《锅心的油烟》。

火钳——以前厨房烧火的工具。和其相关的谜语童谣：姐妹两个一样长，日里烘火，晚上乘凉。

井罐——以前嵌在锅灶中间焐水的器具，也作吊罐。例句：大锅里饭煮熟了，井罐里的水也开了。

枬子——之前盖房以直立木头支撑屋面的框架，分为三枬（三木落地）、五枬（五木落地）等。

杪子——指树木或草类植物刚刚生长出来的、嫩而细小的顶部。

溇浮——指水、油等液体表面的气泡。例句：这次菜籽油打得不好，一下锅就冒溇浮。

溇浪——溇，水流急速的样子。唐·元稹《谕宝》诗之二：舻舳无巨海，浮浮矜溇濊。庐江话里指塘、沟、河流水面上，或油类等液体在加热过程中产生的表面一层漂浮物。例句：天恐怕要下大雨，你看塘里漂着一层溇浪。

披刹——在正房屋边角搭建的小房子。一般作为厨房或搁置闲杂器物使用。《庐江县志·方言》收词条为"披厦"。

靸鞋——拖鞋。

山墙——房子的承重墙。

手螺——手指上的螺纹。详见童谣《手螺歌》。

堂屋——用于尊祖敬神、祭天拜地、婚丧寿庆等"正经事"的操作场所。堂屋与现代城市住宅中的客厅有所不同。例句：他家堂屋里开了个后门，夏天通风凉快得很。

堂屋——中国民居中的礼仪空间，一般设计在排列的房屋中间，又称"客堂""厅堂"。因是对着大门敞开，有的地区又称"明间"（卧室则称"暗间"或"房里"）。

土基——土坯。和其相关的俗谚：锅心屋里的土基，一个模子脱的。

瓦屋——盖瓦的房子。例如排门歌的唱词：走进门来把眼张，三间瓦屋真排场。

夏长——和"打尖"有相似的地方，为夏天的下午时间吃食物补充能量、延续体力劳动的情节之说法。详见短文《吃梅鸡，吃夏长》，为庐江特色方言词语之一。

巷阆——村庄中两排房屋中间的小巷。

小肩——左肩。与之相反的是"大肩"，即右肩。

小手——有两种意思。一为反手，左手；二为小便，通常用在前面的动词为"解"，解小手。

烟笼——烟囱。

檐墙——前后屋檐下的墙。

鱼（音）江——依方言语音可写作"如江""余江"等等不一。庐（鱼）江，这可谓所有庐江方言单词的起首。目前尚没有合理的证据解释这个方言发音。独特的就是珍贵的，作为庐江人，为这个单词喝彩！

中干——现代单词为"中间主干部分、重要的支撑部位"等意思，庐江多地方言里说"中间"为"中干"或"中安（近音）"。

桌科——桌底。和其相关的俗谚：大桌科下舞狮子，玩不出所以然。

名词称呼类

板奶——妻子，老婆。庐江经典方言口语之一。

表娘——表爷的妻子。

表爷——和父亲表兄弟的一辈人。

大大——父亲。沈榜《宛署杂记·民风二》："父曰爹，又曰别，又曰大。"

耳刀——耳朵。

嘎公——外公。

嘎婆——外婆。

垢旮——身上皮肤表面的脏。

姑姥——姑妈，小孩称呼父亲的姐妹。

姑爷——姑父。

呔（tǎi）子——一般指操外地口音的人，如"北方呔子"等。

哈（hā）人——在方言里有多重意思，详见散文《趣话哈人》。

哈（hǎ）人——柔弱、没大能耐之人，多用于自谦。详见散文《趣话哈人》。

和家——同和介。也写作"伙家"。

和介——称呼类词语，表示与说话的对方亲切和熟络到一定的程度。

老的——男人，丈夫。

老爷——小孩的叔叔。

上人——家中的长辈。

媳妇——有些地方称自己的老婆为媳妇，而在庐江话里媳妇多指公公婆婆称呼儿子的妻子。

下人——家中的晚辈。俗谚："世上只有不是（此处表示不合情理之意）的下人，没有不是的上人。"

小忽——小伙的变音，男孩子。

姨夫——姨娘的丈夫。

姨娘——小孩称呼妈妈的姐妹。

时间方位类：

曹个——昨天。

得个——下面，底下。

浮头——和高头意思接近，液体的上面。

该个——今天。

高低——除了本意的方位表示，口语里还有"总是，一直"之意。和其同类型的单词组合很多，如横竖、里外、好歹、孬好、大小、早晚等等，所指的意思根据环境和场合而定。

高头——上面，或者突出的部位。

疙得——多指植物的根部。例句：把一壋菜铲的精光，连个疙得都没留。

跟得——今天。

哈昼——下午。

好晌——什么时间。

号个——后天。

后得——后天。

旧年——去年。

埋个——明天。

门得——明天。

茄个——前天。

上昼——上午。

歇晍——休息一会。

以上详情均见小品文《庐江话里的时间》。

这晌——现在。

三字词语类：

矮冬瓜——对个头不高、体型偏胖人的形容。

八更八——形容时间很晚，意指一件事做的时间太过长久。廖大国《文学作品中的江淮方言词语释例》中注释为"无论迟到什么时候"。

巴巴心——巴巴，即粑粑。心，馅的意思。词意为"很少""一点点"。也可指"巴巴"为窝在巴掌心里的那一小块，意思也是很少。

巴巴沿——最靠边、最边缘的沿口地方。和"巴巴心"方位相反。

罡罡的——故意地，有意而为。也有写作"霸霸的"。

扒祸子——惹了祸。

白脚猫——和"不扎山"意思靠近。东奔西跑不能静下心认认真真地做事。

白弄白——白忙活一场。和其相关的俗谚：外甥给母舅送暴工，白弄白。江苏部分地方同类方言为"白罡白"。

摆谱子——摆架子，显示自己高出于他人的地位或优势。

板奶奶——老婆，妻子。庐江经典方言口语之一，其他地方如无为、舒城部分地区也有此类叫法。

板页页——形容物体很板结、密实的样子。

半半凑——半边凑。技术或能力不到火候。

半半空——上不挂天、下不接地的悬在半空中。

半半三——一件事情正做在中间，或者进行到一半。

抱手听——指麻将、纸牌等抓起来就听牌，等着自抓和胡牌了。

抱手胳（ga）——抱起手臂停止劳动，指处在休息状态。

暴新菜——听着音像包心菜，其实不是这么回事。"暴"在这里是时间副词，刚刚开始之意。本单词指第一时间采摘来的、刚刚成熟的新鲜蔬菜。

本套本——指做生意没有赚，也没有亏。

逼邪（xi）的——邪，发音为xi，形容言语或行为让人害怕并恐惧。也可写作"避邪的"。

鳖足子——足，音。之前写作"祝"下面加个"土"，塞之意。吃了闷心亏。

不凑手——一时凑不齐所需要的钱或物。《红楼梦》第一百一十回："凤姐听了，呆了一会，要将银两不凑手的话说出，但是银钱是外头管的……"

不对劲——不正常，不合常规。

不吃劲——对人轻视、不重视的情形。《汉语大词典》对"不吃劲"的解释是"不在乎，没关系"，和庐江话有区别。

不搭轧——或为"不搭尬"，指两件事没有丝毫联系。同义的还有"不打找"等。

不打游——相互不来往，很少有交集。四字有"两不打游"。

不咚鼓——本指过去走村串户的货郎手里不停摇晃的小鼓，后代指货郎。日常口语中多用于"摇头不同意"的形容。例如：叫他请晚上陪我一块去看电影，他头摇得像"不咚鼓"，坚决不干。

不顶聋——通常也写作"不顶龙""不顶拢"等。和其谐音的"不弄（拢）"，四个字的"不不弄弄（拢拢）"意思相近，说的是为人处事傻乎乎、没主见、颠三倒四的样子。

不发事——对事情的理解能力差，不知道灵活运用。

不犯着——也有写作"不泛着"，不行，不可以。王光汉《庐州方言考释》解释合肥话意思为"不值得，接近普通话'犯不着'"，和庐江方言有差别。例句：明明是他的错，让我给他赔礼，不犯着。

不隔人——性格孤僻，不能和人很好相处。王光汉《庐州方言考释》收录"不合人"，同义。

不隔众——和众人搞不到一块去，指人性格孤僻。还有"不隔邻"等词，与合肥话"不合人"意同。

不过意——过意不去。《儒林外史》第二十回："靠大娘的身子还好，倒反照顾他，他更不过意。"《西游记》第三十九回："三藏甚不过意，搀起那皇帝来，同入禅堂。"庐江童谣有"伸手问你讨，不把烂手爪，伸手问你借，不把不过意"。

不好过——除了"经济拮据、手头紧"等字面本身的意思，庐江话里通常还表示身体有恙、不舒服之意。例句：朱老师早上起来感觉不好过，请病假了。和其同义的还有"不快活"。

不嗨人——不怎么样，一般般。例句：今年的菜籽出油率不嗨人，一斤籽只能打三两二的油。

不拣脚——做事情虎头蛇尾，到后面有所遗漏和失误。

不要皮——不知羞耻的意思。

不上讲——不值得去提起，不值得说出来。

不上双——不着正调，不在思路上。多形容人说的话。也有说作"不上桩"。

不是低（音，di）——不像话，不成体统。例句：王老二越来越不是低，几乎天天上工都最后一个来。

不详疑——没想到，没料到。

不扎山——做事没有耐心，不能持之以恒。

不招边——或来源于书面词"不着边"，指讲话和做事很虚，让人看不到边际本质而不放心。

擦皮鞋——现代口语，打"斗地主"牌克时不轻易当地主的表现。

叉矻（ku）朗——指简单的事绕复杂了。矻，口音意思和圆形的"箍"接近，由于"箍"已较少读 ku 音，故暂写作"矻"。矻朗，或为"圆圈"，蒙古语"库伦"的原译：圆起来的草场。庐江话里"矻朗"是绕圈子的意思，和"库伦"本意比较接近。见《庐江方言词语趣味多》一文。

岔不屌——事情实施过程中出现的意外情况。

唱咬咬——开心自在、发出声的歌唱。

丑八怪——形容人或物长相丑陋。有种说法是该词当初并不是指相貌的，而是源自"扬州八怪"。因八怪中多人作画我从我法，标新立异，被当时的上流社会攻击污蔑为"丑八怪"，其人画作传到民间，却广受欢迎，所以流传开来。

扯狗屄——纠缠不清或无法了断的事。

扯卵蛋——指言语或行为不管用，起不到效果。

扯天阴——或为"缠"天阴的变音，表示连阴雨的天气。

彻崭新——很新，刚出来的。合肥话为"簇崭新"，《庐江县志·方言》收录为"彻胆新"。

抻大牛——讽刺人冒充很内行、很懂的行为。

乘风攘——顺风而行，乘势前进。李涵秋《广陵潮》第四十九回："得了顺风，不扯起篷来只管往前攘，更待何时？"王少堂《宋江》下册"不问过江顺风不顺风，打起篷来攘。"而在《新华方言词典》中"攘"字为"郎"字，而且将庐江话里"攘衣服（在水里漂摆衣服）""攘碗"的"攘"也为"朗"。应是口语地域的差别引起。

乘口煞——煞，此处指从嘴里掉下的东西。不经大脑思考随口乱讲。

吃饱蹲——泛指吃饱喝足不去劳动、抱胳膊闲转悠的人。柳青《狼透铁》："韩老六用骂人的话批评供销社的工作人员，说他们全是'吃饱蹲'，什么'为人民服务'只是好听。"

吃匾食——一个人偷偷吃独食。《金瓶梅词话》第四十一回："党太尉吃匾食，他人也照样儿行事，欺负我。"引申为一个人占有，不与人共享。

吃瓜三——不思进取，不求结余。和其配套的话为"吃瓜三，打瓜三"，多形容单身不上进的人。

吃浇头——浇头，指浇在菜肴上用来调味或点缀的汁儿，也指加在盛好的主食上的菜肴。方言里多贬义，指与人共事时将最好的据为己有，没有共享意识。

吃闷鳖——吃了个闷心亏。或者讨了没趣的尴尬。安徽黄山一带有"吃鳖"说法，江苏盐城也有"吃闷鳖"一说。

吃猛猛——猛，猛子。身体整个潜入水里。

出人情——礼尚往来，向他人赠送礼节性的钱、物。

刺不窠——指刺丛、刺窝里。

窜瞌睡——打盹。陈寿义《安徽庐江南部方言研究》一文收录为"佘瞌睡"，《庐江县志·方言》收录为"目充瞌睡"。

搭掉之——没法讲，无药可救，或不知说什么好。例句：你真搭掉之，没干一桩正经事。

搭僵货——调皮捣蛋、犯浑劣顽之人，通常语气为中性。

打坝子——也说作"打拦坝"，从中阻拦，不希望一桩事情继续完成下去。江苏宿豫方言写作"打栏把"，意同字异。

打赤包——身上一丝不挂，多用在夏季孩童在池塘小河洗澡的情形。

打顶字——两个人抬杠，互不相让。也有说作"打丁字"。

打高鸡——儿童玩的一种游戏，双方各提起一条腿，弯起抬到膝盖，架到另一条腿上对撞。

打锅铲——指饭煮少了不够吃，有时也可和"打拼伙"一样的意思。合肥话有"扛锅铲子"，意为小孩跟着大人去蹭吃（参考自刘政屏《享受合肥方言》）。

打扛肩——通常指小孩骑在大人肩上。

打连枷（gai）——连枷，一种竹制脱粒农具。打连枷，一种脱粒方式，动力来源于人的两手握柄，不停甩动。

打疲旋（音现）——打摆子。

打拼伙——又叫"打平伙""打平和"等。大家在一起聚餐，费用平摊，相当于今天的 AA 制。《二刻拍案惊奇》第五卷："而今幸得无事，弟兄们旦打平伙吃酒压惊。"清程世爵《笑林广记·瞎子吃鱼》："众瞎子打平伙吃鱼，钱少鱼小，鱼少人多，只好用大锅潲汤，大家尝尝鲜味而已。"合肥相同语境还有一种叫法为"抬石头"。

打通关——喝酒时的一种礼节，酒席上某个人按照顺序跟在座的人依次喝一圈或者多圈过来。引申到做事上是从头到尾按顺序完成的意思。

打踢跘——踢，或为停的变音。意思是在一件事的进行过程中遇到挫折和阻碍，影响了正常的进度。在某些时刻也表示孩童的感冒、拉肚子等身体不适的过程。

打现现——打旋旋，打转转。

打晃趟——不做事，闲转悠。

打秧趟——以前人工插秧时，起先用线绳引出一趟趟的标示线。

打野食——通常指在外面蹭饭，某些时候也说于男女间的暧昧关系。

打杂花——打杂，干些辅助性的杂碎、边角小事。

打窄窄——躲过去，绕过去之意，有几种语境。其一是懒惰的形容，比如说人"遇到事就打窄窄。"其二是不想参与，躲避。例如："他家今天来了不少亲戚，热闹的很，我从他门口打窄窄绕过去了。"

大爬爬——形容人或物体外形饱满、丰腴、壮实的样子。

大开单——该词的场景一般在春暖花开的三四月：阳光晴好，气温回升，从劳作的人们到玩耍的孩童都脱掉厚厚的棉衣，换上单褂子薄衬衫，这一情形通常谓之为"大开单"。

大老人——泛指大人，有劳动能力的成年人。为庐江本地口语，《庐江县志·方言》（社会文献科学出版社 1993 版，下同）收录有该词。

捣边哧——和两字词语"扯散"意思接近，不说正正经经的事，而是岔开、偏离话题。

捣松果——以前生活艰难年代时在山间打松果作为燃烧物的场景。东捣一下西捣一下，比喻做事没条理，或没耐心。

戴高帽——恭维人，说好听的话。古代皇帝高官们戴的帽子与身份等级有关，帽子的高低大小尺寸、装饰点缀等会因人而异。《北史》有记载宗道晖好"戴高帽"的故事。

淡白白（biè）——或为"淡泊泊"的变音，盐分少，很清淡的样子。

掸扬尘——腊月尾对家里各处的一次收拾清理。各地时间不一，庐江多在腊月下旬的二十二至二十八。

得钱蛊——中了捞钱的毒瘾，形容人只顾着挣钱而忽略了其他，诸如亲情、友情等。

抵眼棍——两个合不来的人撞到一块，或者两个人对一件事都有抵触情绪，都不愿动手去做。

抵鼻子——两个不和睦的人偶然遇到一处的尴尬状态。

踮踮地——轻轻地，悄悄地。

钓小鱼——除本意外，还有作为赌钱术语，指不坐正位、在边沿参与赌钱的人的行为。

定心丸——一种语言或行动上的承诺，起稳定情绪、安定人心之效。定心丸在明代确有其药，用于军中。明代茅元仪《武备志》记载定心丸配方：木香、硼砂、焰硝、甘草、沉香、辰砂各等分，母丁洋减半。口语多为"吃了定心丸"。

独打独——偏偏，单单，指事情过程中产生的不合群的个体状况。例句：讲好大家一道去看电影，独打独他们单位晚上加班。

二百五——言语和行为莽撞，不通人情，傻呆之意。其来历说法种类较多，各地都有，这里不一一表示。

鹅篡气——指没来由的发脾气。有一个两字方言词"讹错"，本来收录为"讹错气"，后走访了解到，该词是借"鹅"的一种觅食情形而套用来的，与之相似的还有下面的"嘎鹅对""鹅脚鹅板"等。

鹅卵白——鹅卵石。

耳刮子——巴掌。

二斤半——庐江民间礼节习俗，新姑爷朝节时必须有肉，斤两为二斤半，半寓意"伴"的美好。

二青子——语出自二青稻。二青稻，头茬收割后重新分蘖出的稻枝，多不能饱满或产量很低。这里是对头脑不开窍、少一根筋之人的形容。

二瘩子——原意通常指牌九等赌桌上帮庄家收纳、理赔赌资的打下手的人。口语中多指某主要人物的随从、跟班。

反手拐——左撇子。

放电影——现代方言，除了本身意思，庐江口语里还表示时间或过程很快。例句：这才几天时间，田里的稻子都收完了，收割机割稻就像放电影似的。

放牛山——各地都有此命名的山，准名词。而在庐江话里面另有所指，通常是对言语、行为污秽放浪的人的讽刺。言语中后缀都带一个"上"字，如：那几个人讲话七扯八拉的，像放牛山上下来的。

蜂子潲——像蜂窝一样凌乱不堪的样子，多形容人的头发。

嘎鹅对——本意是乡间散养的鹅在叫唤时一叫一应的情形，这里指骄傲、吹牛的神态，多为大人说小孩，戏谑语。

钢力锅——铝锅，或带盖的小铁锅。

夹肢窝——胳肢窝，腋窝。《儒林外史》第四十二回："姑娘们拿出汗巾子来揩，他又夺过去擦夹肢窝。"

胳窝毛——腋下的毛须。

解（gai）大锯——本意指锯木头一来一回的过程，口语中多指循环往复没有创新的劳动和环境。

狗屌尖——见单词"狗屌"，语气的延伸加重。

狗勒（lēi）子——形容人跑得很快很专心的样子。

狗肉账——琐碎的、已过去较长时间的来往账目。

狗屎厌——多为大人对小孩的戏骂，语较亲昵。周边巢湖、无为都有此说辞。

狗屎运——意想不到的好事或运气，口语前面多带有"走"字。

寡心头——又作"寡汉头""寡汉条"等。单身汉，多指男性。

光胡子——挨了批评，斥责。

鬼窜魂——出乎预料的到来。通常用于这"到来"给正在进行的事情起了反作用。

鬼画符——通常指字写的丑陋难看。有时也形容敷衍了事。

跪踏板——讽刺人怕老婆，被罚跪在床边的踏板上。如今多说“跪搓衣板”。清·漱六山房《九尾龟》第一百回：“你怕不怕，跪踏板不跪踏板，都不关我什么事体。”

锅边嗅——围着某个场合不愿离开，为了想得到一点便宜或好处。

掴栗子——用食指和中指弓起关节处攻击人的头部。

哈哈（hǔ）人——见“哈人”单词，语气略微加重。

海海呵——没有主见，对众人的说法或行为不分对错地跟随、认可。

害伢（开口上颚发声，浊音）子——怀孕期间的妊娠反应。江苏盐城等地有同样说法。

汗抹抹——汗津津、汗渍渍的意思。

憨踏踏——行动或做事、说话较迟缓，性格憨。

喊街（gai）的——像街上的贩夫走卒一样不停地叫唤，也比作像街头夜里打更的一样，按时按点地敲锣通知，多为大人形容不停叫唤的小孩子。

汗巴巴——汗水未干、潮潮粘手的形容。

呵卵脬——脬，膀胱，也可作“呵卵泡”。词意为拍马屁，奉承。《金瓶梅词话》第53回：“自家又没得养，别人养的儿子，又去溷遭魂的，挜相知、呵卵脬。”例句见庐江民间故事《大老头子，小老爹爹》。俗语有“呵卵泡不要带摇篮”等。

喝寡酒——喝酒时菜很少，或不对口味，少了酒兴，俗称“喝寡酒”。

嘿卵天——几个意思。一是吓死人；二是表示“充其量”等等。

红把子——风头强劲、被看好或重用的人。

红花草——学名紫云英，之前农村种植双季稻时，套种在冬末和春初田里的一种草类植物，开花时犁翻埋入泥土腐烂，成为优良的有机肥料。有童谣这样唱：小小草籽扁扁圆，躲在田里过大年，人家开花都结果，它一开花就犁田。

哄大堆——往人多的地方挤，爱凑热闹。

狠人屎——贬义，多用在不得人心的仗势欺人、蛮横无理的情形之中。

话把子——给人做谈资的话柄，《辞源》解释：“古人清谈，多执麈尾，僧人讲法或执如意，故有谈柄之名。”“谈柄”，即话柄，也就是“话把子”。

花狐猫——狐猫，狸花猫的别称。指脸上和身上弄的很脏，垢渍一块块的很明显。

花架子——徒有其表，名不副实，中看不中用。有说法该词源自明朝黄道婆教人纺织的传说。

花张经——不踏踏实实地做事，找各种借口偷懒，磨洋工。廖大国《文学作品中的江淮方言词语例释》、王光汉《庐州方言考释》中均收录为"花头经"，意思相同，为语音变异所致。

徊惛头——不能最终确定的事情的发展走向。陈士寿《安徽庐江南部方言研究》一文引用并收录"徊惛"单词。

伙新新——因为对新鲜的事物好奇而去接近和了解，或者参与进去。

火焰矮——对人胆小的形容。

回头水——收获了一批钱物后，在原基础上再次收益。当然根据语境的不同意思会有改变。

急躬躬——着急的神情。

鸡划命——本意指乡间的鸡类在门前屋后划拨草丛叶烬觅食的情景。口语中多为对忙忙碌碌无所建树的、平淡生活的自嘲。见散文《鸡划命的微幸福》。

鸡下廓——鸡嘴下啄部分。方言里多形容人话多，把有些不能说的公之于众。常见口语有"吃多了鸡下廓"。

挤牙膏——指做事不一气呵成，一小点一小点地做，或者表示给予他人东西时抠门舍不得的样子。

挤油渣——庐江方言中，通常指寒冷冬日天气里、儿童靠墙上相互拥挤取暖的场景。

家伙三——重点为前面"家伙"的意思，缀以"三"，为口语拖音。方言中也有说成"家伙参（can）"。例句：这家伙三子，叫他吃饭再走，却一溜烟跑了。

家伙收——结束，完成。也指算了，不再继续之意。

夹哄里——或叫"夹缝里"，夹在中间闹事。

将前之——两个人或者两样东西特别像。

绞裆毛——本意之屁股沟里的体毛。口语中多形容难缠不讲理的人或行为。

精咋咋——精神饱满、精力旺盛的样子。也作"精炸炸"。

精渣味——和两字词"精味"意思相同，加个"渣"更显口语的动感和语义加重。

精咤咤——同"精炸炸"，形容人言语宏亮、精力旺盛的样子。

精拽拽——和上面意思接近，也用于形容面粉等食物有弹性、韧性。

开地单——临时在地面铺设的床铺。一般为夜晚人多时所设，也有说作"打地单""滚地单"。

开秧门——之前人工栽插秧苗时，每年刚开始栽秧的日子，在田头秧田边焚香放爆竹的祭祀仪式，俗称开秧门。庐江周边及其他省份都有此习俗。

看秧水——水稻育秧期间，秧苗随着气温的回暖，长得快，适时给秧苗田补充水分很重要，同时也能把握好秧苗分栽的时间。用在口语中相当于"看这情况""看这样子"等意思。四川部分地区同有此说法。

苦爬爬——指生活境况或者面部表情不好，苦涩寒酸的样子。

挎（方言音 kuan）大袋——一般指背着袋子乞讨的人。挎，在庐江话里说成 kuan 音，比如"胳膊上挎（kuan）个篮子"等。

拉巴（bá）巴（bà）——通常指小孩大便。

癞癞姑——癞蛤蟆。

老疙疙——体积小而结实。《方言》卷十里收录为"老革革"，明李实《蜀语》："老曰老革革。"与其对应的俗谚：一个鸡蛋蒸一酒杯，老疙疙的。

老牌子——完全可以胜任并办好某项事情。也可表示资格很老。

冷板凳——招待不热情，爱理不理的情形谓之"冷板凳"。该词出自《曲律》："清唱，俗语谓'冷板凳'，不比戏场借锣鼓之势"；《辞海》有"旧时讥笑乡村私塾先生的清冷职业为'坐冷板凳'，也比喻冷遇。"

连火夺——夺，或为垛，连续叠加之意。其初意为抽烟之人一根接一根不停地抽烟，引申到日常里为连续不停歇地做某件事情。

亮光亮——明明白白、清清楚楚。有谚语"萤火虫照镜子，亮光亮"。《新华方言词典》收录有"亮打亮"，为上海方言，义同。

撩撩子——对喜欢炫耀、撩拨、挑逗人的意思。多用在女性及小孩身上。

撂掉之——和"搭掉之"意思一样，不可救药。

六月六——以前南乡划龙船的日子。俗谚有"六月六，家家晒红绿"。

肋不骨——前胸肋骨。

罗髋腿——罗圈腿。

麻布罩——以前夏天套在小孩胸前的简便衣服。庐江汤池、白山等地也说"罩褂子"。

蚂蟥瘾——一种体形较大的蚂蟥，遇外界刺激会缩成一团。口语中多用来形容小孩子不讲道理。

麻雀屎——一般用在"话多"的比喻。四字有"夹麻雀屎"。

猫抻屌——做事情不专心扎实，偶尔伸下手。

猫贶（càng）痒——做事马虎，不认真。或者点到为止，不求深入。四字有"猫痒自贶"，见后文，意思不同。

毛估猜——粗略估计，大概。四字有"毛估天猜"。

毛拉拉——毛须很多且凌乱的样子，也指杂乱无章的状态。

慢镜头——现代口语方言，形容人事情过程清晰明了，不存在隐蔽之处。也有比喻人做事不慌不忙、不急不躁的样子。

磨洋工——混时间，不踏踏实实地做事。其词原为中性。洋工，早年指给外国人做事。旧时建筑过程中有一道工序叫"磨砖缝"，必须耐心细致。时代变迁，今日"磨洋工"一词已成"混时间"的贬义。

没耳性——没记住，没放在心上。《红楼梦》第二十八回："薛蟠连忙自己打了一个嘴巴子，说道：'没耳性，再不许说了！'"

没得子——得，此处为"底部"的意思。没有底子。例句：别信他托，他扯谎都没得子。

没头行——做事没有好的计划安排，效率低下不尽人意。

门道精——对某些方面很精通，熟悉。有时也为反义，讽刺人不是很精通、熟悉。

门对子——春联。

闷屈屈——闷闷不乐的神情。

闷独独——一个人悄无声息、不显山露水地做某件事。例如：他在群里很少说话，看到红包都闷独独地抢。

摸卵细（xí）——指做事情慢慢吞吞，来来回回、反反复复的样子。

磨屁股——扭个屁股的时间。指时间很短。

米达尺——上面有厘米、毫米等刻度的长度计量尺，之前用于裁缝等行业。

拿样子——故意做样子抬高自己。

闹人家——串门去拉呱聊天。合肥话有"闹门子"，意思相仿。

牛打角——除了本词意思，口语里多指两个人打架争斗。

能豆子——戏谑人聪明、敏捷，略带贬义。

农垦米——水稻产区对单季粳米及双晚粳米的口语称呼。

怕死人——可不能当怕死的人来理解，这三个字在口语里可以是很脏、很难看、不能直视等意思，根据环境不同而改变。

鳑鲏子——一种体积小、肚子大的淡水小鱼。

脖大嘎——指人讲话办事轻浮不稳重。

皮大磨——皮，耍赖、推诿之意。整词指人在账务、工程等事由中对曾经做出的承诺达不到，且以各种借口拖延，耗时间。

皮猴子——疲劳、吃力的情形。

皮鬏鬏（kuan）——表皮松弛、拖拉的样子。

纰漏子——出了较严重的差错。

齐大伙——众人一同齐心协力地去做某件事。文学名著《红楼梦》中为"齐打伙"："来了一个多月，连半个钱也没见过！想来跟这个主儿是不能捞本儿的了。明儿我们齐打伙儿告假去。"

起床气——起床时情绪不好，气嘟嘟的神情。与之类似的还有"揭锅气"等。

气骨骨——气鼓鼓。在方言发音里更有味道。

茄怕之——茄，应为"怯"的音变。因为人或物某些方面的特征有优势，而令接近者有所顾忌。

枪铳的——骂人语，挨枪子弹的意思。

敲竹杠——对敲诈勒索、或涉嫌欺诈的不良恶行的称谓。天津、广州等多地有此说法。《今晚报》刊文解释该词的来历：林则徐禁烟时，有的船家违禁贩烟土，密藏于船舷中。一日，一名关卡师爷信手在竹杠上磕了几下烟灰，竹杠声音低沉，船家心虚，以为机关已被识破，急忙奉上银两。这位关卡师爷尝到甜头，以后每上船检查，必大敲竹杠，大捞"外快"。

铅角（音 ge）子——角在庐江方言里发音多为"ge"，如钱币单位、豆角等。此处泛指一元、五角、二角、一角等市面流通的硬币。

亲诳引——见"亲诳"单词，加"引"字语气变得更为亲昵。

勤人家——多指女子正在寻找婆家。勤，在此处是寻觅，找的意思。

瓢不经——不废什么力气，不需要花太多的功夫。例句：陈老二真不怂，在外包粉刷，瓢不经的一个月就挣了一万多。

人来疯——一般多指小孩子在越是人多的环境里，越喜欢撒娇任性。廖大国《文学作品中的江淮方言词语例释》收录为"来人疯"。

软供供——身体疲软，没有支撑力。

骚尖子——禽畜类动物粪便的排泄部位。

三不知（三不之）——王光汉《庐州方言考释》考据合肥话为"三不知"，偶尔，有时，不经常。《金瓶梅词话》第十三回有"那西门庆三不知正进门，两个撞了个满怀。"《平妖传》第十二回："贾道士不便冲撞，只得忍耐，过了几日，三不知又问起来。"和另一合肥口语"三不三"意思基本相同。但民间还有一个俗语"一问三不知"，出自《左传·哀公十七年》："吾乃今知所以亡。君子之谋也，始（开始）、衷（中）、终（结局）皆举之而入焉，今我三不知而入之，不亦难乎？"这番话出自荀寅之口，"三不知"是指不了解事情的起始、过程和结局。所谓"始、中、末"皆不知，容易混淆。所以在庐江话里写作"三么之"、四字"三不四之"等，"之"字或许更接近方言口语，更通俗易懂、形象传神些。

三脚猫——比喻手艺不精，样样都会一点皮毛。苏、浙、沪等地都有此说。该词最早出自明朝，明人朗英在《七修类稿》记载："嘉靖间，南京神乐观有三脚猫一头，极善捕鼠，而走不成步。"所以，"俗以事不尽善者，谓之三脚猫。"

三十晚——农历除夕夜。庐江俗谚有："三十晚上吃大麦糊，不准备过年；三十晚上打纸，把鬼忙之；三十晚上淘汤，出门就下雨"等。

三只手——小偷，梁上君子。北宋时，东京汴梁黑道上有个声名远播的神偷，因江淮游戏规则，他从不透露真名实姓，人们也不可能对此探问，只知道他的外号叫"三只手"。当时的小偷行窃，往往将一枚铜钱的边缘磨薄磨利，用以割划他人的腰包、口袋，俗称"跑明钱的"。但这个神偷，却无须借助任何工具，只要擦身而过，便能轻易得手。他曾为同行献技，高举双手，在众人的注视中，一挨他人身旁便偷得财物，好像身上还长着第三只手，于是人送外号"三只手"。另外一种说法认为，该词是外来词。出自古罗马剧作家普鲁斯的剧本《一坛金子》之内容：剧中老爸吝啬鬼尤克里奥丢了一坛金子，怀疑家中奴才，要他伸出手来查看，看了一只，没有；再看一只，还没有；最后要奴才给他看"第三只手"，从此便有了该说法。

送日子——庐江方言里通常指男女双方在确定结婚喜日前，男方先定下好日子，并以虔诚、隆重的方式通知女方。事实上，这个确定的日子之前已和女方交流洽谈过，所以，所谓的"送日子"总体上只是一个走过场，其主要目的是起到告知女方的邻里亲戚，这桩大事已至水到渠成的地步。而后会有和其相关联的习俗"送喜茶""送嫁妆"等环节。在相邻的无为，口语说法为"下日书"。

送暴工——给人帮忙只需供给茶饭烟酒，而不须付工钱的劳动。江苏宿豫方言里相似场景为"倩工"。

烧辣话——烧，可理解为烧酒，辣，辣椒。这两样都是辛辣之物，和它们相仿的话语可想而知，当是"不满、愤懑、辛讽、揶揄"等情感交错的综合。

四块瓦——一种冬天戴的、可以保护耳朵的帽子。

随大流——也写作"随大溜"，与众人保持一致。《儿女英雄传》第十二回有"俺这姑娘这打扮可不随溜儿"。

烧土粪——用稻草、树叶等烧制土质有机肥。

蛇皮袋——塑料制包装袋，以前指包装化肥等农资的包装袋，现在涵盖面很广。

失唠唠——和"失孬孬"略有不同，这里指缺少说话的人，落寞孤单的情形。

失孬孬——失落、不开心的样子。

湿哒哒——潮湿，水分重。

十大海——海，海碗的简称。十大海，也可以说成十大碗，也就是十个上席的大碗菜。同有此说法的六安地区十大海分别是"粉丝、扣肉、圆子、豆腐、辣糊汤、鸡、鱼、鹅、肉、青菜"。而庐江乡话里的"十大海"通常都有哪些菜？笔者根据走访记录，大致了解有如下一些传统菜肴：红烧鸡、红烧鱼、红烧肉、大圆子（糯米加葱姜制成）、小圆子（瘦肉剁碎加淀粉制成），炒生腐丝（俗称和气菜），芫荽菜拌花生米，氽肉，氽鱼，咸鸭烧黄豆。当然，因为地理和节气的原因，各地具体的菜肴有所不同。

十碰一——偶尔遇到，次数很少。

屎糊心——形容人犯迷糊，脑筋一时转不过弯。

手抹（ma）子——手套。

手捏子——手帕。江苏扬州、江西南昌等地有同样称呼。

手曲子——行为上日积月累形成、一时难以改变的习惯或方式。

熟叨话——叨，应为"倒"的音变，翻来覆去说着相同内容的话。

书啖（tan）子——也有写作"书谈子"。总是照本宣科说着书面上的教条话，也含有上面"熟叨话"的意思。

竖蜻蜓——一种以两掌撑于台面（或地面）、将全身倒立支起的姿势动作。在庐南传统的狮灯表演中，有一个节目叫"竖蜻蜓"。一般表演者必须经过特殊技能训练。《西游记》第二十八回："或有那遭网的，遇扣的，夹活儿拿去了，教他跳圈做戏，翻筋斗，竖蜻蜓，当街上筛锣擂鼓，无所不务的玩耍。"

双不子——双胞胎。

水捂子——热水袋。

水端子——水舀子。

水渍渍——水分比较多或者潮湿环境的代称。

淘气爬——多指小孩顽皮淘气。

趔趔倒——走路重心不稳、摇摇摆摆的样子，通常指人生病或超强度体力劳动后身体极度虚弱的情形。

泰泰（tǎi）的——很稳的，很轻松悠闲的。

抬竹杠——抬杠。杨广恩在《争辩因何又叫"抬杠"》中说："过去，我国民间过春节闹元宵常常会有形形色色的花会，其中有一个奇特的'抬杠会'……由众人抬着一根巨大的杠杆，杠杆翘起的一端安着一把椅子。一个身穿红袍、头戴纱翅帽的丑官坐其上。这个丑官没有固定的台词，他的任务是即兴回答观众提出的稀奇古怪问题，以致互相争辩、拌嘴，常常逗得人们哄堂大笑。久而久之，人们就把类似于现在'脱口秀'节目的对话称为'抬杠'"。

糖糖嘴——从嘴里过一下，意思一下，没有实质性的得到。

通通亮——孔、洞等透明见光亮。

突不舌——突，"吐"的变音，说话结巴、语句不连贯之表现。

土块渣——一个个小土块，体积多不大。

托骨散——用花言巧语蒙骗人，和说谎意思相似。也有说为过去江湖人随身带的一种神秘药物"脱骨散"。

外不子——外甥。相近的"外不媳妇"，外甥的妻子。

碗头鱼——在民间，和碗头肉、碗头鸡一起组成大席或者祭祀中必备的三道重点菜。

玩意帐——不是很重要的，无足轻重的应付。抑或很轻松地干完一件事。

王大韶——民间口语中的人物，庐江南部称呼为"王大朝"。较普遍的说法是：王大韶，号龙门，居庐城钟楼桥，清朝嘉庆十二年（1807）丁卯科举人，未授官职。他家境贫寒，生活困难，在家侍奉老母尽孝。他有捷才，颇自负，好打抱不平，蔑视权贵，常戏弄为富不仁的人。他的行事方式，难登大雅之堂，但民间流传甚广，和其相关的故事不下几十则，多言语粗俗，情节涉淫秽。口语中有"王大朝的话"一说，借喻"不可信的""不好听的"等多种意思。另，《湖湘文化名人衡阳辞典》也有同名"王大韶"注解：王大韶（生卒不详）字心雪，晚年自号衡岳野樵，明湖广衡阳县人。青少年时期求学于石鼓书院，曾从师湛若水、蔡汝楠研习阳明理学，系蔡氏所称"朱陵六凤"之一。嘉靖三十一年（1552）举人，后以孝廉荐举制科，授江西建昌府推官，有廉声，迁直隶凤阳府、泗州知府，官至御史。学识渊博，博古通今，致仕后曾主讲石鼓书院，参与编纂、重校首部《石鼓书院志》，为后世留下了极为珍贵的有关书院史料。需要说明的是，此非同一人也。

望谱子——估计，预计。

望人呆——自以为是地以为人家不知道，把人家当孬子。

望人穷——巴望着别人家的日子不如自己，对一种阴暗心理的刻画和讽刺。

瘟头鸡——形容人无精打采的样子。

温汤热——也说成"温吞热"，指人慢性子，"老虎来了都看个公母"的不急不躁神情。或者做事态度模棱两可，没有确切的方向和规划。

我喜欢——这个词看似太寻常、简单不过，其实在方言里，有一种语境不是字面的我"喜欢"什么，不"喜欢"什么，而是带有幸灾乐祸的如"怎么样？""叫你不相信啊"之类反问语气的表达。例句：叫你把作业做完再去玩，非不听，挨老师批评了吧？我喜欢！

五爪庙——口，嘴巴的戏称。口语中有"修五爪庙"一说，意即吃喝一事。

雾渣雨——星星点点的毛毛细雨。

下芜湖——特指小孩尿床。因芜湖为水乡，水多，谐喻水渍泛滥。见小品文《庐江方言里的下芜湖、下扬州、下江南》。和其同义的"下南京""下三河"等。

下味子——本意指钓鱼时在水面撒下香味的饵食引鱼聚集，日常中引用为送礼、请吃喝等不良风习。《警世通言》卷三十五有："得贵小厮老实，我且用心下钓子。""下钓子"基本与"下味子"相仿。

现世宝——骂人词，作孽，出丑，或者没本事。《红楼梦》第六十五回："我们金玉一样的人，白叫这两个现世宝玷污了去，也算无能。"

小包车——轿车，小汽车。

小菜子——通常指佐餐的腌菜及各种泡制的小菜。廖大国《文学作品中的江淮方言词语释例》里注释为"泛指各种菜肴"，有差别。

小耳朵——非字面上的耳朵小，实乃偏听偏信的意思。

小大姐——庐江话里多指年纪较小的未婚女子。《金瓶梅词话》第八十三回："原来是小大姐，没人，请里面坐。"

小攮子——短而小的尖刀。《施公案》第八十七回："且说三人围住性本，王殿臣见性本手法漏空，跟进一步，'哧'一攮子，扎住性本的手腕。"

小火轮——本身意思为水面上一种运输工具。方言中多形容抽烟之人烟瘾大，一根接一根不脱火。

小游子——也有写作"小油子"。多指不务正业、游手好闲的地痞流氓一类人。

笑唧唧——面容和蔼，充满笑意。

懈不开——领悟不透，不能很好地理解并付诸行动。

星露水——露水。

兴人情——相同语式有"出人情""包人情""作人情"等，意为做大事时包的钱或物等礼仪物品。

胸门口——胸口。

雅雅悠——舒服、轻松不费力的想法或事。例句：他尽想雅雅悠，以为打了除草剂就不用管了，哪晓得刚一个来月草都荒了。

檐老鼠——蝙蝠。

眼皮嫌——看见不属于自己的东西想要去拿回来。

仰八叉——摔倒，四脚朝天的样子。《儒林外史》第五十四回："看见和尚仰八（巴）叉睡在地下，不成模样。"《施公案》第一百四十六回："只听咕咚一声，那人栽了个仰八叉。"

洋辣子——一种生存于草丛和植物叶面的昆虫，学名褐边绿刺蛾，属鳞翅目刺蛾科。其幼虫虫体有毒毛，人体接触会引起瘙痒、肿痛等不适症状。民间普遍的解毒方法为将其体内毒液捏出涂抹患处。

佑一下——傍在别人后面吃饭或者依靠别人的帮忙将某事做了。例句：张哥，今天的中饭就跟你后面佑一下啦。

一饱逮——不挑食、畅快淋漓地饱餐一顿。

一包渣——物品碎得很多、很严重。

一初了——当初，一直就。例句：一初了就讲这么干不照，非不信，搞出事来了吧？

一丢丢——一点点，很少。

一锅熟——本意指饭菜等一锅烩就，引申为做事不分轻重缓急地搅在一起。一锅煮相同。

一尕尕（ka）——同上，一点点，或者很小。

一句话——除了字面本意，口语里还有一种承诺口气，"没二话""就这么定了"等语境。

一句子——庐江坊间对一种言语表达障碍情形的称谓。

一门经——心无旁贷地做某一件事。

一门清——本为打麻将术语"清一色"的别称，口语里有"整洁、干净"的兼指。

一钱钱——很小，很少等意思，以所处环境来判断用法。例句：这弟兄两个为一钱钱小事吵得天翻地覆的。

一头冲——做事一头热，没有过多考虑。

一万六——很多的意思。多带有讽刺意味。

意思帐——对某件事一个走过场的交代，意思意思。

硬起埂——本意是牛在田间耕耘时不听使唤，强行往田埂上跑的情形，生活中比喻做事过程中没有恒心，不顾后果、半途而废。

油奶奶——油滴滴、油汪汪的样子。例句：山粉圆子和五花肉一起烧，油奶奶的才好吃。

有人家——庐江话里有一层语义为"已许了婆家"。

原还原——回到原来的样子，没有成效或进步。

再不讲——不可理解为"再也不讲"，而是"理解、懂事、懈开、悟通"等意思的融汇。例句：就晓得抱着手机玩，再不讲把桌子收拾一下，马上吃饭了。

扎不剌——指植物枝、茎上的刺，如蔷薇、月季、刺槐等。

乍不乍——偶尔，有时。

张个猫——露个面，或短时间在现场，比喻对事情不是很上心。

找苲子——也写作"找碴子"。通常有两种意思。一，犯了错被追究责任；二，挑毛病，找问题。

正经事——本意指正规、正统的事，庐江方言里多指婚丧嫁娶、上梁进屋等重要居家大事。

纸壳（kuo）子——纸箱等纸质包装物。

朱砂丸——本为药，主治心脏中风，手足惊掣，心神狂乱，恍惚烦闷，言语塞涩等。庐江方言里指人脑筋错乱不做主、疯邪无常的形态。例句：你这样横干什么，吃了朱砂丸啊？也有说成"朱砂料"的。

猪不龙——和"不顶龙"语义接近。加上猪字，句义更加直观，多体现为贬义。

猪头罐——和"猪不龙"意思接近。四字有"猪头罐子"。

竹节筒（tǒng）——筒，或为捅，本意指竹子从一端按顺序将竹节捅去，让里面的空间连贯起来。日常口语里将从一个地方往另一个地方移动也称为"捅"。此处多形容人得寸进尺、在利益面前止不住手的行为。

装迷马——迷马，迷糊。装佯，装作不知道，不懂。

找琵琶——本词语可以拆解理解。琵琶，或许为"皮啪（挨打情形）"的字音，该词意思是"找碴子""找到缺点借题发挥予以惩戒"，考虑到用字美观，暂录为"找琵琶"。

爪子钱——高利贷。

嘴不怂——指人做事或讲话在言语上不肯示弱。这是一条覆盖面比较广的口语，东到无为东乡，北到省城合肥，南到安庆铜陵都有此种说法。该词在庐南更是包罗好几种意境，可以为夫妻打情骂俏间的戏语，可以是大人训斥孩子的犟嘴多话，也可以讥讽他人的狂妄自大。

作天变——对善变、喜怒无常脾气及性格的比喻。

四字口语类（说明：四字口语类单词由于方言特性，用字偏于口音，对有存疑的字以通用、浅白为准）：

捱头松务——指有固定模式、不须变通的事情。也指人做事方式粗糙简单，不去开动大脑、灵活运用，使其做得更精更好。

按时按节——按照时令和节气做事。比喻人时间观念很强，不拖延，不滞后。

巴巴艿艿——物体之间因潮湿沾黏不分的样子。也形容于人相互间藕断丝连的交往。

八不到五——头脑迷糊，分不清事理。

半半拉拉——事情做到中间，不上不下的。

半边之子——女婿。

绑板凳腿——一般指打麻将及其他娱乐活动中，自己不愿离场，或者因为众人的不允许而不能私自离开的情形。

鼻涕拉呼——鼻涕拖出，或伴有眼屎，形容脸部脏兮兮的情形。

边打边相——该词源于木匠等手艺人打制器具过程中对器具造型、结构的反复构思设计。口语中亦指对"正在进行的事物的摸索、揣摩"。

不上正纲——多指讲话不在重点，跑偏主题。或者处理问题的程序不对。例句：他这人讲话，讲着讲着就不上正纲，尽放岔。

草皮毯子——不正规、不上台面的方式或表现。和形容乡间唱戏的"草台班子"一语有相似之处。与其同步的口语有"草皮毯子交易"。

长天老日——泛指夏季白天时间长，阳光强烈。《红楼梦》第二十九回有"贾母因向宝钗说'你也去，连你母亲也去；长天老日的，在家里也是睡觉'。"

扯锅巴情——对人的帮忙没起到实质的作用，多为自嘲。

扯谎撂屁——撒谎，说的话很假。

抻头缩颈——多贬义，由不雅的姿态而讽刺人品行不是很好。同后面"伸头缩颈"。

抻硬金棍——比喻人对某一件事虽然没有把握，依然包揽、不服输的表现。

冲头冲脑——讲话冲人，不友好。

丑不拉亥——丑陋难看的样子。

出气冒烟——也作"出气带冒烟"，多用在戏谑人没出息，受一点小的挫折就消沉之口语。

戳鳖搠三——两面三刀的意思。

打水不浑——因为势单力薄，导致做事效率很低。廖大国《文学作品中的江淮方言词语释例》里注释为"无济于事，不足以解决根本问题"。和庐江话有细微差别。

大大哈哈——大大咧咧。

大大样样——大大方方，堂堂正正，也可作明明白白、清清楚楚讲。

大放四开——四周通透敞开，没有一点遮拦。

大卵架子——做事不细心，马大哈。

大手大脚——花钱不心疼，不珍惜。

倒霉十七——运气不佳，倒霉意思的延伸。

叨你爱西——口语，接近于"你这孩子""你这家伙"等意思，语气显融洽、亲密和蔼。

倒巧卖乖——贬义，讨好、奉承的意思。

搠西瓜杈——本意是西瓜发育成长过程中掐头打杈、促其分蘖的一个环节，方言口语里多形容将谈话或做事的重点、主题岔开，引入到不被关注的氛围中去。

到边到拐——做事很全面，不落下任何一个细节。

呆不痴痴——此为方言常见"A不BB"构词方式，形容人的神态痴傻，神情呆板。江苏方言有"呆不致致"，《海上花》第七回有"耐看玉甫近日来神气，常有点呆致致。"

逮马老板——根据多方调查，此话来源版本不一，较合理的是源于民间故事：北方有马贩子带着群马来卖，因为江湖丘陵地带的特性，马匹不是很好销。无聊之余，马贩子们加入到当地的赌场中消遣解闷。因为不熟悉本地赌具的技巧和方法，常常输多赢少。反之，当地赌场自然稳赚少赔。后来方言里将钱财来的容易俗称为"逮马老板"。详见随笔《逮马老板》。

逮手颈子——被抓到证据。口语中多延长为"逮到手颈把子"。

吊儿郎当——做事不认真，不负责任。

点头各脑——听话、顺从的样子。

跌倒滑到——不求好，破罐子破摔。

叮当碗凵——板上钉钉的事，安全牢靠。碗坎，碗倒扣过来，形容密实把稳。

顶门柱子——家族里支撑门户、讲话算数的当家人。《红楼梦》第八十八回有"顶门壮户"一词，意同。

蹲马撕胯——做某件事之前或过程中，掀起很大动静的架势。

鹅（音 wo）脚鹅板——或者说成"鹅却鹅板"。字面应为"讹脚讹板"。意为得理或仗势不饶人、不通融。也指因优势或技术不愿与人分享，凭此拿捏人家。例句：瞧他那个鹅脚鹅板的样，我若不是着急赶时间才不受那个气呢。

鹅咀鸭舌——你一言我一语，没有重点，没有导向的意见。俗谚有"鹅一嘴鸭一舌"句。

二（耳）搭毛子——发型的一种，接近于齐耳短发。

二道贩子——通常指不是第一手的、贩买贩卖的交易，某些场景可和今天的"非原创""盗版"相提并论。

发物头子——也有说作"犯物头子"。多指比较调皮、劣顽的小孩。不同于下文的"怪物头子"。

封神榜话——捕风捉影、空洞无边际的话。根据名著《封神榜》里神乎其神的情节套用而来。

嘎不流几——形容人骄傲、轻狂的神态。

嘎不流腥——腥，腥气，狂傲、盛世凌人之意。词意同嘎不流几。

赶精赶肥——赶，在此处为"挑剔"之意，精，此处为瘦肉。说人挑选东西时过于挑剔，要求过分。

高来高去——由"糕"字谐音而来。庐江民间有习俗，但凡做正经事有带糕的，主家须回赠客人以糕，称"糕（高）来糕（高）去"。

个赶个别——指从众多物品里挑拣出来、品相相对较好的小部分。

隔墙搭山——山，音为四声（shàn），山墙，传统起脊房屋的承重墙。这里指只隔一道墙的邻居。

狗屙亲菩——指一群品行不好的人为了利益而相好、纠缠在一起。用两个成语可以更形象地诠释它的语意：物以类聚，臭味相投。该词里的"菩（pū）"字，走访中发现可以有两种写法，也就是说一种意思可以用两种不同的载体来隐喻。一为"菩"字，可以将该词分开成"狗屙"+"亲菩"来理解，"狗屙"，乡间大不敬之物，用来孝敬菩萨自然是心无诚意。

言下之意为图利益，而拿"狗屁"来讨好、敷衍欲接近之人。二是"谱"字，音为平声，读成"菩"，以"狗屁亲"＋"谱"组成，"狗屁亲"一词在方言里为"不是正宗的、强行扯上关系的亲戚"。"谱"，即家谱。该词可理解为"不是很亲近的人为了某种目的，投机性地聚集到一块"，这样一来和词意较吻合。

狗皮膏药——时下语境多指不正规的、仿冒的产品。部分地区为耍赖、纠缠不清的代指。民间传说"狗皮膏药"为铁拐李所传，本为治筋骨外伤的良药，慢慢演变成今天与本意完全相反的贬义意。

狗屎稻草——也作"狗屎连稻草"，比喻藕断丝连、纠缠不清的状态。

谷六板扯——应为"骨肋板扯"音变。肋，庐江方言里说成"六"音，形容讲话头头是道，神气足，肋骨都鼓起来。多指人小鬼大、说话有板有眼的样子。

骨头骨脑——一般指饭后、肉类菜肴剩下的残羹碎骨。

寡话牢骚——因为心里不痛快，发牢骚的话很多。同义句式有"寡话一锅吃"。《庐江县志·方言》收录有"寡话唠叨"词条。

怪物头子——行为或性情古怪奇特的人。《金瓶梅词话》第七十六回："那个骂他是丑冤家，怪物老，猪八戒，坐在冷铺里贼。"

光光净净——干干净净。

锅槽碗盏——也有说成"锅灶碗盏"。本意指厨房里的厨具碗盏一类，引申为日常生活中必需配置的小件物品。

鬼讲十七——说的话没有事实依据，得不到别人的相信。

锅通屋漏——比喻处境非常艰难。

还（鞋）好袜破——庐江东南乡口语里"鞋"音多说成"还（hai）"音，问答句式中，前面的人说"还好"时，后面人反驳或否定的回答为：鞋（hai）好，袜子破。比喻事情做的不完美，不理想。

汗毛竖竖——受到惊吓、害怕的样子。

呵脬撮卵——拍马屁、阿谀奉承之意。

黑六黑七——或为"黑拿黑吃"的变音。私下里打点处理，不让其他人知道。

黑不溜秋——形容皮肤或物体很黑。

喉咙似海——谚语"喉咙深似海，吃断脚梁筋"的缩称。劝戒人不可胡吃海喝，当适当的节约控制。

红冠吊耳——原意指母鸡长到一定阶段之外形体征。口语中隐喻人生长发育的很好，却不去做对应的、力所能及的事。

胡大胡二——不是真心实意地做某事，潦草随意，有糊弄的成分在其中。

虎势狼烟——接近"山猫野狗"的意思。

花头点子——花头，花招。一般形容秃顶或头发稀少之人。这里指为做某件事或者得到某样东西寻找的各种借口和理由。章炳麟《新方言·释言》："今人谓人狡狯弄术曰起花头。"

滑边揩嘴——讲话俏皮，好听。亦有讨好、奉承之意。

欢在一块——将东西搅和在一起。

慌不撮卵——慌张、凌乱的样子。

昏头奔脑——形容眼花缭乱，注意力不集中的样子。

火烧屋檐——和"火烧眉毛"意思接近，比较紧急、危险的情形。

火星冒鏨——鏨，用金属器具对石块、木器雕刻、凿击的工序。引申形容为人脾气、性格暴躁。

伙干伙摊——在一块合作做事，赚的利润大家平均摊。在早些年的建筑工地上，许多工人都是以这种方式承接内外墙粉刷工程。

唧唧哝哝——同"叽叽呱呱"，形容声音嘈杂或说话喋喋不休。

鸡鹅鸭只——虽然词面上只有鸡鹅鸭，口语中常包含家中所有饲养的禽畜类。例如：我必须要搭最后一班公交车回村去，家中鸡鹅鸭只上窠的上窠，喂的要喂，一大堆事情在。

尖头巴细——不大度，喜欢占小便宜。

浇严密缝——很严实，没有一丝缝隙，同成语"严丝密缝"。本指物件器具，多引用到事情上。例如：他们两早就开始谈了，硬是瞒得浇严密缝的。

嚼大头蛆——大头蛆，腐烂物体或粪便中的一种蛆虫。意为说的是龌龊、不堪入耳的话。多形容人背后说人坏话。"嚼蛆"一词的加重语义。

筋筋拉拉——通常指肉质不好，筋皮连缀物多。也形容食物没烧熟，口感不佳。

精个拉瘦——也说成"精嘎拉瘦"，形容人或动物特别的瘦。

精味淘姜——戏谑人有好的东西捂着揸着，舍不得与人分享。

酒逢量饮——喝酒要根据自己的酒量来饮，才是正确的喝酒方式，才会有乐趣。

就汤下面——依靠现有的物质和时间，顺带着将另一件事情做了。《金瓶梅》第七十三回里有"借汁儿下面"一说，意思相仿。

看得看两（liang）——应从"看斤看两"变化而来。物体的数量或重量恰好达到既定数目，一丝一毫也不多出。略有"小气、吝啬"的意指。

磕头倡耳——倡耳，双掌合并弓腰施礼。整体为特定的情形里下跪行礼的状态。

咳咳爬爬——咳嗽、衰弱的模样。一般指人身体有疾，不自在的样子。

揹头揹脑——低着头专心致志做某件事。

阔阔大雅——宽松，没有一点拘束。多形容物体形态、或事情做的大气，漂亮。

拉瓜扯藤——说话、做事情牵扯上许多不必要的细节。

烂板凳腿——指人聊天或者打牌时不愿走和收场的情形，同"绑板凳腿"。

郎舅伙子——郎舅关系的人。

老逼老吊（diǎo）——自以为是、目中无人的样子。

老不儿子——一般指最小的儿子，亦同"老不丫头"。合肥话叫"小老汉"。

老颈把子——颈脖子。

里光外圆——泛指一样东西里外美观，没有瑕疵。口语中多用在形容说的话或做的事好听，好看，让人找不到缺点。

犁田打耙（ba）——本意指耕牛在田间劳作的两个阶段。口语中泛指所有严肃且辛苦的劳动。

连抢虚抢——和其同格式的词很多，如"连打虚打""连跑虚跑"等等。以"连抢虚抢"为例：特别赶时间并费力去抢。这个词的后缀一般是没达到所期盼的愿望。例句：天打暴，连抢虚抢的，到底还有一床稻子没收起来，淋湿了。

两不打找——两不相欠，互相之间扯平的意思。

乱七八糟——杂乱无章，混乱无序。通常说法认为来源于历史上的两次叛乱，一是西汉的"七国之乱"，一是西晋的"八王之乱"，因之"七乱""八乱"，所以有了"乱七八糟"。

流之（职）失教——没有教养，不懂事理、规矩。

零头拐脑——剩碎的拐拐角角。

流流（liǔ）淌淌——形容人或动物一个挨一个鱼贯而入的样子。

啰里巴嗦——啰嗦，话多。

罗着失魂——丢三落四，忘记事情。例句：你瞧你一天到晚罗着失魂的，自己出门穿的衣裳脱了，都忘记带回来。

奸巧十坏——品行奸诈，好使坏点子，也有说作"奸巧十滑"。

麻个癞癞——东西表面不光滑，粗糙有疙瘩。

马吊糊汤——马马虎虎，还可以。

猫痒自赑（càng）——赑，四声音标的唯一一个字。在词中意思为擦拭、蹭等。词组意思为一件事情自己开头，自己收场，过程自导自演。也指小孩胡搅蛮缠，大人不理，最后自己变乖、温顺的过程。

毛估天生——凭空想象，或者没有根据的推测猜疑。

毛里毛糙——质量粗劣，不精致。

闷头驴子——不说话或话很少，有什么事闷在心里。

蒙头一执——下定决心，不管外界怎么变化和干扰，专心做自己在做的事。

梦里梦张——也作"懵里懵张"。迷迷糊糊，仿佛还在梦里，通常形容人刚睡醒、惊慌的样子。

木里木骨——对"木骨"一词的加深延长，语气更重。

奶奶们经——原意指女人在一起絮叨交谈。泛指鸡毛蒜皮、零零杂杂的琐碎之事。

孬头吧唧——形容一个人傻傻的形态。

牛逼哄哄——形容对人吹牛、得意的形态。

爬高上低——劳作过程中上上下下、来来回回地忙碌。

皮子作胀——和其类似的还有"皮子作痒""骨头作痒"等，意为找抽、欠揍。

屁股长牙——一般对小孩坐不住热板凳或者很搅的比喻。

撒撒撒撒——搬拿物件时多有遗落或液体摇晃外溅。

七拉八杂——不同于七扯八拉，本词的意思是"附属的一些未计算到的"物件或事由。在古典中说成"七古八杂"。《通俗常言疏证·什物》：

168

"《探亲》梆子腔："不免将些面窝窝，扁豆角，七古八杂的，拿些去罢。'"本土例句：过年就是过钱啊，今天上街七拉八杂的又用了小千把（元）。

七老八十——年龄很大。

七娘八老——指一班人来自于不同的地方和家庭。

七屁八磨——说话虚假，不真实，搪塞，遮蔽。

漆黑挺硬——脾气耿直，不服软。

漆黑麻乌——四周一团黑的样子。《庐江县志·方言》收录有词条"漆黑摸乌"。

翘脚轧手——应是"翘脚架手"的变音，对坐没坐相、站没站相之不雅坐姿的形容。

亲唏鬼叫——说话或争吵时的声音很大。

清个郎朗——也有说成清个郎清，帐算的很明白或者把事情按顺序做的很彻底。

清丝亮脚——从头到脚都清清爽爽、干干净净的。

人情往费——礼尚往来的花费。

人瘦毛长——形容人的瘦弱，也指头发长时间没理，显得落魄、寒伧。

人五人六——贬义，得势娇宠、盛气凌人的样子。语或出于牌九点数：红八配黑八为"人六"，红八配任何七为"人五"。

人物卵子——戏称有头脸、有威望的人。多为讽刺语境。

肉头巴基——头脑糊涂、痴呆的样子。

三把推拿——在某些方面有一定的技术和功力。

三不四之——偶尔，有时候。

三姑六婆——泛指姑妈、姨妈等女性亲戚。该词在庐江境内和传统方言用法有出入：明朝陶宗仪的《辍耕录》、清代李汝珍的《镜花缘》都提及比喻"不务正业的妇女"。

三媒六证——旧时婚姻习俗用词，通常认为来源于民间故事。三媒，故事中的三个皮匠；六证，故事里的升、剪刀、尺、镜子、秤、算盘。

三请四催——请客或做正经事的开饭时段，对客人的多次催促邀约。

三日冒九——偶尔，不经常。《庐江县志·方言》收录词条为"三十冒九"。

三弯九转——形容人过于作弯、客气。

三阳开泰——汉族传统吉祥语和吉祥图案。《周易》称爻连的为阳卦，断的为阴爻，正月为泰卦，三阳生于夏；冬去春来，阴消阳长，有吉祥之象，常用称颂岁首或寓意吉祥。在庐江话里表示悠闲轻松、不慌不忙的样子，也有说成"三星开泰"。

饭店里——透露了机密或者出卖了对方。

少路途债——路途债，没有效果的跋涉。喻指做事不顺利，绕了弯道。本词有"欠你的、避免不了为之付出辛劳"之意在其中。

山猫野狗——很凶、不讲理的样子。

山上捉的——逆顽、粗野、不听话的说辞，多形容小孩子。

伸腰懒胛——干事时现出伸腰、扬手臂等懒惰症状，磨蹭、不专心的形态。

深更播点——本意指以前在夜里打更敲点、提示防火防盗的巡更人，口语里引申为故弄玄虚，故作神秘。

神神叨叨——翻来覆去地说一些相同内容的话，也指神神秘秘、不被外人知的说话。

生臭熟香——某些食品的特征是原始气味不好闻，烧熟后则有了特别的香味，如臭豆腐等。

生香熟臭——本词意思不能单向地和上面"生臭熟香"作反向理解，口语中通常为人际交往中，对陌生的人易生出暂时好感，而熟悉的人因时间久了知道底细，难免有一定的不以为然，不是很热情客气。

生眼生张——刚从睡梦中醒来，意识尚在迷糊状态的样子。也可表示在陌生环境里不知东南西北的窘状。

手便松务——松务，见两字口语"松务"，事情，活计。手便，指随手可做的、比较轻松、灵活性很强的事情。整个词语释义是：不需要过多体力或脑力付出，在轻松悠闲的状态下就可完成的任务及劳动。

手长毛蟹（hai）——提前将限额规划的钱物透支使用，也形容对不义之财的侵占和挪用。

手脚不稳——庐江话里指小偷小摸的人。《金瓶梅词话》第十二回："也是一家子新娶个媳妇儿，是小人家儿女，有些手脚不稳……"

手脚毛长——一般有两种说法。一是做事情手忙脚乱，不细致；二是如上"手脚不稳"之意。

手巾把子——毛巾拧去水，捏成团状。

手心手背——两种意思。（1）儿童游戏中的说辞，猜手的两面。（2）喻示都是属于自己看重的，例如：我对你们都一样的关心，不会偏向哪一个，手心手背都是肉。

手正棚子——手正，或为"手指""手爪"的变音，手指甲的意思。棚子，或可写作"篷子"，本处参考《庐江县志·方言》的写法。同类相似有"脚正棚子"。

顺汤顺水——也作顺当顺水，比喻事情完成得很顺利，很完美，没有节外生枝。

四六不分——也说"四六不懂"，形容一个人不明事理，不开窍。

死卵伴魂——干事无精打采的样子。和其相近的有"懒不伴魂"等。

四喜丸子——婚宴上的经典菜。相传来源于唐朝年间的张九龄，他高中皇榜后，接父母来京城相聚，厨师烧了四样圆形吉祥菜，分别喻示"金榜题名""成家立业""洞房花烛""阖家团圆"。张九龄给其取名为"四喜丸子"，遂流传下来。

死眼皮熸——做事无精打采，或者是敷衍、不专心。

酸不拉几——对酸味很浓的食品的形容。也经常用于刻薄、讥讽一类话语的修辞。

算命打卦——对一件事反复斟酌、推算，不能干脆地落实。

塌皮烂骨——形容食物烧的很烂。

讨巧卖乖——言语和行动上的过分示好及亲近。多贬义。

烫手山芋——庐江话里指一件事情虽有利益，但眼面上的问题却很棘手，必须要花一番工夫去解决，该词在湖南方言里还有"某个人性格暴躁且不明事理"之意。

头把桡子——原指划龙船时坐在前面第一排的划手，借指日常生活里某些方面出类拔萃、有较强能力的人。

头上掸红——比喻被特别关注、好像做了记号的人和事。

踢脚绊手——或说成踢手绊脚。意为挡手挡脚，影响事情的正常操作和进展。

剃头答面——好看体面的样子。

恬头掼颈——得意、卖弄的样子。

秃头头脑——也写作"突头突脑"，没有一点前兆和准备，临时发生的事情，也用于文章描写突兀不连贯的情形。

歪三撇四——东西排列不整齐，难看不美观的样子。

弯不苟耩——东西不直，弯的很厉害。

弯腰磨肩——通常指挑着担子、负重情形下的辛劳状态，引申为很辛苦地做某件事。

妄胀心思——不切合实际、或者不光明坦荡的想法与愿望。

望风下单——和其接近的词语有"望风挂旗""见风挂牌"等。意为做事按部就班，缺少主动性。也可理解为相反意思：根据实际情况改变既定的规矩程序，灵活运用。

危乎危乎——或源于"维护维护"，意即事情发展状态不好，有达不到预计效果的风险。

无根无绊（pan）——也说成"没根没襻"，一点根据都没有，或者来路不明、捕风捉影的事。《西游记》第十八回："我老拙见是这般一个无根无绊的人，就招了他。"

屋基场子——农村的宅基地。

无事无唠——没有原因、没有前戏所表现出的（状态、神情等）。和"毫无征兆""不可思议"两个词语结合的意思相近。

稀稀朗朗——稀疏，密度很小。这个词很有意思，貌似可将"熙熙攘攘"作为它的反义词。王少堂《武松》下册："头一发客稀稀朗朗，吃过算账走了。"王光汉《庐州方言考释》收录为"稀稀阆阆"。

细来小去——平常普通的小细节不必计较，无须放在心上。

小打小敲——一指做的事平凡不起眼，没有什么大的成就；二为做事过程中没有下大功夫，花太多精力。

小气巴巴——小气、吝啬的样子，或者扭扭捏捏不大方。

小猪打奶——以母猪给小猪喂奶的情形，打趣小孩子在大人怀中好动的表现。

先干为敬——本地酒桌熟语。东道主先喝了，以示对客人的尊重。古人喝酒，主人先喝，是为"献"，一是证明酒里无毒，二是开始的引领循环，让客人痛快畅饮。

心心念念——心里一直惦记，念念不忘。《金瓶梅词话》第九十八回有："一夜心心念念只是放韩爱姐不下。"《喻世明言》第一卷有"回到下处，心心念念的放他不下。"

心痒难抓——以心头的痒抓不着来形容，有些东西心里再怎么想也是徒劳的，终究很难得到。

修五爪庙——吃饭的幽默诙谐说法。清王浚清《冷眼观》第三十回："他忽然停住不说，举起刀叉来便邀我同美脱生道：'来来，外面来修五脏庙，停会儿再讲'"，意思当同。

血不管经——形容说话不在谱、不着调的情形。

血糊拉腥——指事情做在不上不下的阶段，不能进展也无法收拾。

眼睛发到——在学习或工作中，对学到和看到的知识及经验超前领会理解，善于灵活运用、举一反三。

眼屎糊拉——脸部没洗时的肮脏样子。

洋不三广——做事或行为嘻嘻哈哈，不成体统的样子。三广，本地人称呼以前湖广一带人，因发声、行为习惯等的不同，常认为他们怪异，洋货。

有板有眼——做事稳重，方法对路，合规章，不出差错。明王骥德《曲辞》中说："凡盖曲，句有长短，字有多寡，调有紧慢，一视以板眼为节制，故谓之板眼。"

一本清之——指一件事的过程或细节都清楚明白，或为"一本清账"的变音。

一点一泡——讲话或办事稳重，不浮夸，没有虚头。《儒林外史》第二十六回："我从来是一点水一点泡的人，比不得媒人嘴。"

一跌三长——多说在小孩学步阶段，和"不跌不长"的意思相辅相成。

一呵三笑——完整的词是"一哭三闹，一呵三笑"，意为某件事的结果让大家都很愉快。

一呼不呼——一点技术和本事都没有，也指学艺过程中没有学到真本领，技术不精湛。

一路棍子——和书面上的"一路货色"意思接近。棍子，在方言口语里多喻指两类人：叫花，或者平常人家的男孩。例句：别看他说的里光外圆的，其实他们是一路的棍子。

一掼两响——形容交易过程中汇账的干脆爽快。

一门不门——一样都不会。和"一呼不呼"意思相仿。

一屁两胯——也加长说成"一屁股搭两胯"，比喻处境很不好，或者亏欠太多之意。有趣的是《儒林外史》第五十四回里有同样的话，不过用

173

字不同:"银子又用的精光,还剩了一屁股两肋巴的债,不如卷卷行李往福建去罢。"

一踏平阳——道路平坦,宽敞好走。也说成"一坦平阳"。

一图不图——也可为"一头不头"。方言里的意思是一点收获都没有,或者一门事都没做成功。俗谚有:三九天盖小毛被(初生婴儿盖的棉被),一头不头(一图不图)。

一五一十——按照顺序清点数字,也指账目明明白白,清晰可查。《水浒传》第二十五回:"这妇人听了这话,也不回言,却趄过来,一五一十,都对王婆和西门庆说了"。

以疯作邪(音读xi)——在装疯卖傻的意思上更进一步,装疯癫说不通人情的话,作有悖常理的事。

阴丝钓鳖——形容人阴沉、满腹心机的样子。

余情后感——客气话,对他人的帮助和招待,表示在以后找机会感恩回报。

咋(zha)个马之——骄傲、嘚瑟的神情或表现。

憎(cěn)人巴子——憎人,见两字口语解释。为意思的加深。

直不笼统——总共,总体都包括在内。

直不挺挺——直挺挺。方言里加上"不"起加重语气的作用。

直吃横速——比喻人在某些方面是强项,几乎没有能阻挡他。也用于形容人的强势、蛮横、霸道。

中乎其中——物件分配过程中比较公平的中间点,或者事情做到中间时段的权衡。与之相似的四字口语是"拦腰中间"。

肘怪头子——调皮、顽劣的人。语气多亲昵,较少恶意。

肘头掼颈——摇头晃脑、让人生厌的姿势或形态。

周吴郑王——多贬义,揶揄人穿着和神情过于正统、严肃的样子。

装样弄险——装腔作势,故弄玄虚。

龇六瓣耩——凌乱、没有头绪的样子。

龇牙撩齿——吃饭时横竖挑剔,嫌不合口味。与之相似的还有"龇牙撩舞"等。

作鬼作张——形容人做事鬼鬼祟祟、不光明磊落的情形。

做正经事——庐江方言里通指婚丧嫁娶、上梁进屋等红白喜事为正经事。

附注：部分常见冷僻单字发音与普通话的比较，其中发音标注有一定地域的局限性，某些地方可能存在不同。

北：庐江发音：bie，相同的字有萝卜的"卜"、拼搏的"搏"等。

喰（cán）：因为好吃而吃得很多。例如：杀喰。

贮（càng）：两个物体之间相互摩擦，多指动物。

拆：庐江发音：cai

车：庐江发音：chēi

衬：庐江发音：cèn

吃：庐江发音：qi

醋：庐江发音：còu，相同的还有"粗"等。

得：庐江发音里还有底、底部之意。

爹：庐江发音：di

鹅：庐江发音：wo

哥：庐江发音：guo

猍（ge）：本意为双手合抱，日常口语引申为和谐的结交，相处。例如：不猍人，和人不能相处。

箍：庐江发音：ku

国：庐江发音：gè

憨：性格，脾气缓和。

寒（hān）：低温冷冻给人的感觉。

喝：庐江发音：hie

河：庐江发音：hó

红：庐江发音：heng

虹：庐江发音：gàng，杠。俗谚有：东杠日头西杠雨。

家：庐江发音：ga

角：庐江发音：gè

街：庐江发音：gai

节（hān）：阴暗，布满了云。例如：风息了，天气明显节下来。

尻：被算计、被欺骗等多重意思。如"今天被他尻了一下"。和如今的口头语"靠"有所区别。

吭：庐江发音：hǎng，喘息声。

捋（luo）：找取，庐江发音里为得到，找到，娶等意思。例如：捋板奶奶。广州话里也有"捹老婆"一词。

牛：庐江发音：nou

潽：液体受热后漫出原先的容器。

茄：庐江发音：chu

热：庐江发音：yue

蛇：庐江发音：shéi

蛇：庐江发音：shei，相同的有"舌""赊"等。

生：庐江发音：sen

士：庐江发音：si

柿：庐江发音：zi，si

瘦：庐江发音：soù

暑：庐江发音：chu

搜：推搡。例如：他把他妹妹搜倒在地。

兔：庐江发音：tou

洗：庐江发音：si

嫌：庐江发音：qian

咸：庐江发音：han，苋菜的苋，同。

巷：庐江发音：hàng，例如：巷闾，小巷子。

雪（血、薛）：庐江发音：xie

眼：庐江发音：lian

憎：庐江发音：cěn

窄：庐江发音：zaì

寨：音躲避而绕道行走。

抮：将水分拧干。如抮手巾把子，抮衣服。

争：庐江发音：zēn

粥：庐江发音：zhù

肘：搭僵，不听话。

左：庐江发音：zǒ

绿：庐江发音：le

埂：庐江发音：gei

四　俚语俗谚

本章节共收录流传在庐江通用的俚语俗谚560多条，按照各个大类分别展示，并逐条配以注释，并与相似名著里的句式甄别对比，部分附上例句。其中部分内容曾在《今日庐江》报连载，并被收入庐江地情丛书《庐江人文资源初探》《庐江民俗》等地方文献杂志。

数字篇

一为汉字头，一为万言始。庐江方言俚语中以一开头的方言俗谚在数字篇里占有比较大的分量。可以说"扁担长的一字"可以挑得起日常生活里五颜六色的居家景观、江淮城乡间千姿百态的风土人情。来看看这句：

一个碗攒不响，两个碗响叮当——泛指一件做错了的事不是哪一个人的错，双方都有责任。这句话多形容在两个孩子间打架时，大人们的评判和规劝，里面兼含凡事多在自己身上找缺点的良苦用心，传递着以前乡村朴素善良的教育理念。

再看这句：

一个被窠不盖两样人——被窠，被絮里面的意思。通常比喻两口子一样的为人性格、处事方式。

更多的还有：

一快三分假，好吃圆圆吞——前半句说的是做某件事太快了，肯定会有偷工减料的嫌疑，后半句则是前半句的延伸，表示没能弄清事理，无法领会消化。

一根萝卜一个凼，谁来都不让——此句还有一种说法，一根萝卜一个凼，打死都不让。意为坚持自己的位置，坚定自己的立场。

一笼鸡总有一个会叫的——这里的一笼鸡是个特定的范畴，多指某个圈子、某一群人中总会有出类拔萃者。

一个荷包两个口，东手来，西手走——指花费开支很大，口袋里攒不下更多的钱。

一赶早，二赶饱——做事不能拖沓，就着早起饭饱、力气旺盛去努力工作。

一头抹之，一头塌之——完整的俗谚是锅铲把捞汤果，一头抹之，一头塌之。比喻做一件事方式不对，两头都没顾到。

一个鸡蛋蒸一酒杯，老莴莴的——以前的酒杯大多与一个鸡蛋相仿，可想而知这样的蒸蛋和煮鸡蛋差不多的板结。比喻人讲话、干事老练沉稳。

一句话一跳，一句话一笑——讲话方式很重要，同样的一件事，可以让听的人恼怒翻脸，也可以让对方破涕为笑；比如某人丢了一件东西，愁眉不展。甲说：别老惦记了，旧的不去新的不来，赶明儿换个新的没准比先前的更好呢。丢东西的人听后自然心头宽慰不少。而乙说：做事总是像丢掉魂似的，不丢你的才怪呢。本来人家心情就不好，这样说法弄不准会遭那人狠狠地回一句：又不是丢你家的，关你什么事！

一痣痣到嘴，好吃带捣鬼——纯粹顺口溜式的说辞，没有丝毫的科学道理。

一碗锅巴三碗饭——锅巴因为干硬，消化慢，所以耐饿。

一门不到一门黑——对某一方面、某一行业不熟悉不了解，一定是不懂和陌生的。

一口吃不出胖子，一笔写不成上字——应该说这句俚语很有文采的，两个不相连的动作组合成韵句，喻指做事情不能操之过急，一定要循序渐进。

一斤山芋七两屎，回头望望还不止——风趣幽默地将山芋通便的功效表达出来。

一根萝卜三泡尿，三个萝卜晚上睡不着觉——夸张地形容萝卜生吃时富含充足的水分及利便的独特功效。

一代亲，二代表，三代四代就拉倒——亲戚在社会进程中自然淡化和疏远的演变趋势。

一呵三笑，一吵三闹——以微笑的方式去交谈或解决问题，人家会接受得快一些，处理的结果大家都开心。反之，有可能闹得双方都不痛快。

一稻箩长，两稻箩粗——夸张语气，形容人体形的矮胖。

一天一暴，田埂长稻——特指夏天高温天气里，打暴次数多对水稻、特别是早籼稻的灌浆成熟非常有利。

一把米养个恩人，一斗米养个仇人——指在帮助和接济别人时没掌握好分寸，效果适得其反。也可与"授人以鱼，不如授人以渔"比较对应着解读。

一个角子捏碎了当两个花——形容人很节俭或者很吝啬。

一朝被蛇咬，十年怕井绳——这句话各地都通用，语出宋代普济的《五灯会元》卷二十之"一度着蛇咬，怕见断井索"。

一毛竹篙讨不到底——比喻人城府深，心机重。

一屁股搭两胯——形容人外债很多、不堪重负的窘迫境况。

一争两丑，一让两有——遇到事一定要心平气和地协商解决，和气才能生财。

一人难遂百人愿，一墙难挡四面风——一个人的力量总是有限的，劝导人要搞好团结，众人拾柴火焰高。

一人动嘴，十人淌口水——东西很香很好吃，很通俗地概括了条件反射的情景。

一只手按不住两只鳖——鳖的劲相对比较大，而且易咬人，一般情况下抓鳖必须用双手。喻指做事要一门门来，不能心急。

一个要补锅，一个锅要补——在特定的环境下，双方各有需求，而且能互助互补，所以一拍即合。

一样米养百样人——相同环境下长大的人，性格也是各不相同。

一条鱼搅不浑一塘水——比喻某个人或物的力量不足以改变现状。

一根草搓不出绳，一块板撑不出盆——一个人单薄的能力是有限的，必须要众人的合作才能成大事。

一谎千句圆——说一句谎话要成百上千句来遮掩、圆和，告诫人做事处世要诚实，切不可自欺欺人。

一心归门里——收起他心杂念，专心致志、集中精力去做某件事。

一个师傅下山——指两人的手艺或脾性基本相似。

一锅饭没冷——形容血缘、亲戚关系非常近。完整句："五伏的兄弟，一锅饭没冷。"

一步到袋口——说话办事直截了当地阐明或进入重点，不模棱两可，不优柔寡断。合肥方言为"一步到台口"。

一卵二十三——最是这"一卵二十三"，一般外地人很难从字面上谐出其寓意来。这句口语所要表达的原意是一件事做砸了，没达到预定的效果之意。但因其广为引用的变异，在日常表述中又可以做多种解释，像两个人关系闹僵了可以说，不想去做某件事也可以套上它，等等。关于这句俚语的形成或出处，庐江知名网站"魅力庐江"上有两个版本。之一是一位网名为"瓦全铺子"的网友的考证：卵，蛋之意思。民间孵小鸡一般二十一天左右出壳，如果到了二十三天仍然没动静，说明这个蛋可能已坏了，孵不出小鸡来。细想之下，也算合情合理的。之二是一位网名为"布衣"的网友借用庐江歇后语"小和尚送灶——一卵二十三"来诠释，这句话可能与传统节气里的腊月二十三送灶有关。和尚多超凡脱俗，且又吃素，到二十三的时日拿什么去送灶？以大师傅经年不变的光头作喻，显得诙谐风趣。有一点需要说明，这里面多以趣味取乐为主，不含慢待侮辱之意。而语言家、词典学家王光汉在《庐州方言考释》中以合肥口音收录为"业卵二十三"，和庐江方言有较大差异。

以一开头的俚语俗句还有很多，有时冷不丁就会冒出极富意境的一句来，这里暂且搁下。

二哥甭笑大哥，两个都差不多——因为一娘所生，所以两个人的性格、喜好基本有雷同之处，后延伸为两个人做事方法和技术都差不多，一般用在一个人指责另一个人做错事时，其他人的评判裁定。

二十三四五（这里特指腊月），忙之屁捂捂；正月初四五，肚子吃之像拨浪鼓；过了年十五，还是一样苦——幽默诙谐地将以往过年前后饮食情形和生活状态刻画勾勒出来。

二十一个人一屋——通常对单身汉的说辞。

两个哑巴睡一头，没话讲——没话讲，可以是不错、没得说的意思，也可以理解为没有共同语言，说不到一块去，所以这句俗语具有双重意思，在不同的场面折射不同的寓意。

三一三十一——本意指把东西平均分成三分。引申为将一笔账或一件事的过程理算、打理得清楚明白。

三斧子两百刀——百刀，菜刀。意为做事干脆果断，干净利落，不拖泥带水。

三十晚上吃大麦糊，不准备过年——做事情稀里糊涂，浑浑噩噩，没有好的安排和规划。

三月三，南瓜葫芦都上山——三月三，一般指农历。气候回暖，雨水丰沛，果蔬作物都到了移植栽培的大好时节。

三个一阵，小的吃亏——一阵，此处指一道、结伴的意思。句意为几个人一同出外做事时，当中岁数小的或者力气弱的要多干些事。吃亏，并不是字面上的吃亏，而是多做一些力所能及的事。

三个护家，一个掌板——指做事或日常生活中必须有一个会安排、会算计的人当家理财。

弟兄三四个，有个搭僵货——特指 20 世纪六七十年代计划生育实施前阶段，乡村人家儿女成群，每家一比较，总能找出一个性格上较调皮捣蛋的，语气上多含爱怜意境。

三伏天不热有点闷人，三九天不冷有点哏人——江淮地区炎夏和寒冬两个截然不同的季气候段，冷热状态的形容。

三十晚上烧报纸，糊鬼——民间传统习俗里的烧纸是市面上通用的黄表纸。这里以"烧报纸"比喻人干事不实实在在，弄虚作假。

三个鳝子一塘，三个姑娘一房——鳝子，农村河流、池塘中一种细小很难长大的响水鱼，多喜欢在水面活动，常给人以水里"鱼满塘"的错觉，和后文的三个姑娘组合，映衬折射出女孩子在一起结伴成群，喜欢热闹、气氛活跃、不冷清的场景。

三个月鸡，门拐上嘻；三个月鹅，挂不住砣；三个月鸭，动刀杀——这是传统家禽饲养过程中成熟期的概括总结，交谈引用中有借喻水到渠成的意思。

三分钱买个烧饼，也要捏个厚薄——说的是做事情不能太过马虎。纵然过程很轻松，付出的成本不大，但一样要认真仔细对待。

三年好运，抵不上一年倒运——荣华富贵，过眼云烟，劝诫人们在风光得意的时候要想到落魄潦倒的处境，勤俭持家，不可奢侈浪费。

三八二十三，与你不相干——劝人少管闲事。必须指出，这个理念在今天与"见义勇为"的倡导比对是不对的，扶危济困，该出手时要挺身而出。

四七二十八，各有各算法；三八二十四，各有各算计——每个人对待事物的操作方式和认识各不相同。

五不讲六不讲，就讲七（吃）——说的是人对吃喝看得很重，多为大人对孩童的嘻言。为庐江经典俗谚名句之一。

五字不当丑字写，稗子再肥不出米——通过"五"和"丑"两个字的书写形状，过渡到后面两种植物的习性，借指好坏优劣终有区别，无法混淆。

五月水漫塘，虾子小鱼一样长——指在特定的环境下，生活状态基本处在雷同相似的层面，个人能力无法突破。该句带有明显的圩村水域俗谚风格。

六月不热，庄稼不结——结，结荚，成熟。夏季高温日照环境适合多种农作物扬花挂果，所以有此一说。

六月暴雨分牛脊，这边溏水，那边不湿——形象到位地将六月雷暴天落雨不均的情景勾勒出来。

六月花心藕，吃了头口想二口——对六月较早成熟上市的莲藕之嫩脆可口的夸张形容。

六五抻头一——抻头，伸头之意。原为牌九术语，六与五字面的和，称为一点。口语中有"没找到合伙人""孤单一人"之意。

七不出，八不归，初九初十往家勒——勒，方言口语字，小跑着的样子。此谚语为春节期间走亲访友时，谢绝主家挽留和往家赶的托词。

七个三八个四——讽刺在人多场合讲话时，因为各自关心和认知的立场不同，渐渐偏离了正确的主题方向，沦为没有意义的琐碎空谈。多为贬义。

七老八十三——年龄很大。多形容于人的倚老卖老。

七处冒火八处冒烟——问题和漏洞太多，一件事操作过程中顾此失彼。

八不倒五——庐江方言。和各地通用口语"二百五"意思接近。

八成熟，十成收；十成熟两成丢——一般指稻谷长到八成熟时是最佳的收割时机，等全成熟时则可能导致两成的减产。有成语叫"盈满则亏"就是这个道理。

八十岁吹喇叭，嘴不怂——此句重点在嘴不怂，调侃人嘴上功夫了得。

八大山，十大海——通常指办婚丧嫁娶等大事的正规酒席，座次分明，菜肴丰盛。口语里表示对人款待，上台面，隆重。

九九八十一，犁耙都请出——气候和农田耕作的谚语。九天结束，春光暖阳，进入播种耕作的好时光。

九天不冷，收成不稳——严寒数九是自然气候的必须更替，如果九天不冷，意味着第二年的虫害会较大，对庄稼的管理和丰收带来一定的威胁。

十月干水沟，黄鳝是黄鳝，泥鳅是泥鳅——经过一段时间的成长，或者过程的演变，事物的本来面目开始显现。

十指伸出有长短，荷花出水有高低——世间的事不可能千篇一律的样子，差距总是不可避免地客观存在。

十件褂子抵不上一件袄子，十个叔子抵不上一个老子——传神地表现出父爱在每个人的成长过程中至关重要，也无法替代。

十年的老锅铲，什么味没尝过——形容人经历丰富，经验充足。

十块钱买条瓠子，慢慢刮——瓠子是一种比较廉价的蔬菜，十块钱卖的瓠子定然不小或者不少，以前乡村瓠子皮多用竹筷的棱角刮，刮与呱同音，谐意为慢慢地谈心交流。

十里路无真信——隔了一段距离或时间，许多流传着的事情会变得模糊难定，已不是当初原始的样子。

十忙九乱，十慌九错——好事不在忙中起，做事一定要心定神闲，稳打稳扎。

十网打鱼九网空，总有一网补上空——做事情要有持之以恒的决心，不能半途而废，即使之前一直没有收获，但只要继续努力，也许会有意想不到的收获。

十八个猪，两个奶——这句话是专指人喝醉酒的。庐江泥河、罗河一带将喝酒呕吐戏称为"过小猪"，比如某人昨夜喝高了，第二天隔壁邻居会打趣地问他家里人：××今早上街卖小猪去了吗？其本人自己有时也会自嘲地来上几句顺口溜：昨夜小酒有毫多，回家过了一窝猪，十八个猪，两个奶，心肝肠肺都拱出来。

千年老母猪，躲不掉一刀削——任何事情最终都要有解决的时候。

千年竹子终要破，百年兄弟要单修锅——比喻兄弟姐妹成人成家后，迟早都要分门立户单过。

千好万好，两好才好——好不是一个人的给予，需要双方的忍让、付出和维护。

千难万难，不干真难——人生在世，任何事都不可能一帆风顺，只有踏踏实实地干，眼高手低才是真正的坎……

千丈有头，万丈有尾——无论什么事总有其开始和结束的时候。言里之意在某种环境下，可关注事情的初始和最后的结局，或许能起到事半功倍的作用。

居家篇

居家生活，千姿百态，口口相传的方言充满嚼劲，随心率性的俚语活色生香，留心捡拾，花开遍地。

门前的秧窠凼，都知道深浅——家门口的熟人，大家都知道相互的底细。

秧窠凼里翻不了船——指人在某种特定环境里兴不起风浪。

上面的两条俚语均提到"秧窠凼"这个词，在这里有必要解释一下。散文《圩乡俚语润行程》中这样写道：

……曾经的圩乡，锅灶下烧的多是稻草，稻草发火一般，烧后落下的灰烬却是不少。而这些灰烬不但肥田，尤以在育秧时撒下，具有秧苗好拔不沾泥之优点，所以家家户户的门前都挖有一个坑凼，将平时的草灰收集起来，挨庄稼播种时刻派上用场。

可想而知，各家门前的秧窠凼深浅程度谁家都有分寸的。引申开来，同为邻里熟人，你有多大才干本事，那是大家心知肚明、早就有数的。偶有在外打工挣了几个钱回乡"山精"（方言，炫耀的意思）的，没保就会被人不屑地套上这句。

秧窠凼，还有一个俚语，叫作"秧窠凼里翻不了船"，指的是有些事在某个环境很难改变状况的意思。例：老马家的孙子要钱买擦炮，老马未给。他老婆慌慌地跑来告诉他，孙子翘着嘴不吃饭了。老马回答："由他去，秧窠凼里翻不了船，饿急了他撅着跟你要吃的……"

力气聚财，出掉又来——做事情要扎扎实实，不怕吃苦，别耍奸图巧，躲懒惜力。言语里透出对勤劳者的褒赞及勤恳劳动的快乐。

走路要好伴，居家要好邻——以前面的"走路"引出后面的重点：居家有一个和睦的隔壁邻居很重要。

做人要实心，烧火要空心——借烧火的状态阐述诚实做人的重要。

又是龙灯又是会，公公还要做八十岁——太多的事挤到一块来，忙不过来或忙里添乱。

周瑜家板奶奶，小乔（瞧）了——这句话非常有趣，从古典名著《三国演义》里两个庐江人物谐音而来，贴切自然，通俗易懂。

天杠不睐九点——原为以前的赌钱时牌九术语，意为高一级别的把低一级别的不放在眼里。与其相似的还有"三六一只鹅，神仙配不和""老猴子坐板凳，小猴子掉七肚""天地挂虎头，越大越风流""天九一根棍，六五跟一阵"等等。

家要败，出妖怪——含蓄地喻指一个家庭不兴旺，走下坡路，肯定与家中某个人不走正道有关。

远亲不如近邻，近邻不如对门——和前面"走路有好伴，居家要好邻"意思基本相同，引用在如今城市住宅楼的楼道邻居更为合适。

当家才知柴米贵，养儿方报父母恩——人只有到了自己当家理财的时候才明白养家糊口的艰难，抚儿育女的辛苦不易。

当家三年，猫狗都嫌——当家理事不容易，时间长了难免会产生误解，导致争执或不信任。

会吃千顿香，乱吃一顿伤——形象地阐述合理饮食的重要性。

生吃萝卜热喝茶，郎中改行拿钉耙——萝卜生津止渴，热茶解乏强身，对养生各有好处。

白天吃洋参，不如晚上睡五更——和"白天吃头猪，不如晚上一觉呼"同义，阐明充足的睡眠对人体代谢功能调节的至关重要。

饿肚剩饭胜鱼肉，天寒稻草赛黄金——在某种处境里，平时不受待见的卑微物器也会显现不可小觑、安身立命的作用。

天黄有雨，人黄有病——阐述自然天气与人体机能相同的原理，人面部发黄可能是某种病症的预兆。

亲兄弟明算账——关系再亲近，涉及钱财的账目必须清晰明了。

吃不起来亏，打不起来堆——和人相处，吃亏是福，有容乃大。能吃亏、容忍方能与大多数人相处融洽。

吃江水，讲海话——比喻不根据实际情况所说的话或做的事，过分夸大或拔高了事实。

吃瓜三，打瓜三——说的是人不知道勤俭节约，有多少花多少，最终落个捉襟见肘的局面。

不讲不笑，不成老少——经常玩在一起的人相互打趣也是正常的，可以不在意老幼年龄段的隔阂。多用在不同年龄段的人和谐相处的场面。

耳朵不打找，跟人横里吵——不打找，这里指没听明白。指人没听清事情的缘由，而不分青红皂白地去无理吵闹。

冷是风冷，穷是债穷；借钱要忍，还钱要狠——这本来为两句俚语，之所以放在一块，是可以连贯着读和理解，如果再加上"无债一身轻"来连贯补充，意思便非常清晰。

饭出在米粒里，钱出在布眼里——由米饭说到衣服，泛指衣料的孬好是与它叫卖的价格成对应，也即"钱是钱，货是货，便宜没好货"的道理。

倒板卖胡椒——倒板，一种语义是一种戏曲转折表现方式，也写作"导板"。多用来表达愤怒、激昂、悲痛的感情。还有一种语义为"牌九"术语，指庄家的本钱输光了。本句为俏皮戏谑语，两种语义都可解释为一件事完成的不理想或者做失败了，大不了去贩卖胡椒，重头再来。

靠天一碗水，靠手不饿嘴——靠天不能饱肚子，只有依靠勤劳的双手去劳动，换得果实才能不畏饥寒。

饭不够，菜来凑——用饭菜来喻指生活中某些缺陷可以用接近、类似的东西来替代或弥补。

盐到哪都咸，醋到哪都酸——指事物的本质很难改变，所谓"江山易改，本性难移"是也。

吃鱼先挖塘，吃蛋先养鸡——要想有所得，必须踏踏实实从最初的起点开始做起，并为之不断付出努力。

山山有老虎，村村有能人——哪里都有出类拔萃的能人。

古经古经，不能当真——古经，故事的意思。意为故事里的事听听即可，不可以完全当真或效仿。

穿衣戴帽，各人所好——和"锅巴炒米，各人所喜"意思相同。

讲话不算话，裤头变大褂——说的是某件事完全改变或背离了当初的允诺。

屎臭能肥田，人臭众人嫌——对"做人不地道屎都不如"的讽刺。

会吵吵一个，不会吵吵七个——形容人喜好吵嘴，造事。

响水不开，开水不响——和"满桶油不晃，半桶油晃的凶"一样的喻义，真正有能耐的人多沉稳扎实，较少夸口言辞。

咸三口，淡三口，不咸不淡再三口——指人吃饭时段喜欢挑剔，而在不停挑剔的过程中已经吃得差不多了。

一人省一口，养条小花狗——多为大人戏谑小孩子的口语。

世上的水儿往东泛，世上的钱儿打转转——泛，流淌的意思。喻指世间的钱多少没有定数，谁也挣不完，何苦过分紧累了自己。适当地放下和看开也是良好的心态。

人情大似债，头顶锅盖卖——人与人交往，情义最重，什么都可忽略，唯人情不可怠慢。

新来乍到，摸不到锅灶——形容人进入一个新的环境里陌生、局促的样子。

　　锅台上的抹布，多少都揩点油水——所谓"近水楼台先得月"，说的是人的职业与可隐形的利润关联很近，多少都能得到一些好处。

　　锅台上的"百刀"，哪有不沾荤腥的——讽刺人在某种特定环境里捞"油水"，变坏很容易。

　　亲戚如拉锯，常来要常去——亲戚间要常走动，多交流，一旦不来往就生疏了。和其同义的俗谚：亲戚再怎好，不跑就疏了。

　　邻里好，赛过宝；邻里吵，有得恼——和邻里搞好团结不亚于拥有金银财宝；而邻里不和睦会给生活平添许多烦恼。

　　前头走后头跟，有人会讲话，有人不作声——一件事情许多人做，结果怎么样大家心里都有数，有人讲出来有人搁心里。

　　大路上讲话，草窠里蹲人——劝诫人不可乱说话，和成语"隔墙有耳"意思基本相同。

　　结亲如结义，有事不隔夜——儿女亲家要重情义重交流，有什么做得不周的地方当时就应该说出来，别闷在心里过夜。

　　亲戚不共财，共财两不来——说亲戚间共财容易产生利益纠纷。当然，按照时下的现实分析，这个说法都有一定的诱因和前提。

　　睡不着，怪墙角——睡不着觉，怪床铺靠近墙角，意指为某件做错了的事找不着边际的借口搪塞。

　　屙不下来屎，怪蹲缸向不好——蹲缸，庐江乡村对厕所的土语称谓。和上句意思差不多，兼有胡搅蛮缠之意。

　　桌子板凳一样高，失家教——以前的庐江农村几乎家家都有至少一顶四方大桌，摆放在堂屋中间。配套的是只有桌腿一半高的四条长板凳。所以桌子和板凳高低分明，一样高是不允许、不存在的。这句话要表达的意思：斥责日常生活中与人交往、不分高低长幼，没大没小。

　　消消锅巴慢慢铲——消消，方言口语，在这里是薄薄的意思。以前的农村多使用大口铁锅，煮饭锅底结一层锅巴，根据火的大小或饭的多少厚薄不均，厚时容易铲起，反之则比较难铲。引申的意思为某些事情急不得，放缓心态慢慢做。

　　锅铲把捞汤圆，一头抹了，一头刷了——下在锅里的汤圆，圆形的锅铲把是很难捞得起来。比喻一件事没做成功，同时又耽搁失误了另一件事。

　　惯儿不孝，肥田出瘪稻——瘪稻，也作"白稻"。一种籽粒不饱满、

189

不成熟的软壳稻穗。这种稻穗除了虫害可以导致，往往田土过肥时也较容易产生和出现。借此引申到教育子女过程中，不能过分溺爱，否则会适得其反。

�糊米糊，马马虎虎。茶壶酒壶，马马虎虎——日常口语，对一个物件或一桩事一般化、说得过去的定义。

吃掉干粮无事想，抓破疖子没处痒——把心中一直惦记或者舍不得用的食物或吃了，或做了，再没有什么挂念，情绪渐至安稳。某些时候也指事情发展到一定阶段，没有更多力量来支持和帮助。

王八卵估气泡卵——以王八蛋的体积来估计一个正在生成的水面气泡，比喻根本不靠谱，不准确。

石灰擦卵子，白弄白——指一件事做到最后，什么收益都没得到。

烟不饱肚，屁不肥田——有些事物看着很接近，其实八竿子连不到一起。烟从口里进去，绝对不能消除饥饿；屁一样有着臭味，却不能像屎那样可以起到肥田的效果。

小时赖尿，大时赖屎，越过越转回去——赖尿（sui），庐南方言，尿床的意思。指一个人做某件事随着时间的推移，不但没长进，还有倒退的趋势。

五伏的弟兄，一锅饭没冷——五伏，五代，五辈人。比喻双方的关系非常亲近。

屙屎隔三条田埂——与某人或某事保持一定的距离，与古语的"道不同不相为谋"如出一辙。

眼看塘中鱼泛花，手里无网又无叉——这和《史记·汉书》中的典故"临渊羡鱼，不如退而结网"非常接近，可算作古语的白话版，所要表达的意思是劝诫人要未雨绸缪，凡事早做准备。

半夜起来下扬州，天亮还在屋后头——该句流行范围较广，以庐江为中心，边邻的巢湖、无为、安庆等部分地方都有流传。句式带有浓厚的水乡韵味。泛指水系发达地区以船运输为主的旅行状况，"下扬州"是出门远行的统称，句里意思为做事情磨磨蹭蹭，误了许多大好时光。见短文《庐江话里的下芜湖、下扬州、下江南》。

杀不完的大猪，嫁不完的大姑——这句话有特定的时间性，常在冬月、腊月较多提及。那时农闲，进入乡村婚嫁喜事的黄金时段，形象含蓄地渲染了乡村生生不息的民风习俗。

小孩子盼过年，大人们盼种田——浅显朴实的时节口语，过春节时较多提起，传递出大人和小孩对过年的截然不同的心里表现。

好事不怕迟，好饭不怕晚——一桩好事虽延时或迟后了，只要没耽搁，等待和守候是值得的。

越冷越起风，越黥越吃盐——比喻人不知道约束自己的不良嗜好，放纵自己向不好的方向发展。

这个照，那个中，和尚庙里挂个大钟——说人嘴上应允都要做，到头来一门不门。

歌不唱唱戏，蛋不生生气——唱歌和唱戏毕竟是有区别的，但重点在后句：这里的"生气"不是我们通常字面上的愤怒表情，此为庐江方言里鸡蹲了窝却没有下出蛋的描述，隐喻人不去做正事却只顾着发脾气。

米箩里往糠箩跳——从一个好的环境进入到一个差的环境。这句话也可以颠倒着用，糠箩里跳到米箩里。意思也随之改变，即从逆境转到顺境，变成走运和得福之意。

喉咙深似海，吃断斗量金——嘴是无底洞，吃喝应有度，适可而止，如若不然再大的家产都能吃空。

吃饭扛大碗，闲事我不管——对一件事情推诿的托词。语义较幽默。

吃中饭卖油条，过了时节——油条作为早点很受欢迎，而到中饭时节则不合时了。寓意做事或做生意要把握时间点，别做无用功。

好男不吃分家饭，好女不穿嫁时衣——好男儿团结友爱，和睦家庭，不提分家的事；好女子当自力更生，勤俭持家，不指望穿戴从娘家带来的衣饰。这种观念在今天看来未必完全正确，比如分家这事，也有唤起兄弟间拼搏意识，激发竞争潜能，缔造出丰富多彩千姿百态的家庭生活的长处。

丑人自有丑人爱，破锅自有破锅盖——与之相同的俗谚有"榔头配打头"。意为不能看轻任何一个人。

水土不欺人，不懒有收成——人勤地不懒，水土很公平，付出就有回报。

东耳朵进，西耳朵出，叫你煮饭你煮粥——把话当耳边风，没听进去，瞎做一通。

娘争气，儿放屁——多用在孩童身上，调侃孩子的无邪天真，不谙世事，常常与大人交待的言语行动背道而驰。

胳肢窝里的疖子，早晚要出头——疖子长在胳肢窝里，不易被外人发现，但最终要破头淌脓的。与"纸包不住火"意思差不多。

懒人急在嘴上，勤人急在腿上——不同性格的人对待一件紧急事的不同表现，自然结果也会不一样；劝诫人少说空话，多付诸行动。

锅头饭好吃，过头话难讲——这句话巧妙地运用了汉字的谐音，揭示了一个日常生活的简单道理：讲话一定要"紧眨眼，慢开口"，不能说过了头，弄得不好会前后不符，自相矛盾，不能自圆其说……

饭不熟，气不圆——饭煮生了多数是因为火候未到，热气没蒸腾上来。口语中多用在因某件事不理想而生气的样子。

锅心拣火钳，不稀罕——锅心，厨房。火钳，夹柴火的工具。意为原本就存在的东西，不算个人能力得来。

上洞缸不带纸，想不揩（开）——戏谑语，说人为某件事纠结，脑筋一时转不过弯。

家住鱼（庐）江，老子出口腔——虽然属于无厘头式的俗谚，但可算是庐江俗谚的经典之句，语义显粗糙，这里收录，不做细解。

听话要听音，讲理要讲心——这里的前后句应该说是两层意思，和前面许多俚语一样，重点在后面，即讲道理要动之以情晓之以理，言辞要说到人的心坎上，让人认同和接受。

嘴巴甜似蜜，屁眼辣生姜——形容人当面一套背后一套，说的一套做的一套。

晚上像豺狼，日里像绵羊——多用在大人对孩子夜晚不睡、白天恋床的嗔责，逐渐引申为对白天不能正常工作的夜猫子的调侃。

石头总有回潮日，土粪都有发热时——土粪，庐江农村父老用草末和叶烬埋在土里烧制的一种有机肥，每隔一段时间农人就会将这种有机肥重新翻烧一次，所以土粪总会有"发热"之时。借指再艰难的生活终会有改善的机会，教人自强自信，给人以逆境中的鼓舞和关怀，一个非常正能量的俗谚。

穿不穷吃不穷，算计不到一生穷——居家过日子要会安排，会计划。

灯不挑不亮，话不讲不明——有什么事别闷在心里，讲出来摆在明处，让大家都知道。

交人交心，浇树浇根——和人相交，从心深处也即树根处开始，要真实坦诚，发自肺腑。

屋檐下挂粪瓢，自有那闻臭的来——这里可引用一个民间小故事来诠释："……老张，说个四言八句，开开心。"工友几杯下肚，看着菜情绪不是很好，有些上火。"说？好。说个女婿丈人对诗给你们听听。"老张咪一口，道："天冷了，女婿写信给老丈人：大雪纷纷落，写信给老岳，天气这么冷，缺少人捂脚。岂料丈人也不是省油的灯，当即回信：大雪纷纷泛，写信给小王八蛋，我姑娘虽然好，不是火炉也不是碳。"工棚哄地一阵大笑。"还有吗？"有人问。"有。"老张说："女婿又书一封：鱼搁臭了，猫想瘦了。"丈人再回："屋檐下挂粪瓢，自有那闻臭的来。"……

吃巧吃穷人——告诫人们不能一味捡便宜，凡事有度，看似便宜的东西买多了不但不适用，也能慢慢地掏干你口袋里的银子。

吃家饭，拉野屎——吃自家里的饭，帮别人做事或者讲话。吃里爬外的意思。

有油无盐，吃死不甜——形象地说明盐在日常饮食之调味品中占据的重要地位。

锅巴炒米，各人所喜——每个人的口味和喜欢不尽相同，不可强求统一。

尿泡打人不疼，绿人——绿人，接近于庐江方言里的"哈人"，受侮辱之意。句中指某些言语或行为虽然没造成身体上的伤害，其举动却变相地让人难堪，致人不愉快、无法接受。

抬杠抬杠，一步不让；呱蛋呱蛋，无根无祥；古经古经，讲到半夜三更——这里是同语式的三条俚语。第一句意为两人各讲各的理，互不相让；第二句是说拉呱聊天率性自然，无须引经据典的讲究；第三句为以前农村夏夜说故事的场景，形容听众的痴迷，说者的执着。

泥巴下作，干了自落——由黏在衣服上的泥巴风干后自动掉落的细节，引喻到日常生活中，许多所谓的不开心、不满意是自找的，调整心态，放飞心情，心情阳光了，一切就云淡风轻。

没学走就学爬，在吃奶就磨牙——指做事不按程序循序渐进，好高骛远。

小伢屁股，坐不住热板凳——从儿童好动的习性说到人没有耐心，不能踏踏实实地做事。

起火挖塘，雨后撮阙（缺）——指一件事马后炮，错过了关键时间段。

满嘴牙齿讲屁话——贬义，指人讲的话不合乎逻辑，不在常理。

墙上糊报纸，不像话（画）——这是一句直白的歇后语，简洁好懂。

小洞不补，大洞一尺五——把错误纠正在萌芽状态，越早处理损失越小。

嘴没长毛，办事不牢——意为男孩还没长胡子，做事毛手毛脚，不成熟，好冲动。

拎着多老长，放倒一大推——夸张手法，多指儿童嬉皮耍赖的场景。

讲赖不赢钱，输之万万年——儿童歌谣语。

人嘴两块皮，搭来又搭去——比喻人讲话不坚持立场和原则，见风使舵。

姑娘不嫁毛个嘴，吃的是冷饭，焐的是热腿——因庐江地名生成的俗语，形象地反映了某个年代拮据的生活状况。

地上无屎无荤菜，床上无屎难接代——通过家中地面上禽畜的粪便及婴幼儿的屎尿床的现状，编撰出对居家中避免不了、司空见惯的脏物的自嘲和宽容。

相骂无好言，相打无好拳——两方一旦开骂或开打，注定没有好的收场，总会有人吃亏，该句含息事宁人的规劝在里面。

不为油渣子不在锅边站——讽刺人不是因为某些好处和利益，是不会平白无故地在一个地方待着打转的。

酱里没有错放的盐，世上没有瞎讲的话——通过酱里的盐，隐喻所说的话、所做的事都是有根据有原因的。

算一算，去一半——持家过日子不能太过于算计，往往算计狠了反而得不偿失。

桥归桥，路归路，外甥是外甥，母舅是母舅——指钱物等该怎样就怎样，打理得简单明白、清楚敞亮对大家都好。

吃饭穿衣量家底——居家过日子要根据家中的实际收入来安排规划，切不可挥霍浪费。

上湾田，下湾田，肥水不流外人田——揶揄之前传统观念下某些人落后保守的处世观念。

举筷先高头，然后撮四方，人多莫啃骨，菜少先淘汤——之前生活艰难年代坐席的顺口溜，侧面揭示在物质贫乏年代的生活景状。

吃在碗里，扒着锅里——对人贪得无厌表现的一种直白刻画。

嘴巴像锅洞，一天到晚火冲冲——说的是人脾气暴躁，爱发火。

没有烧不热的锅，没有烧不开的水——"只要功夫深，铁杵磨成针"

的民间版，劝诫人只有锲而不舍、持之以恒才会与成功越来越近。

天下的磨心都朝上，世间的锅脐都朝下——世间万物都有各自的位置，只有安放对了才能物尽其用。

顶磨盘唱戏，吃力不讨好——为了接近或达到某种目的，行为表现违背事情的常理，效果适得其反。

个不要大，树不要高，矮矮山上有柴烧——间接婉转地阐述先天条件不是十分重要，关键是后天奋发图强，刻苦努力，一样能有所收获。

鼻梁往上涨，眼水往下流——做上人的总是护着和为了下人好，言外之意提醒我们要尊敬和孝顺把我们含辛茹苦拉扯大的长辈们。

油锅里捞角子（五毛、一元等硬币），烫了手——比喻一件事正处在骑虎难下的局面。

画水再像不起浪，绣花再美不闻香——纸面上的东西和真实的事物还是有本质的区别，不能因之而影响思维的判断和理解。

咋养小猪筛细糠，暴娶老婆抱上床——这话很有意思，所谓"话糙理不糙"，形容人干事一头热的冲动表现。

这山望那山高，到那山没柴烧——做事不能"眼皮浅"，放在手里的不珍惜，去追逐遥远朦胧、未知不确定的东西，到头来得不偿失。

亲戚三年一趟不为稀，田埂一天三趟不为满——不要把精力放在交际应酬上，而要放在田间勤勤恳恳的劳作上。

外甥给母舅打小工，白弄白——趣味话，意思是亲友间的免费帮忙。

矾山起雾，窑烟（谣言）——矾山，庐江矾矿所在地。早前因为开采和冶炼矾石，其地多有烟雾缭绕。这里谐音谣言，别有趣味。

只有不是的下人，没有不是的上人——上人，下人，分别是长辈和晚辈。人在世间，孝要当先。纵然在日常里有这样那样的争执，终归错在晚辈，父母长辈历经千辛万苦将我们抚养成人，已是天大的恩情，没有什么可与其相比。

动 植 物 篇

狗咬丑的，人伙有的——伙，在这里有巴结、投靠的意思。多讽刺人的势利眼。

狗屎连稻草，纠缠不得清——对某件事藕断丝连、不能了结的形容比喻。

狗咬卵脬空喜欢——这里有个前曲：卵脬，指过年杀猪时从猪肚里摘除扔掉的尿脬。狗在这时候以为是什么好吃的叼走，谁知是不能下口的尿脬，意即空喜欢一场。

猫三天，狗三天——本意形容小孩时好时坏的表现，引申为做事目标不明确，或者不能持之以恒。

猫不是，狗不是——这也不如意，那也不如意。指人找借口的挑剔，也有强词夺理的意思。

黄鳝大，窟窿粗——黄鳝越大，黄鳝栖身的洞窟窿也就小不了，言下之意挣的虽然多，日常开销支出一样大。言外之意奉劝人过日子要精打细算，细水长流。

人掏黄鳝你捣洞，人在唱歌你起哄——戏谑人调皮捣蛋，不守规矩，破坏别人正在进行的某项工作。

泥鳅信捧，小伢信哄——泥鳅一般不好抓，借此引申到对小孩子的教育不宜过度粗暴，适合温柔地引导规劝。和时下流行的"好孩子是哄出来的"的教育理念合拍。

人怂嘴不怂，牛怂尾不怂——怂，懦弱、窝囊、没能耐之意。该句是以后句映衬前句，再没力气的牛尾巴总会摇个不停，一个人再没本事嘴上依然强硬、不服输。和"怂"字同义的俗语还有"兵怂一个，将怂一窝"等。

家鸡再打团团转，野鸡不打也是飞——这句一般是在教育孩子时说出，因为血脉亲情，纵然管教严厉了也不会让孩子起生疏叛离之念，训斥责罚后依然会围着父母转。

鸡丑蛋不丑，话糙理不糙——前句是引子，后句是正文，某些话虽然粗糙不中听，但却非常有道理，正所谓"忠言逆耳"是也。

公鸡头上一块肉，大小是个官——为时下底层干部自嘲语，揭示了他们来自群众、和群众打成一片、不改幽默风趣的朴实秉性。

鸡身上剪不出羊毛，狗嘴里吐不出好话——指人说的话让人反感，不中听。和书面上的"狗嘴里吐不出象牙"同义。

小鸡屙屎，一头硬——比喻人刚开始很强劲凶猛，到后来因为理亏或其他原因软弱下来。

吃多了鸡下廓，是话都拣脚——训斥人话多，喜欢接嘴。

手里没把米，唤鸡鸡不理——引申为自身必须有过硬的本领，才能让人信服。

猪睡长肉，人睡卖屋——这里的睡，意为懒惰、四肢不勤。人懒的结局是连住的地方都不能守住。

老虎来了还要看个公母——比喻人性格憨缓，看不出危险；也指人不识时务，率性而为。

牛要打，马要鞭，小孩子不打要翻天——教育小孩子的口头禅，和其配套的俗谚有"打是亲骂是爱，不打不骂反是害"。

牛无力，拉横耙，人无理，讲横话——形象地勾画出人在失理的情况下，蛮横不讲理的表现。

大牯牛掉井里，有劲使不出——指在某种特定环境里，一身的技术和能耐派不上用场。

黑牛犁黑田——不在乎或不去管困难与障碍，自顾蒙头去做。

黄牛角，牯牛角，各顾各——互相不团结照应，自顾自。

黄陂湖的麻雀，多少认得几根芦柴——黄陂湖，庐江著名湿地。夏季蓄水，汪洋一片，冬季水落，滩显泥现。20世纪芦苇遍布，春来碧绿如绸，摇曳多姿，冬天苇花飞扬，自成一景。期间众鸟隐没穿梭，尤以麻雀集聚最多，所以有此一说。可惜20世纪末一场大水，让连片芦苇遭受灭顶之灾，至今一直萎靡。古"庐江八景"中有"黄陂夏莲"。

麻喳子吞蚕豆，不和屁眼商议——麻喳子，庐江方言，即麻雀。意指做一件事不结合自身情况，不考虑后果，心有余而力不足。

麻喳子不要称，十六个一斤——此话多形容人做事情胸有成竹，或对某些情况知根知底，非常熟悉了解。

麻喳子上秤钩，拎起来看——参考上句意思，麻雀一般没什么斤两，也不是贵重的珍禽，极少有值得称的时候。这里反向引申为人或事受到特别重视，被另眼看待。

青蛙无颈子，小伢无腰——乡间戏语，多在小孩干事喊累时打趣而说，意在鼓励小伢们坚持忍耐。

萤火虫照镜子，亮光亮——比喻一个人或一件事展示得清清楚楚、明明白白，没有丝毫隐瞒的地方。

要做蚂蚁腿，不做麻雀嘴——光说不做，纸上谈兵，终是一事无成。

哪怕做的像蚂蚁一样缓慢，也比光说不做强。

狗头上长角，装羊（佯）——佯，和字典上的"假装"一个意思。一般指故意装作不知道。

狗没打到，搭掉套狗绳——比喻一件事劳而无功，连带着还折了一些本钱。

狗咬吕洞宾，不识好人心——指人误会或曲解了来自他人的善意的帮忙。

猪鼻子插大葱，装象——讽刺人为显摆而刻意弄巧成拙的模仿。

猪吃麦，羊去赶——意思在某个行为或某件事的安排上用错了人。因为猪和羊都是喜欢吃麦苗的。这样做的后果不但不能减轻损失，反而让损失变得严重。

老母猪跟牛打角，把皮挡着——比喻两个交手的人力量悬殊太大，其中一方以自己仅有的一点优势不服输地对峙着。

乌龟吃大麦，糟蹋粮食——乌龟是不吃麦的，喻指弄错了事情的习性，违背了事物常理。

乌龟爬石板，硬对硬——比喻在一件事上双方都很强势，不相让。

乌龟爬门槛，少不掉一跌——戏谑人不听劝，日后难免会有吃亏摔跤的时候。

乌龟咬鳖颈子，纠缠不清——一件事情处在僵持状态，一时半刻判断不出谁是谁非。

火烧乌龟肚里疼——乌龟遇到动静都会将头缩进龟甲板里，比如被火烤的时候看着像一动不动，其实心里在煎熬着。比喻人受到打击或折磨时强忍痛苦，不作声张。

小狗掉茅缸，走了吃屎运——句义多幽默，形容人走了意想不到好运。

狗子咬刺猬，无处下牙——一件棘手的事，不知从哪里开头或者开始去做；与其同意境的还有"满塘水花，无处下叉"。

驴子屙屎两面光，里面包着黑粗糠——表面光鲜，内里粗糙。可算作是"金玉其外败絮其中"的庐江方言版。

槽里无食猪拱猪——当没有共享利益时，互相之间便开始窝里斗。

狗衔骨头朝外啃——和"吃家饭，拉野屎"大体意思相同，向着外人，不顾自家。

好狗不咬鸡，好男不打妻——对结婚男人的劝诫语，要多关怀疼爱自己的妻子。

大家马大家骑——泛指在公共事情上，大家集体定的条规对大家也就一视同仁。王光汉《庐州方言考释》收录合肥话为"大家码大家齐"。

瞎猫碰上死耗子，走天运——偶然、凑巧碰到的好事。

三个烟屁股，抵个老母鸡腿子——抽烟人的自嘲。

老鼠掉猫胯里，险上擦——形容一件事经历了极其紧张危险的过程。

老鼠舔猫胡子，找死——将上面一句意思的加深加重，比喻不可为的危险事情。

抹（抓）稻给猫吃，没话过点——找不到借口的借口，一眼看上去就知道是不能自圆其说的虚假话。

鱼搁臭了，猫想瘦了——该句在上文"屋檐下挂粪瓢，自有那闻臭的来"的小故事中出现过，所要表达的意思应是：不要让一桩好事，在等待中变得两败俱伤，和诗词中那句"莫待花落空折枝"有相近的韵味。

河水煮河鱼，原汤原味——形容保持得非常完好，几乎没有破坏其原汁原味。也指一样东西或一桩事情并没有多大的改变。

咸鱼烧豆腐，不必多盐（言）——事情基本定条，不必多说了。

杀鱼不抠胆，找苦吃——指做事之前粗心大意，后面自找苦吃。

懒牛下田，尿屎连连——说人一到干活的时候就这事那事，混时间，和"懒人上床尿屎多"之句相仿。

是牛是马拉一条——庐江方言里说的是人到了一定的年龄，婚姻大事还没着落，没有条件和时间再去挑剔，遇到差不多的就将就着成立一个家庭过日子。

龙生龙凤生凤，老鼠儿子打地洞——多为自嘲口语，讥讽和叹息卑微职业的遗传性。

龙配龙，凤配凤，眨巴眼配独孤冲——婚姻中的门当户对。这个说法在今天已不合时宜。

虎不辞山，人不辞路——凡事都要留个退路，不可把话讲尽，把事做绝，所谓"低头不见抬头见"。

画虎画皮难画骨，知人知面不知心——这是全国各地通用的民谚，在此也作收录。

养猪不赚钱，回头望望田——以前传统的庄稼种植多以猪粪为重点有机肥料之一，故有此一说。

猪是长死的，人是想死的——劝诫人不要贪得无厌，世上许多东西不是想得到就能得到的。有时就算得到也未必是快乐，同时也会失去一些东西。

死猪不怕开水烫——对人破罐子破摔的一种形象化比喻。有时也指人冥顽不化，不可调教。

白天吃头猪，抵不上晚上一觉呼——直白浅显的养生俗语，阐述夜晚正常的睡眠非常重要。

学个"猪头疯"，好过扬子江——猪头疯，有两种理解，一指江豚，喜在水里嬉戏；二指一种不定时发作的病，乡间揣测为吃生肉所诱发。这里指学会江豚的游泳技术，也算多了一门谋生的本事。

杀猪吊（调）酒，得双好手——杀猪和酿酒这两个行业的人因为油水和酒曲的缘故，手上皮肤一般都保养的圆润光滑。此处引用为做事时手气顺当。

杀猪杀猪屎，各有各杀法——每个人做事的方式或过程不尽相同，只要最终目的达到就可以。

聋子不怕雷，瞎子不怕蛇（shei）——蛇，和雷押韵。可以用书面语"无知者无畏"解释。

老鼠钻风箱，两头受气——风箱，旧时锅灶边为灶膛旺火的木制器具，拉动时一端进风，一端出风。泛指人在某件事或某个场面与双方都有矛盾隔阂，某些语境里也指受了委屈有苦不能言的境况。

老鼠拖木掀，大头在后头——比喻一件事的重点部分在后面。

鹅汤下面，大鹅之鹅——用鹅汤味道的鲜美，夸张地形容两者之间的差距不是一点点。

鹅一掌，鸭一拃，前头进了门，后头到了家——比喻两个人的技能不相上下，同一件事情在差不多相同的时间段完成。

鹅一嘴，鸭一舌，吵到天亮白弄白——比喻对一件事的商榷因为人多意见不能统一，往往白白浪费了工夫。

蛇有蛇路，鳖有鳖路，蟹子横爬上大路——每个人的成长过程、生活轨迹注定无法雷同，总会有人以出乎意料的姿态行走在人生的旅途。

苍蝇不叮无缝的蛋，老天不落无云的雨——任何事的发展都有起因和预兆，意指要关注事情的起始萌芽状态。

耳朵打苍蝇，听话不听音——听话时思想开小差，没有听明白事情的详细规划。耳朵打苍蝇，一般为牛、猪等动物，因此，话里含贬义成分。

蚂蝇子（蚂蚁）打架，定有雨下——蚂蚁成群结队出现，一般是雨要来临的征兆。

大鱼吃小鱼，小鱼吃米虾，米虾吃泥巴——以自然池塘里鱼虾的生物链形象地勾勒出以往孩子多、一个管一个的情景图。

虾子过河，慌了打爪——通过虾子在水里的形态，喻指人临阵慌乱、仓促的表现。

河里无鱼虾就贵——物以稀为贵，泛指相近的事物因为同类的缺少而价值凸显。

乌龟别笑鳖，都在窿中歇；鳖也别笑龟，都在土里恨——和前面的"大哥别笑二哥"意思相同，言下之意它们都是"一路的棍子"，差别不到哪里。

王八卵估气泡卵，毛估天猜——乌龟在周边环境不适的情况下会在水里不停地吐气泡，民间也有乌龟在产卵期间龟甲表面布满气泡的说法，所以当看到水里泛气泡时不要想象成乌龟在下蛋，没有那么巧的事。毛估天猜，凭空想象的臆猜。

癞蛤蟆蹲秤盘，自称自——自己估算自己在某种场合里的位置和分量。

癞癞姑子上憎（cǔn）网，不晓得人家憎不憎——憎，厌恶，恶心之意。指人的表现很招人烦，自己还不知道。

小狗打气天要下，老龙取水狗讲话——打气，庐南方言，打喷嚏之意。关于打喷嚏，有几种讲法，像后文歌谣篇里的"打一个，鼻子痒"，还有"百岁，千岁，万岁""狗打气，天要下"等，而本句就是打喷嚏者对"狗打气天要下"的回敬，诙谐斗嘴，妙趣横生。

狗吊蘸香油，又尖又滑——讽刺人品行不好，奸巧圆滑。

狗子咬刺猬，无处下牙——指事情很棘手，不知从哪里开始。

孙猴子打拳，毛手毛脚——指人干事不细心，慌乱没有分寸。

稻子熟了自弯腰——称赞人取得一定的成就后谦逊、低调的风格。这在盛产稻米的乡村可谓贴切又合时的经典俚语。

青大蒜过了冬，算不得香头——蒜苗在冬天常常和葱一样也被用作菜肴里的调味香头，一旦到春季秆变粗壮后，茎叶香味就淡了，形象地说明许多事物的优势都有一定的时段性。

萝卜青菜，各人所爱——从人们日常蔬菜的选择可以看出每个人的口味不尽相同，借指芸芸众生喜好各异，不一而定。

青菜焐豆腐，油盐（有言）在先——指某件事情从一开始就把规则和细节说明白，后面有章可循。

暴吃萝卜三口生——暴，刚开始，突然，最初之意。萝卜刚成熟时吃会有一股生辣味，喻指一件陌生的事刚刚才做时感到别扭、不习惯。

菜园里吃萝卜，剥一截吃一截——萝卜生吃一般剥皮后可减轻辣味，剥一截吃一截可保持新鲜口感。意指做事不可贪多贪快，要按部就班地进行。

豆腐渣贴门对，两不沾——豆腐渣因其汁被沥尽变得松散无黏性，根本没有对纸张等物体的粘贴功能。此处指两个人不相往来，很生疏的样子。

刀割韭菜不断根，春上又是一望青——以韭菜的栽培习性比喻事物的连绵不断，周而复始。

花生剥了壳，红仁（人）——比喻人春风得意，正值跑红的时候。

乖乖咚滴咚，韭菜炒大葱——儿童歌谣语。韭菜和葱都属气味较浓的香味蔬菜，通常是不适合放在一起炒的。

感冒伤风，先找姜葱——姜葱都有预防和缓解感冒症状的功效。

咸菜籽，韭菜花，做不了主，当不了家——经过盐腌的菜籽一般不能发芽，韭菜在乡间通常是分栽移植，多自嘲不能当家做主。

甘蔗初咬三口甜——甘蔗吃久了味蕾麻木，甜味慢慢不明显。借喻人在一件事开始的时候因新鲜好奇而雄心勃勃的样子。

吃柿子捡软的捏——捏，通常挑选柿子成熟的方法。生活中多为讥讽那些欺软怕硬的人。

麻袋装菱角，里捣外戳——麻袋编织过程中针眼较大，装菱角很容易露出尖刺来。丑化人两面三刀，搬弄是非。

粗糠搓绳子，没处起头——粗糠，稻壳。稻壳是无法搓出绳子的。指对某件事情无能为力，甚至连开头的地方都找不到。

麻杆挑水，担当不起——先天条件不足，无法胜任超出其承重的工作。

冬瓜皮往里卷，胳膊肘往外捣——自然里削出的冬瓜皮一般见阳光就往里翻卷，通常的胳膊肘很容易朝外弯曲，形容人顾家护短的不好行为。

稻草睡成筋，不识人真心——以前农村比较贫苦，床铺下常垫黄稻草取暖。稻草睡成筋，意思是睡了很长时间。言下之意为夫妻间同床异梦，心思不合。

斗粗一棵树，锯不出粪瓢底大一块板——粪瓢，以前农村舀粪、浇菜的一种器具，早先为木制，后多为塑料制品。句义形容人不孬不痴，却不务正业，不成器。

大椒喝烧酒，辣口对辣口——辣口，在这里是厉害的意思。通常指两个人都不是等闲角色。

瓜无滚圆，人无十全——世上没有滚圆的瓜，也找不到十全十美的人。

栽下葫芦秧，不愁没水瓢——以前葫芦成熟干后锯开，可作为厨房里舀水的器具。意为只要有心做什么，经过努力，时间到了一定会有所得。

话传十里，稗子成米——所谓"十里路无真信"，话语在传播过程中变得面目全非。

烂泥扶不上墙，歪柳架不上梁——人不自立自强，纵然再多的帮扶也是徒劳，和成语典故中"扶不起的阿斗"语义接近。

树叶掉下砸破头——多形容人胆小怕事。

弯弯竹子生直笋——也许先天条件不是很好，但后来的发展也有机会彻底改变之前不好的状况。

称四两棉花，纺一纺（访）——纺谐音访，意为对不是很清楚的事要去明察暗访一番。

冬瓜淌水，坏透了——冬瓜腐烂变坏的特点是从里往外延伸，较隐蔽，所以等发现时基本都整个坏透了。多讽刺人心术不正，且已到无可救药地步。

黄连树下挂苦胆，苦到家——黄连，中药材的一种，味苦。和苦胆配合加深处境艰难之意境。

拔出萝卜带出泥——通过一件事情牵带出另一桩事情。

荷花讲成莲藕，黄豆讲成生腐——形容一个人的口才非常好，"死的都能讲成活的"。多为夸张手法。

青胖蚕豆，能吃不能做种——指人讲话不能算数，没有权威性。

蚕豆不要粪，八月土里囥——蚕豆的播种生长习性。不喜肥，农历八月尾即可下种。

豆腐掉进灰，打不能打、吹不能吹——比喻一件事处在尴尬两难的境地。

针尖对麦芒，两个都不瓤——和上文的"大椒喝烧酒，辣口对辣口"差不多的意思。

秧好一半收——说明育苗之重要，也延伸到对孩子幼时的教育培养不可忽视。

吃瓜三，打瓜三——家中有多少花多少，不懂得积累结余，细水长流。

鸡蛋里挑骨头，找刺——无中生有，故意挑毛病。和其同义的有"鸡窝里扒出鸭骨头，没事找事"。

蛋不吃搞白，妖不捉捉怪——做事情不是全面完整、踏踏实实地去做，而是挑三拣四、不分主次。

咸吃萝卜淡操心——为与自己不相干的事烦神操心。

秧好一半谷，妻好一生福——重点在后半句，娶一个贤惠的妻子是男人一生的福气。

青皮茭瓜，黑了心——茭瓜初成熟时细腻白嫩，一旦皮色泛青，同时里面的心也会布满黑点，借指一个人心肠已变坏。

山不要大，树不要高，矮矮山上有柴烧——一般用在对条件不好的人或物的宽慰，也比喻人通过后天的努力一样可以弥补先天的不足。

手艺篇

荒田不饿手艺人——即使地里的庄稼收成不好，也会有手艺人的一碗饭吃。

会天会地，不如会门手艺——会什么都不如一技在身管用。

师傅领进门，修行在个人——师傅只起到把你带入到这个行业的作用，技术的高低关键还是靠个人的领悟加勤学苦练。

不怕人不请，就怕艺不精——只要手艺到了一定的水平，不怕没人来请。

做到老学到老，还有三桩没学到——学无止境，世间新奇的事物和技术总在不断地衍生着，切不可自高自大，妄自菲薄。

　　吃得下三顿糠，尝得到大米香——学艺时要不怕累、吃得苦，掌握了过硬的本领，他日就会受到高人一等的待遇。

　　饭夹生饿一顿，手艺夹生饿一生——学手艺最忌半半拉拉的会而不精，这样会贻误一生的。

　　千匠万匠，不学夹匠——夹匠，不讲道理之意。告诫人胡搅蛮缠不值得效仿和学习。

　　毛多不上砣，技多不压身——身上的汗毛多几根也不会让秤上的砣增加分量，学的技术多了却绝不会压伤身子。多门手艺多条路的翻版。

　　手艺门门会，床上无絮被——这条俚语和上面的似乎截然相反，告诫人学手艺不要三心二意，要专一而精。

　　手艺人不撒谎，三天就晾了网——这是对过去手艺匠人接活时的调侃。接活多了，时间跟不上，便今天推明天，明天推后天的轮流上门去做，若真的规规矩矩将一家的活计彻彻底底做完再重新觅活，弄不好就衔接不上，就晾网了；如今通指做事过程中的因职业特点带来的隐瞒或托词。

　　瓦匠家屋顶漏檐水，木匠家板凳三条腿，篾匠家稻箩大嘴套小嘴——形象地将匠人们只顾忙于外面的活计，而对自家的和跟自己手艺有关的设施、器具等的打制修补不很上心，拖拉不做。和另一个很趣味的俗语比较接近：家事懒，外事勤，屋里人气得心都疼。

　　棉匠掉棰子，不弹（谈）——谐音，比喻交流沟通得不好。

　　烟酒并行，活计对成，闲时没人叫，忙时带劲情——这是好几层意思的综合打油诗。前两句形容某些手艺人染有好烟嗜酒等不良习气，真正用在做活的时间大打折扣。淡季时（指该人所做行业）这样的师傅不会有人请的，而到忙季人手紧张，又会被人盛情邀请着去。一般多为艺人自嘲时说出。

　　跟好学好，跟叫花学讨——拜个好师傅很重要。和古语的"近朱者赤，近墨者黑"有神似之处。

　　铁匠门口撒尿，讨冲——冲，发火，发脾气。在这里为责骂之意。铁匠属火，与水相克，尿即为水，在铁匠门口小便喻指要浇灭铁匠的炉火，不讨铁匠的责骂才怪。

　　铁匠的围裙，一身火眼——形容外面欠债太多，或者有很多事要去花钱打理。

三分手艺七分吹，不托不吹没人追——对部分手艺人的刻画，没有褒贬义之分。

你有三尺五，我有八大拃——一拃，指大拇指和中指伸直的长度，一般五寸左右。这句话的意思表示不相上下，势均力敌。

论千道万，最终是干——说得再多没有用，必须脚踏实地地做事。

不怕慢，就怕站——做事情慢不要紧，怕的是停下来不去干。

短工不要钱，混个肚子圆——义务给人帮忙时的自嘲语。也变相地夸东家伙食操办得很好，吃喝得很满意。

灶里无湿柴，技高无难事——在一定的氛围下或者技术到了一定的高度，做起事来会轻松得多。

瓦匠家来有得挑，木匠家来有得烧，棉匠家来做新被，一觉睡到日头丈把高——各类手艺人上门劳作后的趣味打油诗，语义轻松明快，乡韵柔柔可抚。

十年的老漆匠，有几把刷子——结合漆匠的工具，形容人在某一方面拥有独特的技术优势。

前生打多了老子骂多了娘，今生做个泥瓦匠，冬天不能烘火，夏天不能乘凉——为民间瓦匠的自嘲调侃，现今建筑工地也有流传。

瓦匠的拐，姑娘的奶——瓦匠砌墙时特别注重拐角的垂直度，引申为做事要抓住重点。

十二斤皮子（棉花）做床被，好好弹弹（谈谈）——一般来说，棉被做到十二斤算是加厚的了，传统方法加工费时耗力，谐意为好好谈心，慢慢交流……

节气时令篇

黄金有斤两，光阴没法称——成语说一寸光阴一寸金，这句话里光阴比黄金更贵重，劝诫人们要珍惜时间。

正月里过年，二月里赌钱，三月走亲戚，四月才做田——这是 20 世纪末流传在庐南农村的打油诗句，刻画了春季农人散漫自在的欢乐时光。随着时代的变迁，更多的父老乡亲走上离乡打工路，这样的春节场景已逐渐消失。

躲得了初一，躲不了十五——躲，原意指躲债。庐江乡下习俗，春节除夕、初一、初二"三天年"期间不可以上门讨债。这里指某件事一味逃避终不是办法，解决不了实际问题。

二八月天乱穿衣——季节的变化无常所导致的穿着形色各异，厚薄不匀。

春天打个凼，秋后有指望——凼，土面上用锄头挖出的坑或洞，放入种子后再以土盖起，好让种子生根发芽。劝勉人莫误春光，勤劳播种。

春东风，雨嘎公——嘎公，庐南方言，外公的意思。传神地形容春天一刮起东风，雨水就会随之而来。

春雪如走马，春冷如刀剐——春雪和春寒的特征。

春雾雨，夏雾热，秋雾凉风冬雾雪——雾在四季中出现时，往往是其他自然现象的前兆。

立春晴一日，种田不费力；立春雨淋淋，想晴到清明；雨打立春头，农人把眉愁——春季里的几则农谚，阐述自然、节气与农事的相互关联。浅显易懂，朗朗上口。

春上动几锹，秋后动担挑——锹，铁锹。担，扁担，也可做量词，一百多斤以上通称为一担。和上文的"春天打个凼，秋天有指望"意思比较接近。

小满栽秧家把家，立夏插秧遍天下——以前人工栽插水稻秧苗的时令俚语，多用在双季稻中的早稻。

河边柳发青，光蛋要翻身；乌桕树叶红，光蛋钻鸡笼——形象地概括出春冬两个季节和种田人的利害关系。光蛋，泛指经济拮据之人。

早上火烧晴不到中，晚上火烧一场空——火烧云的农谚，和"早霞不出门，晚霞行千里"同义。

大雾当天晴——语义很直白明显，一般起大雾的当日多为晴天。

早怕露水中怕热，晚怕蚊子早早歇——讽刺懒惰的人，总能为自己的懒找到借口。

天阴背稻草，越背越重——通常用在借债上，引申为一件事逐渐向不好的方面加深发展。

雨落鸡笼头，行人你莫愁——鸡笼头，在这里是时间量词，应该在鸡叫两三遍光景。指这个时段落雨，天亮后一般都会雨止转晴，尽管放心出门。这也是劳动人民勤劳和智慧的总结。

乌云接日，水淹屋脊——早晨乌云接日，后面雨水会很大。

天阴洗小裰，早迟都是干——多戏谑赌博之人，强调的是十赌九输的理论。

天上起着鱼鳞斑，晒稻不用翻——鱼鳞斑，指天空中的透光高积云，一般在三四千米的高空出现，这种云多在高气压控制条件下，是天晴酷热的征兆。

上昼天上消消云，哈昼身上晒之疼——消消，很薄。一般指夏天上午云层薄，下午阳光就会很强烈。

西杠（彩虹）日头东杠雨——杠，方言，彩虹。虹在西边，天要晴，反之则会雨。

过了夏至节，各头（锄头）不得歇——夏至过后，草类也开始疯长，必须要抓紧除草。

六月不热，五谷不结——庄稼农事谚语。

六月秋，赶紧收，七月秋，慢悠悠——指立秋时节在六月和七月对农事的影响。

吃了端午粽，絮袄（棉袄）箱里送——江淮间一般过了端午基本不冷了，棉袄可以收起来。

小暑大暑早稻黄，拐拐角角上稻床——双季稻的早稻收割一般在小暑大暑的时节，成熟的稻子都收回在稻床上晾晒。

大暑不割稻，一天少一抱——大暑后，稻子黄得快，收割迟了就会有损失。

圩田好做，五月难过——圩乡地势偏低，五月发水易涝。

大师傅抢暴，心定神闲——喻指人经验丰富，处理突发事情有条不紊，临阵不慌。抢暴，见散文《话说抢暴》。

晴带雨伞，饱带干粮——做事情要准备充分，计划周全。

端午吃颗杏，到老不生病；端午吃颗桃，到老不落毛——庐江经典童谣之一。一般端午时桃和杏都已成熟，摘食过程中对端午节的美好寓意。

日晕长江水，月晕草头风——日晕、月晕征兆后出现的自然现象。

蜻蜓撞草帽，大雨快来到——蜻蜓低飞，必有大雨。

知了叫，割早稻——五月底六月初，知了尽皆出土脱壳，开始鸣叫，农事也进入收割早稻时段。

睁眼秋，粒粒收；闭眼秋，一半丢——如果立秋的时辰在白天，则收成好，如果在晚上，则预示减产。在科学发达的今天，这个说法已没有任何根据。

不怕年成坏，就怕干事打窄窄——窄窄，躲、逃避的意思。节气不可改变，但人的努力才是至关重要，一定不能偷懒和怠慢。

过了重阳无时节，不是霜来就是雪——农历里过了重阳这个节令，天气渐渐寒冷，地头农事渐渐稀疏。

杨个圩到蔡个畈，一粒米都是一碗汗——圩乡俗谚，说的是每一粒粮食都来之不易。

桐子开花你不做，蓼子开花把脚跺——桐子开花在大好春光，正是农人劳作播种的时机。蓼子，一种杂草，一般它开花时已到秋深初冬，许多作物已不适宜栽培了。

重阳晴，一冬晴；重阳阴，一冬阴——重阳当日的天气对应后面天气的大概率预兆。

吃过冬至面，一天长一线——冬至过后，白天的时段一天天地长起来。

月到十月中，梳头吃饭的工——这里的十月说的是农历，喻指白天时间很短。当然这是特指以前农村日出而作日落而息背景下的形容，和灯火辉煌的城市夜生活无法同比。

冬进补，春打虎——形象地说明冬天进补的好处。

雨雪年年有，不在三九在四九——江淮一带雨雪飘落的大致时间段。

粪缸涨，米缸跌，草垛一折一大截——这句俗谚放在节气篇里，是因为它所描绘的是以前农家在冬天农闲时生活的情景。

腊月日子好，姑娘变大嫂——腊月农闲，田头收尽，村庄重点事务转向婚娶嫁出，语句幽默生动，趣味横生。

年好过，月难挨——大鱼大肉过年一晃就过去，而做到平常日月细水长流不容易，有劝诫人勤俭持家的寓意在其中。

初一不下生，初二不拿针，初七门不出，十五送祖星——庐江南乡过年习俗，初一不烧生东西，吃的都是年前结余的；初二不可拿针线、刀具等锋利东西，初七不出门，家中"带祖"的要到十五才送出去。

上年的老鸭，三十晚上开窝——老鸭，指下蛋的母鸭。喻指时间火候到了，收获会适时而来，水到渠成的意思。

扯谎不像，三十晚上大月亮；假话不圆，牵条黑狗去犁田——此段也收录于童谣篇，意为一眼就可看穿的假话。

为人处世篇

紧眨眼，慢开口——说话和办事要经过大脑思考，不可随口下定论。

靠亲靠友，不如靠自己双手——亲友会在困难时候起到帮衬和提携的作用，但要过好自己的生活必须靠自己脚踏实地的苦干。

人牵不走鬼牵鬼跑——光明正直的人扶助你你不相信，虚假、龌龊阴暗的人骗你你就信了。告诫人认清一个人或一件事的本质非常重要。

跟好学好，跟叫花学讨——和成语"近朱者赤近墨者黑"意思接近，和好人在一起会变得越来越好，反之，经常与不向上的人在一起会变得沉沦消极。也可算为"孟母三迁"典故的注脚。

没那个蛋，别扒那个窝——劝诫人做事要量力而行，不可勉强。

小来多自在，老来常吃苦——所谓"人生到老不自在，自在到老不成人"，间接指出小时候多吃点苦有好处。

巴掌不打笑脸人——和人好好说话，微笑办事会起到意想不到的效果。

脚再长，长不过鞋，嘴再大，大不过腮——喻指人再怎么能说会道，屈了理也一样占不到上风。

心里有事心里惊，心里无事凉冰冰——没做亏心事，心中坦荡轻松。

大路不通走小路，小路不通从（重）找路——和名句"路是人走出来的"有异曲同工之妙。

路长慢慢走，事多慢慢来——事情多时不要急，要一件一件地做。

能做过，不错过——在无法预知后果结局的情况下，宁肯蒙头去做，也不能因为狐疑观望而错过。

什么树发什么桠，什么藤结什么瓜——有些东西是先天性的，人力无法改变，不必总是耿耿于怀。

什么根出什么苗，什么葫芦开什么瓢——意思同上。

山不转路转，河不弯水弯——换个思维或方式，就可能改变当下的困境。

袁个姑娘把袁个，原还原——通过前面的谐音，比喻一件事又回到最初的起点。

宁和精神人打一架，不和疙瘩人讲一句话——与明白事理的人争执，哪怕矛盾闹得更深点，也比和不识大体、不发事的人胡搅蛮缠好。

会当媳妇两头瞒，不会当媳妇两头传——形象风趣地阐述婚后的女人在家庭日常生活中的行为表现，对一个家庭的和谐、团结至关重要。

算小账不要带算盘，伙卵脬不要带摇篮——讽刺人的吝啬、势利。

扯谎不要带摇篮——撒起谎来一套一套的，边讲边忘了，自己都圆不起来。

吃得起来亏，打得起来堆——人和人在一起相处，不能斤斤计较，肯吃亏的人会得到更多人的喜欢和尊敬。

轻重凭称，孬好凭心——物件的轻重可以通过斤两称出来，人的好坏是通过心中感受来甄别衡量的。

好人怕咚，小伢怕哄——咚，这里有挑拨的意思。言为再好的人，流言蜚语多了也会让人产生疑惑和迷蒙。和其相同的谚语有"好人经不住三下咚"。

河有两岸，事有两面——以河岸带出许多事情都有多面性，处理过程中要兼听则明。

青柴难烧，惯儿难教——借青柴不容易烧着来规劝父母们不能溺爱子女，和另一句经典乡谚"惯儿不孝，肥田出瘪稻"如出一辙。

锅上会有剩粥剩饭，世上哪有剩儿剩女——这句话可用"儿孙自有儿孙福"来理解。每个孩子长大成人，都会有属于他（她）自己的生活。接近于另一句俗谚：一根茅草顶一颗露水珠子。

满嘴456，一肚子123——实际行动和说的不相符，可用"说的比唱的还好听"来同读。

净讲大的，不讲小的——和上面意思接近，言语上刻意夸大避小。

丑人多作怪，秃子要花戴——讽刺人不切实际的要求，或者所导致的弄巧成拙的结果。

小秃子过江，一浪一个花头——讽刺人遇事善变，鬼点子多。

长子弯弯腰，矮子垫垫脚——在做某件事时，大家取长补短，人尽其能。

不抓不痒，不提不想——和"抓起来就痒起来，提起来就想起来"意思相同。

鹅卵石撂水里，扑通（不懂）——谐音句式，讽刺人不懂装懂。

讲归讲，笑归笑，掏掏打打失家教——言行举止要文明有礼，伸手动脚就显得粗鲁低俗。此与童谣歌相同。

别人老婆捂不热，狗子咬，跑不彻——规劝人要品行端正，把精力用到自己的正事上，别招惹是非，贪婪不属于自己的东西。

穷穷急急，急急穷穷，不穷不急，不急不穷——这是庐剧小倒戏里的句子，劝慰人在穷困的环境里要保持淡泊的心态，该来的总会来。

吃一生的烟，烫一生的手；喝一生的酒，丢一生的丑；讨一生的饭，打一生的狗——多为酒席自嘲语，感叹生活的起伏不定，漂泊艰辛。

相骂无好言，相打无好拳——奉劝人们遇到事情一定要克制，一旦骂起来、打起来会加剧事态的发展。

小洞不补，打洞一尺五——对成语"亡羊补牢，未为晚也"更通俗易懂的比喻，劝诫人一定在事情的萌芽状态开始修复和关注。

叫人不折本，舌条打个滚——有什么事不能闷在心里，只要开口了，总会有人帮助你。

小懒挨大懒，大懒把眼反——挨，推诿之意。描绘两个人做事时互相推诿的神情。

买了便宜柴，烧了夹生饭——有的时候不能一味贪图便宜，所谓"便宜没好货"是也。

边打边护，到老不上路——说的是教育孩子的时候，不能一个严厉，一个袒护，这样反而适得其反。

不打巴掌不放碗——多用在教育小孩子，必须给点厉害才能镇住他。

要成龙，自成龙，管成龙，一滴脓——和俗谚"树大自直"基本一个道理。昭示在孩子的成长过程中，自身的自律和自觉很重要。

痒要自抓，好要人夸——必须是从别人嘴里说出的夸赞才是货真价实的。

看树不看叶子多，看人不看戴和穿——从前面树上的叶子劝诫人不可以衣帽取人。

云头上踢腿，不是凡脚——凡脚，谐音"凡角"。意为这个人不是寻常普通的人，有自己的长处和优势。

会讲的想着讲，不会讲的抢着讲——这和"紧眨眼慢开口"几乎同义，奉劝人讲话不可只顾讲不顾想。

三岁看小，七岁看老——指一个人的作为打小就能看出来。意在提醒大人对小孩子的教育要从小抓起。

儿子打老子，反了天——对不孝子女的痛斥。

不怕狠上天，就怕没人沾——劝诫人不要逞一时之勇，世上只有第七，永远没有第一，低调合群才是大家风范。

人家给一兜，不如自己种一沟——别人的赠送和给予毕竟有限，唯有自己勤劳换来的收获才会细水长流。

礼多人不怪，盐多不坏菜——对人彬彬有礼总是利大于弊。

宁卯一村不漏一户——在日常社际交往中不能三眼看人，尽量做到一视同仁。

到什么山唱什么歌，过什么河上什么船——找对辅助的工具或者使用方法很关键。

人牵不走，鬼牵鬼跑——对其有益的帮助置之不理，而对引诱和哄骗的话言听计从，多形容人不听话。

风无影，影无根，人到哪里哪里跟——不要在背后说人的坏话，它们总会有传到那个人耳朵里的一天。

大丈夫不可一日无权，小丈夫不可一日无钱——坊间男人的戏谑语。

穷不失志，冷不荒田——再穷不能丢失志气，再冷不能荒芜田地。

糖精味精，买的没有卖的精——形象地概括出买卖双方在交易过程中的场景。

吃饭不计较，买卖心肠狠——做生意人的口头语。

上街头不要，下街头一抢——指某人或某物在某个群体不受待见，但换了一个地方则成了香饽饽。

讲你胖，你就吭；讲你抓，你就痒——多用于说儿童，乘势撒娇卖萌的情形。

宁在外头混，不在家中抵眼棍——指懒惰的人避开家中人，在外逍遥。也有指在外多活动，机遇一定比待在家中多。

货比货，比不过；人比人，气死人——人的能力各有大小，不须去攀比，逞强。

装孬不折本——做人低调、不显摆不会吃亏。

中，和尚庙里一口钟——通常指人不假思索地答允可以做好某件事，到后来心有余力不足，没完成。通过"钟"的谐音打趣方言口语里的"中"。

哈人有哈福，泥菩萨住瓦屋——说的是人心态良好，自会有好的报应。

糖多不甜，话多人嫌——话多招人嫌。

人不求人一般大，水不出塘一样平——在某种环境里，大家都平起平坐的，没有高低卑微之分。

这个照，那个中，九华山庙里一个大钟——说的是人嘴上说什么都行，实际却一门不会。

大矾山的石头，真矾（烦）——该句俚语带着明显的庐南地理痕记，庐江矾山以出明矾而闻名全国，明矾多从石头中煅烧提炼，此句谐音在日常生活中，多为大人对孩子多话或好动的嗔爱语。

一蓬好雨落到焦湖里——焦湖，即巢湖。蓬，一阵或一场的意思。巢湖水域宽阔，水波浩渺，一场雨于它不算什么，但下在其他种庄稼的地面则作用就不一样了。喻指一样好的东西没有用到恰当的地方。

吃灯芯草放轻巧屁——灯芯草，以前油灯中的助燃体，一种细细的草芯。放轻巧屁，说轻巧话的反讽。和"站着说话不腰疼"意思接近。

乌龟吃大麦，作践粮食——两个不对称、不协调的事搅和在一起，最终还是会造成损失。

胡子眉毛一把抓——做事找不到重点，分不清主次。

吃着了饼，套上了颈——这句俚语应该是那个"懒人颈上套饼"故事的延伸变异，告诫人们不要因为贪图小利而被人捉了把柄。

条条蛇都咬人，条条路都不平——喻指世间没有一帆风顺的事。

路不平有人铲，事不公有人管——遇到不公之事总会有人出头，彰显世间自有正气在。

讨饭带看戏，哪里热闹哪里去（qi）——去和戏同韵。多为对好玩、喜欢热闹之人的调侃。

器具篇及其他

紧白碓，慢捱磨——臼碓，从前在石头窝子里将稻臼成米；捱磨，一圈一圈地转动磨子。寓意做事情要知道分寸，该快时快，该慢时慢。

鱼叉鳖叉，大差不差——通过"叉"和"差"的谐音，借指两样东西形状接近，功能也没有多大区别。

石磙子打不出一个屁来——石磙子，以前农村晒场上一种笨重的脱粒农具。形容人木讷，把话憋在心里不说出来。

叫花打碎碗，天难——毁坏了吃饭家伙，天灾，夸张地形容某些失误导致的惨痛教训。

笛要吹在嘴上，话要讲在点上——做事情要找到重点，不要盲目没有方向。

粉要搽在脸上，话要讲在点上——意思基本同上。

灯盏不知脚下亮——以前的油灯灯座通常因其构造原因而处在黑暗中，喻指人不清楚自身的缺点和不足。

桥归桥，路归路——指为人处事往来账务清楚，收支透明，该是什么就是什么，不能将细节忽略或混为一谈。

哪里的磨眼都朝天，哪个（人）的眼光都看前——人生在世总是要向前看，去追求美好的东西。

摇篮没襻子，捧起来走——摇篮，篾编的挎篮。襻子，挎篮的提拎部分。比喻对人及物特别看重，或者过于溺爱。

酒杯里洗澡，小人——讽刺人做事龌龊，不光明磊落。

生产队里的大秤，一身的心眼——已经逐渐淘汰的木制杆秤，上面布满计量的星点。指一个人满腹心机，鬼点子很多。

秤砣虽小压千斤，尖椒虽小辣人心——通过秤砣和尖椒借指某些事物虽然微不足道，但在现实生活中却能起到至关重要的作用。

卖窑货断扁担，没一个好的——一般用在大人指责小孩，两个都是调皮捣蛋货。

拔斧子重来——一件事没做好或者失败了，不去计较，重新开始。

五花六月扛水车，有得转——五花六月，夸张说法，形容炎热干旱的夏季，本句意思是做某件事有得折腾。

门拐上扁担，别折看——作为乡村农具之一的扁担，多靠放在门后不被人注意的角落。言下之意提醒人们不要忽略或小瞧了某些和我们息息相关、不常出现在我们眼面上的、有独特功能和本领的物与人。

有理三扁担，无理扁担三——形容人不分青红皂白、不问是非对错就做出武断的反应、过激的鲁莽行为。

犁没犁到，耙都要耙一下——说的是人气量小，不能吃亏。

大塘干，小塘满——一般指人偷存私房钱，或者背地里单干。

拆东墙补西墙，拆洞缸楼子补锅心房——比喻做事不去找关键、重点，而是拆东补西的糊任务。

茶壶掉把子，就剩一张嘴——比喻人话语多或者不切实际的泛泛空谈。

不是你的菜，别去揭锅盖——不是你喜欢的，或者不可能属于你的，就不要勉强去争取占有。

锅头饭好吃，过头话难听——通过谐音将"过头话"的不良后果提示出来。

锅不动，瓢不响——凡事都会有前因后果，恰如冰冷的锅台，如果不是准备烧饭，水瓢就会一直冷落在那里。

锅台上的角爪（音，虾子），早晚要红一场——虾子在高温受热后会泛红色，喻指人熬到某种状态，迟早会有露脸翻身的时候。

鼓打两张皮，人凭一颗心——借助鼓皮来劝诫人做事凭心，公正公平。

鼓好还要锣好，船好还要桨好——两重意思，一是说明一个好的搭档很重要；二可理解为互相合作才能成大事。

鼓错一槌难听到，锣错一声人都知——锣鼓在演奏时因为发声的不同，导致传播过程中给人的印象也不一样。喻指相同的环境下，对某些事物的操作要区别对待，不能以概偏全，掉以轻心。

扁担不离肩，灶上不断烟——扁担象征着不停止的辛勤劳动，有劳动就会有收获，就会有吃有穿。

铁针没有两头尖，甘蔗没有两头甜——世间万物不能总是随人心愿，总会有不尽人意，所谓得失相连是也。

针尖对麦芒，俩个都不瓤——两个都是厉害角色，都不是省油的灯。

小来偷针，大来偷金——教育孩子要从小抓起，绝不能姑息放纵。

针再长长不过线，桥再长长不过路——任何东西和能力都有一定的限度，不可勉强、强求。

簸箕大的手，遮不住众人口——做了不正当的事，无论你有多大能耐也无法一手遮天。簸箕，以前晾晒作物的竹制器具。

听鼓下桡——桡，船上一种划水工具。本意是划龙船时随着鼓点划水前行，引申为依照一个信号或者某个提示来行事。

打碎锣讲不清理——锣，铜制乐器。形容沟通困难。也有借指人蛮横、不讲道理的意思。

打锣卖糖，各干一行——做事时每个人干好自己的事，切忌因乱套而影响效率。

锣鼓响，脚板痒——听到锣鼓声（一般指唱戏或玩灯等喜庆的鼓乐），人无法再安安心心做事，通常用在孩子身上较多。

花花轿子人抬人——人和人之间的交往要相互尊重和给予，不能一味地索取。

小秃子打伞，无法无天——讽刺人胆大妄为，没有约束，不知道收敛自律。

蹲马桶抓小菜，一工两得——趣味俚语，指时间段刚好凑巧，两桩事一块做了。

南天门的洞缸，没你的粪（份）——说的是这个事与你没有丝毫关系和牵连。

盐缸里洗澡，咸（闲）得蛋疼——挪揄人闲事生非，或不务正业，游手好闲。

添个棒槌轻四两——棒槌，以前洗衣服的锤棒，木制。一般是夸赞小孩或力气小的人自觉帮忙做事时说出。

屁股绑大条把，横扫——形容人做事鲁莽，不知轻重缓急。

一分钱看成朗播子大——朗播子，一种竹篾编制的圆形晾晒工具，比筛子大，比簸箕小，直径一米左右。形容人把钱看得太重。

山墙上码土基，一个模子脱的——土基，或称土坯，以前农村用泥土和草茎混合做出的土块，供砌墙用。这里喻指两个人的脾性爱好很相似相近。

廊檐下晾瓠子，葫芦不是葫芦瓢不是瓢——葫芦干燥收身后锯开就成为舀水的瓢。旧时多将葫芦挂在檐下自然晾干，当然瓠子是没有这种功能的。意为没掌握一件事物的本质要领，结果和实际参照物有很大的差别。

驼腰扁担不得断——驼腰，弯的意思。比喻吃过苦、经历过磨难的人往往更能够承受困境中的煎熬。

大扫把捺蜻蜓，乱舞——大扫把，竹枝编扎的清扫农具。这是一幅农村晒场上闲暇时捕捉蜻蜓的生动画面，引申为做事没有头绪，莽莽撞撞找不到重点。见短文《笤把丝子下挂面》。

扬扦把子堆草，不是那个料——扬扦，一种将稻子抛洒开来、借助风吹去灰尘和秕谷的农具，柄较短，一米左右，而堆草的工具叉扬至少两米以上。借指一个人不适合做某件事或者无法胜任某个职务。

起火钻床铺，快活一时算一时——只图眼面上的享受，没看到潜在的危险。

穿蓑衣救火，惹火（祸）上身——比喻在某种环境下不适宜做某些事情。

驼子背火炉，烧包——形容一个人的烧包性格。

你有三尺五，我有七大拃——三尺五，过去木匠有长度器具，叫"五尺"，三尺五说的就是它之所含。拃，手指叉开两点间最长的距离为一拃，一般在五寸左右。表示人各有所长或者办事方法不尽相同。

草绕子脱钩，一身劲都散掉了——草绕子，将稻草旋绕连接成长索状、用以捆扎物体的草制品。比喻正在操作的某件事受了干扰和影响无法再凝聚力量进行下去……

附录：麻将作为大众娱乐器具，在庐江也有众多喜好者。缘麻将而生的方言称谓也是充满谐趣，粗略收录部分具有代表性的如下。

东风——大个子，长胯子；南风——暖风，歪头；西风——矮子，平头；北风——冷风，夫妻不和背靠背。

一条——小鸟无毛飞不高；二条——输像个二条；六条——猪身好肉是肋条（肋条，庐南方言肋音同六）；七条——蜡炬签子；八条——窗户塞子；九条——毛多。

一万——一个人玩；四万——死玩不念书；五万——万无（五）一失；七万——边吃边玩；八万——不玩就三差一。

一筒——麻饼子，或者方便面；二筒——眼镜子；三筒——花生；四筒——喜果子；六筒——老猴子（牌九术语）；七筒——手枪；八筒——麻子；九筒——筒一窝。

割蛋——输光了；抱手听——起牌就听张；撑门胡——门对门各和一牌；绑板凳腿——输了不肯散场。

上场风，下场空——牌局开始赢了，结束时反倒输了。

头牌臊，二牌到鸡叫——第一牌开早了，后面不知到什么时候再胡牌。

头牌是个鬼，摸个大桌腿——戏语。开了头牌，念此顺口溜讨彩头。

五　谣歌清韵

本章节收集整理了流传在庐江大地上的童谣、歌谣、门歌、花鼓唱、花挑子、上梁结婚说好词等歌谣类中比较经典的作品，部分曾在媒体推出或刊用。

庐江方言里的趣味童谣

当我还是小孩子，门前有许多不知名的野草小花；
当我还是小孩子，无忧的时光总被唱得咿咿呀呀；
当我们渐渐长大，乡音在风雨里慢慢变淡和丢下，
当我们轻轻回想，快乐的童谣是否依然生根发芽……

人总会长大，但很少有人会忘记童年里听过的、唱过的童谣。比如，在庐江，在我们的家乡热土，那些堪称经典的童谣，一首首或长或短，或读或唱，每一次提起，都会让我们倍感亲切，温情四溢。

晃大月亮晃卖狗，
我给母舅打烧酒，
走一步，喝一口，
剩个酒瓶捉在手。
母舅找我要烧酒，
母舅母舅我赔你一条小花狗……

童年总是无忧无虑的，这首游戏过程中唱的儿歌可谓庐江童谣的精华经典。如水的月光下，孩子们依次一个牵着一个后背的衣服，游戏歌唱，那是怎样温馨安宁的美好时光。这种游戏类的童谣相对较多，其他诸如以下：

一二三四五，上山打老虎，老虎不在家，放屁就是他。

点点黄黄，老鼠上梁，三间瓦屋，四间楼房，楼房漆黑，老鼠趴壁。

公鸡叫，母鸡叫，各人找到各人要。伸手问你讨，不把烂手爪，伸手问你借，不把不过意。

金鸡吃蚂蚁，蚂蚁拱土地，土地埋金棍，金棍打老虎，老虎吃金鸡（循环轮转）。

手指螺纹歌：一螺穷，二螺富，三螺四螺开仓库。五螺六螺骑白马，

七螺八螺不下田，九螺十螺做大官……

调皮逗乐型的童谣也占有不少的分量。这类童谣幽默上口，无论说或唱，都会让人忍俊不禁，开怀一乐。

嘛螺（知了）叫，割早稻。嘛螺唏，吃梅鸡。嘛螺飞，撒你一头尿（sui）。

扇子扇凉风，扇夏不扇冬，有人问我借，待到八月中。

拖拉机，得得得，养个儿子没啥益，经常不把老娘吃，老娘饿之屎直滴。

甘蔗甘蔗根子，××是我孙子，甘蔗甘蔗杪子，我是××老子（连续多念几遍，就会落入"××是我老子"的坑里）。

又哭又笑，小狗坐轿。轿子没人抬，小狗眼水掉下来。

香蕉冰棒，没钱赊账，赊账不把，逮到就打。

我俩好，我俩好，我俩上街买个大米饺。我吃皮，你吃心，花钱我俩对半分。

躲猫歌：小猫小猫你在哪，找你出来吃鸡胯。小猫小猫叫一声，是在房里还是锅心？

三弟兄性格歌：大呆子，二犟子，十个老三九个喜欢抬杠子。

货郎歌：不咚鼓，好大胆，鹅卵石，揩屁眼，一手屎，卖针线，难怪补补衣裳不好看。

穿衣歌：新老大，旧老二，补补连连给老三，老三不合意，那就给老四。

喷嚏歌（一）：打一个，鼻子痒，打两个，有人想，打三个，吃一场，打四个，天要下雨水直淌。

喷嚏歌（二）：上句是小狗打气天要下，回句是老龙取水狗讲话。

嘴痣歌：一痣痣到手，东西样样有；一痣痣到腰，角子满荷包；一痣痣到嘴，好吃带捣鬼。

嘴疮歌：黄瓜疮，黄瓜疮，长在狗皮上，扫灰把子扫，一扫尽沓光。

睡觉歌：一人睡觉摸不到边，两人睡觉颠倒颠，三人睡觉犁头尖，四人睡觉一张耙，五人睡觉胡乱轧。

讲赖歌：讲赖不赢钱，输之万万年，三八二十三，与你不相干。

杀鸡歌：小鸡小鸡你别怪，你是人间一道菜，脱掉毛衣换布衣，来年春上你再来。

筷子歌：掉了一只，一顿大吃；掉了一双，一顿大兵（挨打的意思）。

劝学歌：小伢子，你别玩，考不好，打之可怜；人家淘汤又炖蛋，你吃条把丝子（扫帚）下挂面。

上学歌：小学生，车拐子长，先生打我我告诉师娘，先生打我不认识字，师娘打先生不给进房。

不听话歌：叫你放鸭你放鹅，叫你上山你下河，叫你打鼓你打锣，叫你到矾山，你跑到黄泥河。

还有教育劝诫型，满是对孩提时代成长的教诲和点化：

讲归讲，笑归笑，掏掏打打失家教。

扯谎不像，三十晚上大月亮；假话不圆，拉条黄狗去犁田。

泥河圩乡，曾搜集到一个地名歌，有趣且好玩：小大姐，去放鹅，一放放到黄泥河。黄泥河，街朝西，一放放到中沙溪。过沙溪，到胜岗，一放放到了庐江。庐江城，买好吃，西门有个小猪集。捉小猪，吃剩粥——你这个小伢最好哭！

更有一类将自然地理、文字和动植物改编的谜语型童谣，集娱乐和知识于一体，浅显易懂，别样精彩。

青石板板石青，青石板上钉洋钉，日里看不到，晚上数不清。（星）

四四方方一块油，吃人不吃头。（棉被）

打个麦子（谜语）给你猜，一口咬着水歪歪。打个麦子给你猜，一口咬着血歪歪。打个麦子给你猜，一口咬着嫩歪歪。（桃，西瓜，豆腐）

两个猴子抬一根杠子，一个猴子趴上面望着。（六）

一点加一横，一撇甩过门，二十个红小兵，戴着红领巾。（席）

一点一横长，一撇甩过墙，一根树棍子，插在田土上。（庙）

一点一横长，一撇甩过江，一个小伢子，只有寸把长。（府）

汤圆歌：青竹竿，放白鹅，一放放到黄泥河。沉得沉，漂得漂，小伢烫之嘴直翘。

红花草歌：小小叶子扁扁圆，赖在田里过大年，人家开花结成果，它一开花就犁田。

果子（荸荠）歌：小红碗，盛白饭，躲在泥中不会烂。

当然，往昔的童谣中有部分含着歧残、低俗的词语单字，比如"矮子矮""秃子秃""新娘新"等作为开头一类，这里忽略不做展示。

念着，唱着，一晃我们都大了。快乐的歌声，纯真的口语，如一汪清泉，滋润着我们成长途中的跋涉和跨越，在这喧嚣浮华的时代，重温和回味久违了的童谣，应是一份不可多得的心灵供养。

微友精彩跟帖

曳步老郭：小板凳，红溜溜，我在嘎婆家呆一周，嘎公嘎婆都还好，母舅舅母把眼瞅，母舅舅母你白（别）瞅，哪个山上没石头，哪个母舅没外不……

宁静宽广：月亮粑粑，照见他家，他家兔子，吃我豆子，拿棍打它，急我一身粑粑。

快乐王：咽哥！咽哥！割麦插棵。苦儿星，仔儿星，七星，七角，东出西落。我是庐江人。

（"微聚庐江"平台，2017.9.14）

庐江灯谜歌的智慧与精彩

正月里什么花，人人喜爱，什么人从学堂双双出来？
二月里什么花，披头散发，什么人在高山赤脚修行？
三月里什么花，满园红了，什么人在桃园磕头结拜？
四月里什么花，张口白面，什么人背书箱天下周游？
五月里什么花，青枝绿叶，什么人去看瓜死里逃生？
六月里什么花，满塘开了，什么人骑白马跨海征东？
七月里什么花，低头落架，什么人调美酒醉死牛郎？
八月里什么花，单根独苗，什么人拿钢刀把守朝门？
九月里什么花，国色天香，什么人过五关得胜回朝？
十月里什么花，枯霜打死，什么人送寒衣哭倒长城？
冬月里什么花，漫天飘白，什么人卧寒冰搭救母亲？
腊月里什么花，堂前高照，什么人在经堂拜佛念经？
唱了花名道花名，我把花名倒给你们听：

腊月里蜡烛花，堂前高照，王十妹在经堂看佛念经。

冬月里小雪花，飘飘荡荡，小王强卧寒冰搭救母亲。

十月里荒草花，枯霜打死，孟姜女送寒衣哭倒长城。

九月里是菊花，国色天香，赵子龙过五关得胜回朝。

八月里鸡冠花，单根独苗，胡金达拿钢刀把守朝门。

七月里芦席花，低头落架，杜康王调美酒醉死牛郎。

六月里小荷花，满塘白了，薛仁贵骑白马跨海征东。

五月里栀子花，青枝绿叶，刘志远去看瓜死里逃生。

四月里荞麦花，张口白面，孔夫子背书箱天下周游。

三月里小桃花，满园红了，刘关张在桃园磕头结拜。

二月里双叶花，披头散发，地藏王在高山赤脚修行。

正月里冬草花，人人喜爱，梁山伯祝英台双双出来。

上面是早年庐江传统玩灯主节目之一"花挑子"中演唱的歌词《十二月报花名》。这段歌词分上下两节，以问答形式展现，可谓庐南民间歌谣中灯迷歌词类的经典。早年乡村偏重农耕，农活繁杂，文化生活相对贫乏，过年时节的玩灯一度成为别无二选的大众化娱乐。所以，许多迷歌也搭接和借助玩灯这种传统娱乐，精彩纷呈地涌现。在玩灯的花鼓唱和花挑子歌唱节目里，迷歌占据相当大的比重。同样是问答型的花挑子迷歌，还有更多融入地方风土人情的歌词。

什么东西圆圆走天边，什么东西圆圆水头上颠？

什么东西圆圆长街上卖，什么东西圆圆摆在姐妹前？

答案：太阳，荷叶，烧饼，镜子。

什么东西方方走天边，什么东西方方水头上颠？

什么东西方方长街上卖，什么东西方方摆在姐妹前？

答案：南北东西，面盘子，方片糕，手帕子。

什么东西弯弯走天边，什么东西弯弯水头上颠？

什么东西弯弯长街上卖，什么东西弯弯摆在姐妹前？

答案：月牙儿，大船，米饺，梳子。

什么东西尖尖走天（田）边，什么东西尖尖水头上颠？

什么东西尖尖长街上卖，什么东西尖尖摆在姐妹前？

答案：铁犁，菱角，粽子，簪子。

其次是玩灯之花鼓唱中互动对答的唱词，分为地理历史及名著提问和字词成语拆解等多种形式。比如《三国演义》人物的提问：

提起三国我逞能，

请教先生里面那些安徽人，

曹门和夏侯家在何处，

华佗许楮出在何城，

周瑜鲁肃老家落何地，

吕蒙蒋钦哪里生根，

还有大乔小乔二姐妹，

倾国倾城哪块人，

有请先生烦烦心，

将我这些小问一一道明……

后面的回答是：

提起三国安徽人，

一一道与先生听：

夏侯和曹门同出亳县，

华佗许楮也生在亳州城，

周瑜本是庐江人，

吕蒙鲁肃在阜南定远，

寿县又出那个蒋钦，

大乔小乔生得美，

焦湖（巢湖）岸上庐江城……

而成语及单字的拆解编歌，也是灯谜歌中的重要组成部分。这些成语和单字多包含正能量，褒扬礼仪和善良，一段时期内，对民风民俗起到不可忽视的净化和传承作用。且看这些歌词。

衣字旁边一口田，女人开口半边天，

一木撂在田中坎，三人侍奉母身边。（福如东海）

二人打架不出头，丁字无勾反踢球，

一人单把绣球踢，干字树上结石榴。（天下太平）

言对青山不见青，二人坐土说分明，

三人骑牛少一角，草木之中有一人。（请坐奉茶）

三人同日去看花，百友原来是一家，

禾火二人对面坐，夕阳桥下一对瓜。（春夏秋冬）

在民间故事里，迷歌的表现也可圈可点。因为穿插在故事情节中，这些歌词更显幽默和喜感。例如，说有一位青年男子某日路过一处荷塘，看到荷塘边一位清秀姑娘在捶洗衣服，心生爱慕，便吟诗搭讪：

好一塘清水绿涟涟，好一朵荷花在水边，有心要把荷花采，不知有缘还无缘？

谁知姑娘也是熟读诗书之人，当即就按原韵答了四句：

姐叫小郎听我言，荷花虽好也枉然，王字出头已有主，好好努力去挣钱。

看这回诗，有景有情，含蓄婉转，实在有趣。

庐江民间门歌（代表作品）

门歌，在庐南俗称排门歌。卖唱艺人以锣鼓或二胡等乐器为伴奏，沿门挨户，走村串巷，眼光落处，触景生情，侃侃而歌。歌词多以寻常事物串起祝福，浅显易懂，落落大方。

走进门来把眼张，
府上小楼多排场，
底层好比金銮殿，
阔阔大雅多漂亮，
楼上好比紫荆堂，
锦绣文章里面藏，
儿女念书成绩好，
他年定出一个状元郎……
府上大门顶对南，
南边有座紫金山，
紫金山上出宝贝，
金银财宝都往府上家里翻……

他家又到你家来，
两家财门一样开，
他家能聚千年福，
你家能聚万年财，
这都是府上仁义好，
幸福日子一代接一代……
正月里来正月正，
我到府上贺新春，
一家幸福团团聚，
男女老少都顺心，
家中六畜皆兴旺，
田里五谷好收成，
出外求财财到手，
一年那个四季都呀都开心……

庐江民间上梁说好歌（多种版本词句有变化不同，此处为综合收录）：

前　序

三星落地晓星照，
今天上梁时辰好。
东家选择黄道日，
黄金屋上吉星照。

奉　承

一进堂前喜洋洋，
堂前本是好地方；
前门栽下千棵树，
后院又种直栋梁；
前门树下拴骏马，

后树枝上落凤凰；
凤凰不落无宝地，
宝地今日成华堂。

熏 梁

八仙桌子四方方，摆在堂屋正中央；
大梁稳稳步步高，大红绸缎披梁上；
满堂紫气环环绕，亮亮堂堂多吉祥。

敬 香

一支清香敬上苍，红烛一对照华堂；
三星福禄华堂满，四时八节保安康。

上 梁

木瓦匠人手艺高，起早摸晚不歇腰。
瓦刀砌出金銮殿，五尺支起凤凰巢。
良辰吉时已来到，木瓦师傅托梁糕。
左有青龙盘玉柱，右有双狮绕梁高。
今日大梁平地起，满堂锦绣福星照。
落位：竖柱恰逢黄道日，上梁正逢紫微星。好！

上梁说好歌

炮竹一放响当当，
贵人行步上大梁。

红布玉糕伴梁上，
金斗银尺接凤凰。
大梁上上一枝花，
千人说好万人夸。
远望好比金銮殿，
近望赛似宰相家。
该个大梁来落卯，
东家主子来接宝。
一接宝来喜洋洋，
二接宝来福满堂，
三接宝来三星照，
四接宝来财源畅，
五接宝来五子登科，
六接宝来六六顺当，
七接宝处处七巧，
八接宝来儿孙强，
九接宝来久久喜，
十接宝来满门兴旺。
东接宝来日出东方，
南接宝来瑞气满堂，
西接宝来发达风光，
北接宝来满屋呈祥。

后 记

  从着手整理这本《亲近乡音——庐江话撷趣》已近一年时间，虽然书中许多内容较早就有收集，但真的归纳成文，付印成册，却不是轻松的事。除了方言本身的复杂和深奥性，还有我自身学识的浅薄、求证的艰难、行动的拖沓等多重因素困扰其中。幸运的是自整稿以来，先后得到出版社、高校、市文广新局、媒体宣传领域和文联、作协、民俗文化界众多师长们无私的扶持关怀，还有"方言交流群"里的好友及单位同事、亲邻、家人等一如既往的真诚关爱。可以说，这本数十万字的集子离不开你们的热心鼓励，离不开你们有声、无声的鼎力帮助。在此，一并表示衷心的感谢！

  方言词语的收集，必须持之以恒的实时记录，而对它们加以考据和比较，更需要丰富的知识储备，专业的理论引导，而这些恰恰是我比较欠缺的。说句掏心话，作为一个方言文化的喜好者，我尚勉强合格，但不嫌自丑，将自己知悉和收集到的相关方言词汇、俚语等打包成集，多少有点"抻硬劲棍"而行。然而，期望为本土方言挖掘保护起一个抛砖引玉作用的心愿，却是真切而热烈的。

  此为后记，细想也十分有意思，可以理解成"往后接着将方言词语记录下去"，愿以此为鞭策和动力，继续努力，不负众位老师好友们的支持和激励！

张遵勇

2018 年 8 月于合肥

图书在版编目（CIP）数据

亲近乡音:庐江话撷趣/张遵勇著.—合肥:合肥工业大学出版社，2018.9

ISBN 978－7－5650－4148－8

Ⅰ.①亲… Ⅱ.①张… Ⅲ.①散文集—中国—当代 Ⅳ.①I267

中国版本图书馆 CIP 数据核字（2018）第 208547 号

亲 近 乡 音
——庐江话撷趣

张遵勇 著 责任编辑 朱移山

出　版	合肥工业大学出版社	版　次	2018 年 9 月第 1 版
地　址	合肥市屯溪路 193 号	印　次	2018 年 9 月第 1 次印刷
邮　编	230009	开　本	710 毫米×1010 毫米　1/16
电　话	总　编　室:0551－62903038	印　张	15.25
	市场营销部:0551－62903198	字　数	240 千字
网　址	www.hfutpress.com.cn	印　刷	安徽昶颉包装印务有限责任公司
E-mail	hfutpress@163.com	发　行	全国新华书店

ISBN 978－7－5650－4148－8　　　　定价：38.00 元

如果有影响阅读的印装质量问题,请与出版社市场营销部联系调换。